Es war jede Menge los.
Und es geschah unentwegt praktisch
überhaupt nichts.

Moritz von Uslar, Deutschboden

## Das Buch

»Storys, ehrlich, wo du hinguckst. Die liegen praktisch auf der Straße, die musst du nur aufheben!«

Onkel Hermann, der seit dem Tod von Stefans Eltern in Bochum die Stellung hielt, ist gestorben, und Stefan muss zurück in die Heimat, um das kleine Bergarbeiterreihenhaus seiner Familie zu verkaufen. Zwei Tage, den Termin mit dem Makler hinter sich bringen, sich mit ein, zwei Leuten treffen, die es verdienen, und schnell wieder zurück nach München, ins wahre Leben. Rein, raus, keine Gefangenen. Das war der Plan. Doch schneller als man es für möglich hält, wird man in der Enge der Heimat zu Erinnerungen und Entscheidungen verurteilt.

Ausgerechnet an diesem Wochenende wird die Sperrung der A40 im Ruhrgebiet zum kulturellen Happening, dessen Sog Stefan sich nicht entziehen kann. Und alle sind sie da, alle, mit denen er aufgewachsen ist: Toto, der Versager, Diggo, sein brutales Herrchen, Frank, der Statthalter, Karin, die Verwirrmaschine, Omma Luise, die Frau, die alles mitgemacht hat. Und Charlie. Sandkastenfreundin, nicht-leibliche Schwester, Jugendliebe. Keine Frau kennt Stefan so gut – und wegen keiner Frau ist er so viele Jahre einem Ort fern geblieben ...

Cool und sentimental, urkomisch und warmherzig. Frank Goosens neuer Roman zelebriert ein Heimatwochenende voller unvergesslich skurriler Figuren - mit Fußball und Musik, mit großen Entscheidungen und viel Gefühl.

## Der Autor

Frank Goosen hat neben seinen erfolgreichen Romanen, darunter »Liegen lernen«, »Pokorny lacht« und »So viel Zeit«, zahlreiche Kurzgeschichten und Kolumnen in überregionalen Publikationen veröffentlicht. Darüber hinaus verarbeitet er seine Texte zu Kabarettprogrammen; unter anderem entwickelten sich seine Bestseller-Erzählbände »Weil Samstag ist« und »Radio Heimat« auch auf der Bühne zu Soloprogrammen, die deutschlandweit Presse und Publikum begeisterten. Frank Goosen lebt mit seiner Frau und seinen beiden Söhnen in Bochum. Weitere Informationen finden Sie auch unter www.frankgoosen.de

1333

Frank Goosen

# Sommerfest

Roman

Kiepenheuer & Witsch

Verlag Kiepenheuer & Witsch, FSC® N001512

5. Auflage 2019


Umschlaggestaltung und -motiv: Rudolf Linn, Köln
Gesetzt aus der Apollo
Satz: Buch-Werkstatt GmbH
Druck und Bindearbeiten: CPI books GmbH, Leck
ISBN 978-3-462-04543-7

Für Omma

# 1

Als er aufwacht, kommt ihm alles sehr klein vor.

Auch in der Nacht hatte er diesen Eindruck schon, aber da hat er nicht so genau hingesehen. Es war dunkel, nur die Dielenlampe warf einen fahlen Kegel hier herein. Stefan zog sich schnell um und fiel ins Bett, einigermaßen angetrunken, weil er sich im Bordbistro die anderthalb Stunden Verspätung hatte schöntrinken müssen, die der Zug auf seiner Strecke von München hierher, nach Hause, zusammengefahren hatte. Außerdem hatte er getrunken, weil er sich kurz vor Aufbruch noch mit Anka gestritten hatte, die nicht verstehen konnte, weshalb er sie an diesem Wochenende nicht dabeihaben wollte, und er ihr zum x-ten Male hatte erklären müssen, dass er lauter Leute von früher treffen und über alte Zeiten reden würde, sodass sie sich elendiglich langweilen würde, was sie nicht glauben wollte, und es war ja auch tatsächlich nur die halbe Wahrheit.

Es schmerzt ihn, dass er Onkel Hermanns Beerdigung verpasst hat, die schon am Donnerstag gewesen ist, aber da hatte Stefan abends noch Vorstellung, sodass er erst am Freitag fahren konnte. Zwar ist die Beerdigung am Donnerstagvormittag gewesen, aber er hat so kurzfristig keinen Flug mehr bekommen, der ihn rechtzeitig zur Vorstellung nach München zurückgebracht hätte, und die Vorstellung ausfallen zu lassen war keine Option. Er hat Kollegen gesehen, die auf der Bühne gestanden haben, obwohl der Vater oder die Mutter am selben Tag überraschend gestorben waren, und wenn er ehrlich ist, hat er Onkel Hermann immer gemocht, ihm aber nie so richtig nahegestanden.

Freitag etwas zeitiger loszufahren war nicht möglich, da Anka ihn darauf festgenagelt hatte, am frühen Abend wenigstens *noch einen Happen* mit ihr zu essen, wenn sie schon nicht mitkommen dürfe. Das Wochenende hier mit Anka herumzulaufen wäre über seine Kräfte gegangen. Er will nichts erklären, er will niemandem irgendwelche Leute vorstellen, er will nur hier sein und erledigen, was zu erledigen ist.

Es fühlt sich ein bisschen so an, als sei Anka auch schuld daran, dass er die Beerdigung verpasst hat, obwohl das nicht stimmt, aber er hätte eben gern Onkel Hermann diese letzte Ehre erwiesen, zumal alles sicher in einem zünftigen Gelage in jener Kneipe oben am Hauptfriedhof geendet hat, der »Femlinde«, ein Name, über den Stefan sich schon vor dreißig Jahren gewundert hat, als er nach dem Begräbnis seiner Urgroßmutter mit der ganzen Familie dort gewesen ist, und eigentlich hat er immer nachschlagen wollen, was das noch gleich ist, »Feme«, aber man kennt das ja, man nimmt sich so was vor, und wenn man dann endlich in der Nähe eines Lexikons ist oder vor dem Rechner sitzt, wo man es googeln oder bei Wikipedia nachschlagen könnte, hat man es schon wieder vergessen oder verdrängt, genauso wie man immer wieder vergisst oder verdrängt, in was für einem verdammt kleinen Zimmer man aufgewachsen ist.

Er steht nicht gleich auf, sondern nimmt sich ein paar Minuten, um anzukommen. Er will nicht hier sein, aber es geht nun mal nicht anders, und es ist nur ein Wochenende. Er muss sich mit dem Makler treffen, und der erledigt dann den Rest. Vielleicht wird Stefan dann noch mal zum Entrümpeln kommen müssen. Sicher kann man das auch über eine Firma abwickeln lassen, aber das kommt ihm nicht richtig vor, genauso wie es falsch wäre, nur mit dem Makler zu telefonieren oder das per Mail zu regeln, nein, da muss man sich mal überwinden und persönlich hier auftauchen. Vor manchen Dingen kann man sich nicht drücken, das hat er gelernt, das hat ihm sein Vater klargemacht, da muss man einfach durch.

Genauso muss er jetzt durch dieses Wochenende durch. Er kann sich nicht einfach im Haus verkriechen, den Verkauf abwickeln und am Sonntag wieder abhauen. Er wird Leuten über den Weg laufen, das ist unvermeidlich. Mit Frank Tenholt ist er fest verabredet. Also wird er wohl auch dessen Frau über den Weg laufen. Bei dem Gedanken kribbelt es kurz. Dann wären da noch Toto Starek und Diggo Decker. Typen, vor denen seine Mutter ihn immer gewarnt hat, ein zweiköpfiges Sinnbild für *schlechte Gesellschaft,* Typen zu denen es Stefan immer wieder hingezogen hat. Aber vielleicht sitzt Diggo ja mal wieder im Knast, oder lässt er das jetzt auch von Toto erledigen, seinem ergebenen Diener und Paladin?

Paladin. Ist das überhaupt das richtige Wort in diesem Zusammenhang? Auch das muss er mal googeln, schließlich will man nicht wie ein Idiot dastehen, wenn man so ein Wort völlig falsch benutzt. Vielleicht kann er aber auch einfach Frank Tenholt fragen, wenn er ihn später besucht. Der hat doch Geschichte studiert, der muss so etwas wissen, wahrscheinlich kann der ihm auch beim Thema »Feme« weiterhelfen. Man muss solche Sachen klären, damit sie einem nicht das Gehirn verstopfen. In diesem Zusammenhang wäre vielleicht mal über einen Datentarif für sein schickes Mobiltelefon nachzudenken, das er sich bei der letzten Verlängerung seines Mobilfunkvertrages hat aufschwatzen lassen, mit dem er aber, wie er dem blasierten Bengel im Geschäft klarmachte, nur telefonieren wollte, woraufhin der ihn ansah, als spiele Stefan zu Hause noch Schellackplatten ab. Und es war klar, dass der Jüngling das nicht für einen sympathischen Spleen hielt. Stefan ärgerte sich am meisten darüber, dass ihn das überhaupt beschäftigte und der Blick des Bengels nicht einfach an ihm abprallte. Er hat dann, uneingestanden verunsichert, ziemlich schnell den Laden verlassen und kann deshalb bis heute mit seinem Telefon nicht ins Internet.

Seine Füße stoßen unten an. Das Konzept von Betten mit Fußende hat ihm nie eingeleuchtet. Stefan reibt sich einmal mit den Händen das Gesicht und greift nach seiner Armbanduhr auf dem Nachttisch. Einen Radiowecker mit Leuchtziffern gibt es hier nicht mehr, den hat er mitgenommen, als er auszog. Er fühlt sich etwas matt, aber das wird sich nach der ersten Tasse Kaffee erledigen. Er könnte sich unten einen kochen, doch er ist zum Frühstück mit Omma Luise verabredet, und wenn er jetzt einen Kaffee trinkt und bald darauf noch mal einen oder zwei, noch dazu das starke, fast zähflüssige Zeug, das seine Großmutter seit Jahrzehnten in sich hineinschüttet, dann wird ihm irgendwann die Pumpe galoppieren wie bei einem zünftigen Infarkt, was hier und jetzt gleich zwei Fragen aufwirft: Wie konnte Omma Luise trotz dieses Kaffees sechsundachtzig Jahre alt werden, ohne jemals Herzprobleme zu kriegen, und wann ist er eigentlich so ein Snob geworden? Schwarzen Filterkaffee, der womöglich schon eine ganze Weile auf einer Warmhalteplatte vor sich hin gammelt, empfindet Stefan mittlerweile als reines Gift.

Er nimmt frische Sachen aus dem Koffer, der geöffnet auf dem Boden unter dem Fenster liegt, vor dem alten Rippenheizkörper, den irgendein Bekannter seines Vaters installiert hat, wie das ganze Heizungssystem und wie überhaupt das ganze Haus praktisch in Eigenarbeit gebaut oder jedenfalls umgebaut worden ist, da ja hier jeder einen kennt, der noch zwei kennt, die bestimmte Sachen installieren oder reparieren oder besorgen können, das geht praktisch alles unter der Hand, die Welt besteht aus Handwerkern. Stefan nimmt sich ein schwarzes T-Shirt, legt es aber gleich wieder zurück. Nicht so künstlermäßig rüberkommen, denkt er sich, mit so einem schwarzen T-Shirt mit Rundhalsausschnitt sieht man doch gleich wie ein Künstler aus, und wer weiß, wie das hier ankommt. Wahrscheinlich macht sich andererseits niemand Gedanken darüber, also nimmt er das T-Shirt dann doch, dazu die Jeans und eine frische Unterhose, die nun gar nicht künstlermäßig ist, sondern einfach so ein Slip, und wer soll den heute schon zu sehen bekommen.

Das ist der Moment, in dem er zum ersten Mal an Charlie denkt, jedenfalls heute, aber wegen ihr ist er ja gar nicht hier, sondern wegen des Termins mit dem Makler. Immerhin, keine zehn Minuten hat es gedauert, denkt er, bis ich das erste Mal an sie gedacht habe, aber das geht auch wieder vorbei.

Den Termin mit dem Makler hinter sich bringen, sich mit ein, zwei Leuten treffen, die es verdienen, und dann wieder abhauen – das war der Plan. Schnell rein, schnell raus, keine Gefangenen.

Ganze zwei Mal ist er in den letzten zehn Jahren hier gewesen, und das auch nur wegen Omma Luise. Hat bei einem Kollegen in Essen übernachtet, sich wie ein Teilnehmer an einem Zeugenschutzprogramm in seine Heimatstadt geschlichen, bei Omma Luise Kuchen gegessen und ist wieder verschwunden. Telefoniert aber hat er immer wieder mit ihr. Mindestens einmal die Woche. Hat sich angehört, was ihre Beine und ihr Rücken machen und dass sie jetzt langsam Falten kriege, als würde sie alt. »Erst Mitte achtzig und schon Falten!«, hat Stefan mal gesagt, aber Omma Luise hat nicht gelacht. Einmal ist sie mit dem Zug nach München gekommen und hat eine seiner Vorstellungen besucht. Stefan brachte sie in einem sehr schicken Hotel unter, weil er ihr seine Bruchbude nicht zumuten wollte.

Der Makler konnte erst am späten Nachmittag und meinte, Stefan könne froh sein, am Wochenende überhaupt einen Termin zu bekommen, und der Ton, den der Typ am Telefon anschlug, machte Stefan mal wieder klar, dass er mit solchen Leuten eigentlich nichts zu tun haben wollte. Das hier ist kein Renommierprojekt, nur ein altes Bergarbeiter-Reihenhaus.

Bestimmt eine halbe Stunde hat er am letzten Dienstag

mit Omma Luise telefoniert, die anrief, weil Onkel Hermann gestorben war. Eine halbe Stunde, in der ihm klar wurde, wie er sie vermisste. Sein schlechtes Gewissen fraß sich durch ihn hindurch wie ein Parasit. Wieder einer tot, sagte sie, bald bin ich dran. Nein, nein, Omma Luise, du lebst ewig, keiner kriegt dich kaputt, nicht mal der Sensenmann, aber sie lachte nur und sagte, er sei eben zu jung für so was, er habe noch so viel Zeit und müsse sich diese Gedanken nicht machen.

Und dann ist sie ins Erzählen gekommen. Nur ein paar Monate zuvor ist der Erich Grothemann unter die Erde gekommen, der alte Kommunist, der noch mit Omma Luises Vater, Otto Horstkämper, im Männergesangsverein gewesen war, jenem Verein, der sich im Hinterzimmer von Haus Rabe traf, der Kneipe, die Charlies Großvater Willy Abromeit, auch bekannt als *Der Masurische Hammer*, Anfang der Sechziger von Willi Jebollek übernommen hatte, dem verschwiegenen Wirt mit dem gebrochenen Herzen, und als Stefan all diese Namen gehört und gedacht hat, Horstkämper nämlich und Abromeit und Jebollek und Hermann Ellbringe und Wolfgang Mehls und Rosi Rabe und noch einige mehr, da wehte ihn so was an.

Auch an die Kneipe hat er sich erinnert, als er mit Omma Luise telefonierte. Nicht geringe Teile seiner Kindheit hat er dort verbracht, ist mit Charlie unter den Tischen herumgekrochen, hat später mit ihr hinterm Tresen ausgeholfen, hat den Männern zugehört, wie sie über Gott und die Welt und die Frauen und den Fußball herzogen. Er hat auch gesehen, wie sie sich geprügelt haben, hat gesehen, wie sein Onkel Joachim kräftig ausgeteilt und dabei gelacht hat. Nur wenn Messer ins Spiel kamen, war es nicht mehr lustig.

Und dann erzählte Omma Luise auch noch, dass ausgerechnet an diesem Sonntag die Autobahn gesperrt würde, sechzig Kilometer Tische und Aktionen, weil man ja jetzt Kulturhauptstadt war, und da dachte er dann doch, dass er sich das vielleicht nicht entgehen lassen sollte. Mal abgesehen davon, dass es dann nicht so aussah, als wolle er nur möglichst schnell wieder weg und den Leuten aus dem Weg gehen, weil er sich für was Besseres hielt, und man konnte sich ja einiges zuschulden kommen lassen, aber sich für was Besseres halten, das ging nun gar nicht. Also hängte er den Sonntag noch dran und buchte eine Fahrkarte für einen Zug am Abend.

Im Flur bleibt er kurz stehen und horcht. Nichts. Es ist still. Es war nie still in diesem Haus, denkt er, irgendwo wurde immer gemacht und getan und geklappert und gehämmert und geschraubt, oder es wurde gerülpst, gefurzt, gesungen, gelacht, geweint und geschrien, und wenn die Bewohner mal geschwiegen haben, hat das Haus seine Meinung gesagt und geächzt und geknackt und gestöhnt oder geseufzt, das war nicht immer so gut zu unterscheiden. Jetzt aber ist es still. Es ist so viel vorbei. Sogar das Haus hält die Klappe.

Das Herz des Hauses ist immer die Küche gewesen. Diese Familie hat immer aus Küchenmenschen bestanden, Menschen, die sich am liebsten in der Küche aufhalten, wenn sie ungestört und unbeobachtet sein wollen. Das Wohnzimmer ist zum Fernsehen und für den Besuch. Alle wichtigen Gespräche mit seinen Eltern haben in der Küche stattgefunden: Standpauken, Todesnachrichten und der Vortrag darüber, wo die kleinen Kinder herkommen, vom Storch nämlich, der einem Nachwuchs bringt, wenn man Zucker auf die Fensterbank legt. Na gut, auch die volle Wahrheit über Mamas Scheide und Pappas Penis ist in der

Küche enthüllt worden, obwohl sich das alles völlig unglaubwürdig anhörte, aber da musste man durch, als Kind, das es nicht glauben, und als Vater, der es eigentlich nicht erzählen wollte.

Als Stefans Eltern Ende der Neunziger im Abstand von zwei Jahren starben, zog Onkel Hermann hier ein, weil seine Wohnung luxussaniert wurde und Stefan es damals nicht über sich brachte, das Haus zu verkaufen, und eigentlich war diese Lösung nur für den Übergang gedacht. Daraus wurden dann doch zehn Jahre, aber jetzt ist Schicht am Schacht, Ende Gelände beziehungsweise der Fahnenstange, Sense, Aus, Finito. Das Haus wird nicht viel bringen. Vielleicht gerade genug, dass sich Stefan keine Gedanken machen muss, selbst wenn das mit dem Vorsprechen am Montag nicht klappen sollte.

Stefan wollte von Onkel Hermann keine Miete haben, aber das ließ der Onkel – der eigentlich kein richtiger Onkel war, sondern nur ein »Nenn-Onkel« – nicht zu, also zahlte Onkel Hermann ein bisschen was und sorgte dafür, dass das Haus in Schuss blieb. Kleinere Reparaturen erledigte er bis zuletzt selbst, für den Rest hatte er einen Haufen Bekannte. Und wieder bleibt Stefan bei dem Gedanken hängen, dass diese Welt hier aus Handwerkern besteht, eine Welt, in der jeder jeden schon ewig kennt, nein, sogar länger als ewig, ein Leben lang nämlich, und man kann es glauben oder nicht, aber Onkel Hermann ist mit dem Schraubenzieher in der Hand gestorben, einfach umgefallen, auf dem Weg vom Werkzeugkasten in der kleinen Kammer in der Küche, irgendwohin, wo was wackelte. Ein schöner Tod, der beste, den man sich vorstellen kann, kein langes Dahinsiechen, sondern schnell und schmerzlos, in dem Gefühl, noch fix etwas Sinnvolles zu tun, etwas zu arbeiten, nicht so ein beschissener Tod, wie er Stefans Eltern ereilt hat, ein sadistischer, heimtückischer, folternder Tod, eine Drecksau.

Eigentlich ist Onkel Hermann gar nicht so dicke mit Stefans Vater und Großvater gewesen, sondern mehr mit Wolfgang Mehls, praktisch unzertrennlich waren die beiden. Dessen Schwester Paula war nicht nur Charlies Großmutter, sondern auch die beste Freundin von Omma Luise, obwohl sie beide hinter demselben Mann her waren, Willy Abromeit, dem *Masurischen Hammer,* bisweilen Preisboxer auf der Kirmes, ansonsten aber, obwohl einsneunzig, im Pütt, bevor er dann Wirt wurde. Bessere *Schangsen* bei Willy Abromeit hat Omma Luise gehabt, aber die war schon verlobt mit Fritz Borchardt, später Stefans Großvater mütterlicherseits. Und dann wurde Omma Luise '44 von Oppa Fritz schwanger und im Januar '45 wurde geheiratet, und zwar im Sauerland, wo man bei Verwandten Unterschlupf gefunden hatte, nachdem man dann doch mal komplett ausgebombt worden war. Nach der Heirat ging natürlich nichts mehr zwischen Omma Luise und Willy Abromeit, denn Oppa Fritz verschwand zwar für einige Zeit in amerikanischer Gefangenschaft, tauchte aber '48 wieder auf, und das war nicht die Zeit, in der man als Frau sagte, ich will einen anderen, also hangelte man sich durch siebenundvierzig Jahre Ehe und fuhr zwischendurch in die Berge oder an die See, aber nicht zu weit weg, weil man zu weit weg dem Essen nicht trauen konnte.

So hängt alles irgendwie zusammen, denkt Stefan, man könnte glatt zum Buddhisten werden. Viel zu lange steht er jetzt schon im Flur und horcht. Denkt sich auch das Haus und lässt es irgendwo knacken, also betritt Stefan das seit zirka 1973 gelb gekachelte Bad und klemmt seinen Kulturbeutel hinter den Wasserhahn. Eine Dusche gibt es hier immer noch nicht. Ebenso wenig ein Fenster. Wie man das früher hat bauen können, wird ihm immer ein Rätsel bleiben, Badezimmer ohne Fenster, nur mit einem Gitter in der Wand über dem Klo, knapp unter der Decke, ein Gitter, in dem sich dicke Staubflocken sammeln. Über dem Waschbecken ein Spiegelschrank von Alibert, neben dem Wasserhahn eine Seifenschale mit einem Stück Industrieseife, die Onkel Hermann vor Jahren zentnerweise im Keller eingelagert hat. Immerhin gönnte er sich irgendwann normales Klopapier, wenn auch nur zweilagig, aber wenigstens nicht mehr dieses graue harte Zeug, mit dem man sich früher immer den Arsch aufgerissen hat.

Stefan steigt in die Wanne und geht in die Hocke. Er nimmt die Handbrause, dreht das warme Wasser auf, mischt es mit kaltem und duscht sich, so gut es geht, ohne das ganze Bad unter Wasser zu setzen. Er benutzt die Seife für den Körper und das ockerfarbene Schampong für die Haare. Ja, er denkt Scham*pong*. Wie *Pafföng* und *Grateng* und *Restorang*.

Als er zurück in sein Zimmer kommt, vibriert sein Handy. Er kann sich denken, wer das ist, und zieht sich erst mal in aller Ruhe an. Dann sucht er seine Uhr. Ohne Uhr ist er aufgeschmissen. Er hat kein Zeitgefühl. Hell und dunkel, Tag und Nacht, das kann er auseinanderhalten, aber damit hat es sich auch schon. Er ist kein Pfadfinder, der am Stand der Sonne die Zeit auf fünf Sekunden genau eingrenzen kann, und weiß auch nicht, auf welcher Seite des Baumes das Moos wächst und wie einem das helfen kann, wenn man sich verlaufen hat. Überhaupt pflegt er ein eher angespanntes Verhältnis zur Natur. Diese ständige An-die-

Isar-Rennerei, diese bescheuerten Fahrten in die Alpen wie der letzte Familiendepp, da kann man sich ja gleich irgendein Zeug mit Hirschhornknöpfen zulegen oder einen Hut mit einem Rasierpinsel dran. Außerdem heißt Natur ja immer auch Insekten und Gliedertiere, wie etwa Spinnen, die absolut verzichtbarsten Tiere auf der ganzen Welt. Na gut, die fressen Fliegen, aber mit Fliegen hat Stefan kein Problem. Lieber sechs Fliegen, die um eine Lampe kreisen, als eine Spinne, die hinterhältig in der Ecke hockt. Er hasst diese Biester und damit fertig, ja er hat sogar, wenn er ehrlich ist, Angst vor ihnen, und dagegen helfen auch so rationale Argumente nichts, wie, Spinnen seien nicht nur sehr nützlich, sondern auch extrem harmlos, jedenfalls diejenigen, die in unseren Breiten vorkommen, denn mit Vernunft hat das natürlich nichts zu tun. Es ist schon peinlich, wenn einem Kolleginnen und Kollegen, die ansonsten gern die irrationale Emotionskarte spielen, wenn es um schwierige Rollen geht, beim Thema Spinnen plötzlich mit Vernunft kommen.

Das Telefon vibriert schon wieder, aber jetzt muss er erst mal los und Brötchen besorgen und dann zu Omma Luise, und dann ruft er vielleicht mal in München an. Klar, sagt er sich, man soll so was nicht aufschieben, aber man soll auch gesünder leben und immer ehrlich sein und sich nicht so oft aufregen, aber das haut ja auch alles nicht hin, also geht er runter und tritt auf die Straße.

# 2

Oben steht Trinkhalle dran, aber das nennt eigentlich niemand so, auch Kiosk sagt keiner, das heißt nur Bude, manchmal noch Selterbude, aber das verliert sich auch allmählich. Schon von Weitem sieht Stefan die Langnese-Werbefahne.

Die Trinkhalle, der Kiosk, die Bude von Tante Änne ist nicht einfach ein Verkaufsschalter, sondern ein Exemplar, in das man sogar hineingehen kann. Tante Änne ist nicht Stefans richtige Tante, sondern mit dem Vornamen »Tante« schon auf die Welt gekommen. Wurde jedenfalls nie anders genannt. Und hatte schon immer diese Bude, wahrscheinlich von Geburt an. Genauso wie ihre alten Hände, die immer etwas schmutzig aussahen, auch wenn sie frisch gewaschen waren, wahrscheinlich weil sie so intensiv benutzt wurden.

Im weißen Haushaltskittel hat sie hinterm Verkaufsschalter gestanden und ist nie richtig freundlich gewesen, weshalb man sie auch gerne mal ärgerte. Da warf man mal eine Stinkbombe zu ihr hinein oder einen Chinakracher, und sie kam rausgeschossen auf ihren kurzen Beinen unter dem dicken Oberkörper und drohte einem mit der Faust und schimpfte über die scheiß Blagen, dass einem ganz komisch wurde.

Und ganz komisch wird es Stefan auch jetzt, wo er daran denkt. So geht es einem ja öfter mal mit dem Erinnern. Denn wenn man dann über das Erinnern noch mal ein bisschen nachdenkt, fällt einem auf, dass Tante Änne immer eine ziemlich arme Frau gewesen ist, mit einem Mann, den man niemals Onkel genannt hätte, ja, von dem man nicht mal den Vornamen kannte und der sich, wie so viele hier, langsam, aber sicher ins Grab gesoffen hat, als bester Freund vom prügelnden Decker, was ja auch schon einiges über ihn erzählt. Man hat nie verstanden, wieso Tante Änne trotzdem zusammengebrochen ist, als ihr irgendwie namenloser Mann endlich unter die Erde kam.

Stefan steigt die zwei Stufen hoch, öffnet die Tür und tritt ein. Ein elektrischer Gong ertönt, und ein Mann erhebt sich. Der hat aber nicht hinterm Tresen gesessen, sondern davor, auf einem weißen Holzstuhl. Links ist eine Glaswand, dahinter mehrere Reihen Schubfächer mit Bonbons drin. Beziehungsweise *Klümpchen*. Wieder so ein Wort, das schon in Köln keiner mehr versteht. Dann die Verkaufsöffnung und die Fortsetzung der Glaswand mit vergilbenden Zeitschriftencovern dahinter. Rechts an der Wand ein gut bestücktes Zeitschriftenregal: Illustrierte, Rätselhefte, Sportzeitschriften, Nachrichtenmagazine, Comics für Kinder, Popstarzentralorgane für Jungen und Mädchen.

»Ja, leck mich am Arsch«, ruft der Mann aus, als er Stefan sieht, »der verlorene Sohn ist wieder da!«

»Hallo, Thorsten«, sagt Stefan ohne viel Begeisterung. Noch vor dem Frühstück Thorsten Starek, genannt Toto, dem Enkel, nein Urenkel von Tante Änne über den Weg zu laufen ist schon ein verdammtes Pech. Toto Starek steht auf und hält ihm die Hand hin. Da ist er wieder, denkt Stefan, der feuchtwarme, immer etwas schlaffe Händedruck, für den die Familie Starek berüchtigt ist.

»Wurde auch Zeit, dass du hier aufschlägst! Hab mich schon gewundert, dass du nicht bei der Beerdigung vom Hermann warst.«

»Ging nicht.«

»War auch gesünder. Ich hatte am nächsten Tag Kopp wie'n Rathaus. Ich weiß auch nicht, aber auf Beerdigungen wird immer gesoffen wie Sau.«

»Vielleicht weil es für lau ist?«

Toto guckt, als wäre das ein sehr interessanter Gedanke. »Ist ja auch egal«, sagt er dann. »Hauptsache besoffen! Wie lange warst du jetzt weg?«

»Zehn Jahre, ungefähr.«

»Guck mal, Omma, der Stefan!«

Hinter dem Verkaufstresen sitzt tatsächlich Änne Starek, Tante Änne, in einem weißen Haushaltskittel, aus dem fleischige weiße Oberarme herauswachsen. Ihre Wangen sind rot vor kleinen, geplatzten Äderchen, ihre Haare weiß und hinten zu einem Dutt zusammengeknotet. Dutt, denkt Stefan, noch so ein Wort, das ich ewig nicht gedacht habe.

»Der kleine Zöllner!«, sagt Tante Änne, und ihre Stimme ist noch ein bisschen rauer, als sie früher ohnehin schon gewesen ist. Das hört sich nach Alkohol und Nikotin an, aber Tante Änne hat nie geraucht, ihre Stimme ist einfach durch fast ein Jahrhundert Benutzung so geworden.

»Guten Tag, Frau Starek«, hört er sich sagen, und die alte Frau holt sich seine Hand über den Tresen und sagt: »Getz hör dich den an! Als das letzte Mal einer Frau Starek für mich gesagt hat, war der Adenauer noch Bundeskanzler gewesen. Außer auf dem Amt!«

»Zu mir hat er Thorsten gesagt!«

»Wie lange ist das jetzt her, dass du weg bist?«, fragt Tante Änne, und Stefan blickt an ihr vorbei auf die große, alte Langnese-Eistruhe, aus der sie früher aufstöhnend Domino oder Happen oder Nogger hervorholte. Daneben steht ein Regal, in dem sich Sekt-, Wein- und Schnapsflaschen drängeln, auch Plätzchen-, Chips- und Kaffeetüten sowie ein eigentlich gar nicht hierher passender Kaffeeautomat, der auf Knopfdruck offenbar Cappuccino und Latte liefert. Also ist die Neue Deutsche Kaffeekultur auch bei Tante Änne in der Bude angekommen.

»Etwas mehr als zehn Jahre«, sagt Stefan noch einmal.

»Kommt mir viel länger vor. Wo bist du denn hin?«

»Mittlerweile wohne ich in München.« Wer als Erster *Weißwurstäquator* sagt, verliert, denkt Stefan.

»Übern Weißwurstäquator?«, grunzt Tante Änne. »Die können uns Preußen doch nicht verknusen!«

»Das geht schon.«

»Und was machst du da?«

»Mensch, Omma«, schaltet sich Toto wieder ein, »der Stefan ist doch Schauspieler geworden.«

»Was isser?«, ruft Änne Starek und dreht ihr Ohr in Richtung ihres Urenkels. »Schausteller? Was ist das denn für'n Blödsinn? Bist du mit 'ner Geisterbahn unterwegs, oder was?«

»Schau*spieler,* Omma!«, schreit Toto. »Wie der Heinz Rühmann!«

»Ach was!«, ruft Änne Starek. »Muss man dich kennen?«

»Nee«, sagt Stefan.

»Theater, Omma. Der Stefan ist am Theater!«

»Der Hannes Messmer war mal hier am Schauspielhaus. Da hatte ich 'ne Wahlmiete!«

»Ja, so was macht der!«

»Du bist doch immer mehr so ein Ruhigen gewesen«, sagt Tante Änne.

Stefan fragt sich, wie er an seine Brötchen kommen soll. Da hinten liegen sie, goldgelb, in einem geflochtenen Korb. Drei Stück sind noch da. Mehr braucht er nicht.

»Wo guckst du hin, Junge?«, fragt Tante Änne, die noch alles mitkriegt, das ist mal klar.

»Ich habe nur die Kaffeemaschine da hinten bewundert.«

»Das ist ein Dingen, was?« Tante Änne ist ganz stolz. »Muss man haben, heute. Man muss mit der Zeit gehen. Da drückst du einfach drauf, und dann kommt Kaffee raus!«

»Du musst natürlich einen Becher drunterstellen!«, schreit Toto und lacht sich kaputt über seinen eigenen Witz.

»Der hält mich für bekloppt!«, sagt Tante Änne ernst. »Was brauchst du noch Feinde, wenn du solche Verwandte hast! Willst du einen? Geht aufs Haus!«

»Nee danke«, erwidert Stefan. »Ich bin jetzt auf dem Weg zu Omma Luise, da wartet schon einer auf mich.«

»Wer nicht will, der hat schon!«

So ein Heimaturlaub ist auf jeden Fall eine gute Gelegenheit, sein Reservoire an Floskeln aufzufrischen, denkt Stefan.

»Aber heute gehst du nicht mehr ins Theater, was, Omma?«, reißt Toto das Gespräch wieder an sich. »Hier an der Bude hast du Theater genug, was, Omma?«

»Das kannst du laut sagen! Hier ist immer was los. Nix wie Theater hast du hier den ganzen Tag!«

»Erzähl doch mal«, ruft Toto, »von der Sache neulich!«

»Ach, das war doch nix!«

»Das stand doch sogar in der Zeitung!«

»In der Zeitung steht viel.«

»Ey, du glaubst es nicht! Voll die Story!«, plärrt Toto, und es ist klar, dass er die Geschichte erzählen wird, denn genauso hat er es von Anfang an geplant.

»Da sitzt die Omma hier einen Abend ganz gemütlich in der Bude«, beginnt er und macht dabei ganz komische Bewegungen, als wäre er Travis Bickle, der mit seinem Spiegelbild spricht, bevor er loszieht, um Leute umzulegen. »Und plötzlich kommt so ein Typ rein, Kapuzenpulli und so, und Omma denkt schon, was ist das denn für einer. Oder, Omma, der ist dir doch von Anfang an komisch vorgekommen, oder?«

»Die kommen mir doch heute alle komisch vor.«

»Der guckt sich jedenfalls die Klümpchen in den Schubfächern an«, macht Toto weiter.

»DAS kam mir komisch vor«, unterbricht ihn Tante Änne. »Der war doch für Klümpchen viel zu alt!«

»Jedenfalls«, macht Toto weiter, »was macht der Typ? Hä? Was meinst du macht der?«

»Erzähl es mir Toto!«

»Er holt 'ne Knarre aus der Jacke!«

»Kein Scheiß?«, entfährt es Stefan. Die Geschichte ist vielleicht interessanter als der Erzähler.

»Echt kein Scheiß jetzt! Der hält Omma also die Knarre

unter die Nase und sagt, sie soll das ganze Geld rausrücken.«

»Das ganze Geld!«, empört sich Tante Änne. »Was haben die jungen Leute denn für Vorstellungen, was man mit so einer Bude verdient!«

»Und was sagt Omma?«, stößt Toto kurzatmig hervor. »Ey, was glaubst du, sagt Omma zu dem Typen mit der Knarre?«

»Keine Ahnung«, sagt Stefan, gegen seinen Willen sehr gespannt.

»Omma Änne sagt: *Was willst du denn, du Idiot? Verpiss dich!*«

»Echt wahr?«

»Echt wahr, kein Scheiß! Da hält der ihr 'ne Knarre ins Gesicht, und Omma Änne sagt, er soll sich verpissen!« Toto muss sich vor Lachen am Verkaufsschalter festhalten.

»Das war doch nur so'n Jüngelchen«, hält Tante Änne den Ball flach.

»Aber die Nerven muss man erst mal haben!«, keucht Toto. »*Verpiss dich, du Idiot!* Ey, ich dachte, ich brech ab!«

»Und was hat der Typ gemacht?«, will Stefan dann doch noch wissen.

»Der ist abgehauen, der Arsch!«, kreischt Toto. »Der hatte die Hosen gestrichen voll, dem ist die Angstpisse an den Beinen runtergelaufen! Verpiss dich, ich packe es nicht, ehrlich! Omma Änne ist echt 'ne Marke. Ich hab dann gleich die WAZ angerufen und bei den Ruhrnachrichten auch noch. Und beim Stadtspiegel. Echt, so Storys erlebst du nur hier! Die liegen praktisch auf der Straße!«

Ob die Geschichte stimmt oder nicht, denkt Stefan, ist letztlich egal. Man traut sie Tante Änne zu, das ist der springende Punkt. Wenn ich so alt bin, traut mir das keiner zu. Falls ich überhaupt so alt werde. Wenn ich nicht bald Frühstück bekomme, stehen die Chancen schlecht.

»Du bist doch nicht gekommen, um dir Geschichten anzuhören«, sagt Tante Änne jetzt. »Was kann ich für dich tun, Junge?«

»Drei Brötchen hätte ich gerne.«

Tante Änne nickt, rutscht von ihrem Hocker und schlurft zu den Brötchen hinüber.

»Hör mal«, sagt Toto und wischt sich die letzten Lachtränen aus den Augenwinkeln, »da fällt mir ein, ich könnte deine Hilfe brauchen. Ich muss nachher noch einen Schrank in Dortmund abholen. Der Diggo wollte mir helfen, aber der liegt flach, weil er sich gestern Abend mal wieder abgeschossen hat.«

Das ist nun das Letzte, was Stefan will, mit Toto Starek nach Dortmund und einen Schrank durch die Gegend fahren! »Ich bin auf dem Weg zu Omma Luise«, sagt er, »und danach bin ich bei Frank Tenholt. Und dann ist da noch das Sommerfest von der Spielvereinigung.«

Stefan hört die Kaffeemaschine mahlen, festklopfen und schlürfen.

»Ey, kein Problem«, sagt Toto, und Stefan denkt schon, er hat die Sache abgebogen, als Toto fortfährt: »Ich hol dich beim Tenholt ab, und dann ziehen wir das einwandfrei durch. Dauert nicht länger als 'ne halbe Stunde, da hast du noch massig Zeit. Aber mal 'ne ganz andere Frage. Du bist doch bestimmt wegen Charlie hier, oder? Ich meine, die Beerdigung hast du doch verpasst. Hast du dich schon bei der gemeldet?«

Jetzt kommt der auch noch damit an, denkt Stefan.

»Hier, Jungchen, deine Brötchen«, sagt Tante Änne und legt eine weiße Tüte auf den Tresen. »Fünfundsiebzig Pfennig. Ich sag immer noch Pfennig, wie damals, als wir noch richtiges Geld hatten.« Außerdem stellt sie einen kleinen Pappbecher daneben, aus dem es dampft. »Und so ein kleiner *Expresso* für auf den Weg, der geht immer!«

Stefan legt ihr die fünfundsiebzig Cent passend auf die BILD-Zeitung auf dem Tresen und bedankt sich. Er nimmt den Espresso und will nach Zucker fragen, lässt es dann aber.

»Ich werde Charlie schon noch anrufen«, sagt er.

Toto nickt. »Mach das! Das ist gut!«

Stefan nippt von dem Espresso.

»Und wegen dem Schrank«, sagt Toto, »da lass dir mal keine grauen Haare wachsen. Das ist 'ne Stunde, und dann ist gut. Ist auch nicht schwer, nur unhandlich, deshalb kann ich das nicht alleine machen.«

Stefan stellt den leeren Becher ab und fühlt sich verhaftet. Er bedankt sich noch einmal bei Tante Änne, die ihm eine kleine, rosa und weiß gestreifte Tüte in die Hand drückt und sagt: »Aber sag der Mutter nix!«

»Also«, sagt Toto zum Abschied und sieht auf die Uhr, »ich hol dich so um eins beim Tenholt ab.«

Auf der Straße sieht Stefan sich an, was in der Tüte ist. Salmiakpastillen. Hat er noch nie ausstehen können.

## 3

Er geht zu Fuß in die Stadt, dorthin, wo Omma Luises Heim ist, obwohl sie es nicht gern hat, wenn man es Heim nennt. Eine Seniorenresidenz sei das, hat sie ihm erst kürzlich am Telefon eingebläut, und wenn man es recht bedenkt, ist Omma Luise auch tatsächlich keine Frau, die in einem Heim lebt, dafür ist sie viel zu jung, obwohl sie auf die neunzig zugeht. Hundert soll sie werden, wünscht Stefan ihr, mindestens, und dann soll sie in irgendeiner Boutique mit der Bluse in der Hand umfallen. Omma Luise hat immer gern Klamotten gekauft, hat nicht, wie viele alte Leute, das Geld zusammengehalten, sondern, wie sie selbst sagt, »immer gut gelebt, ich kann nix dafür«, und Stefan muss ihr immer klarmachen, dass sie sich dafür nicht entschuldigen muss, sie kann mit ihrem Geld machen, was sie will, es auch mit vollen Händen in den nächsten Gulli schmeißen, wenn es ihr Spaß macht. Omma Luise hat viel Schönes, aber auch viel Mist erlebt während ihrer Zeit auf diesem Planeten, sie hat einen Weltkrieg überlebt, fast fünfzig Jahre Ehe mit einem zunehmend schweigsamen, schwierigen Mann, der nicht die Liebe ihres Lebens war, und sie hat ihre Tochter überlebt, was das Schlimmste sein muss, das man sich vorstellen kann. Damals, vor dreizehn Jahren, nach dem Tod von Stefans Mutter, ist Omma Luise losgezogen und hat Geld ausgegeben, Blusen gekauft, teure Jacken, Kleider, die sie niemals anzog, aber scheiß drauf, hat Stefan gesagt, wenn es dir hilft.

Das Handy in seiner Hosentasche vibriert. Stefan wirft einen Blick aufs Display. Anka.

Er will eigentlich nicht rangehen, aber sie wird es immer wieder versuchen, also bringt er es am besten gleich hinter sich. Er drückt auf das grüne Hörer-Symbol und bleibt stehen. Er kann nicht im Gehen telefonieren. Zu Hause schon, da geht er gern auf und ab, setzt sich hin, steht wieder auf und ist immer noch dankbar für die Erfindung des schnurlosen Telefons, auch wenn er sich manchmal fragt, ob das mit den Funkwellen wirklich nicht schädlich ist für das Gehirn, die Nerven oder die Potenz, aber er übertreibt es eben manchmal mit dem Nachdenken. Auf der Straße kann er nicht im Gehen telefonieren, weil man sich auf der Straße einfach anders bewegt, mehr so zielgerichtet, auch schneller, und da fängt man dann irgendwann an zu keuchen, und das ist dann doch zu peinlich, weil der Gesprächspartner denken muss, man keuche wegen ihm, beziehungsweise ihr, und gerade Anka will er nicht ankeuchen, nicht mehr.

»Da bist du ja!«, sagt sie.

»Ja, wer sonst? Das hier ist mein Telefon.«

»Was weiß ich, wer da alles drangehen kann.«

»Niemand außer mir, Anka.«

»Du meldest dich gar nicht.«

»Gestern habe ich die ganze Zeit im Zug gesessen, dann habe ich geschlafen. Da war ja nun kaum Zeit.«

»Unser Abschied war so merkwürdig gestern.«

»Findest du?«

»Du warst so distanziert.«

»Nee, nee.«

»Ich wäre sehr gern mitgefahren.«

»Darüber haben wir doch geredet.«

Erst jetzt fällt ihm auf, dass Anka, den Hintergrundgeräuschen nach zu urteilen, nicht zu Hause, sondern irgendwo unterwegs ist. Erinnerungen an schlechte Filme steigen in ihm auf. Die durchgeknallte Fast-Exfreundin reist ihrem Typen hinterher und platzt in einen romantischen Moment mit der Frau, die ihn wirklich verdient.

»Wo bist du eigentlich?«, fragt er vorsichtshalber.

»Einkaufen.«

Die Antwort kam prompt, wie vorbereitet.

»Du hast mir gar nicht gesagt, wann du genau zurückkommst.«

»Weiß noch nicht.« Stimmt nicht, er hat eine Fahrkarte mit Zugbindung gebucht. Sparpreis.

»Aber du hast doch Montag früh dieses Vorsprechen.«

»Ich weiß.«

»Dann musst du doch morgen zurückkommen, sonst schaffst du das doch gar nicht!«

»Ich weiß.«

»Das kannst du dir nicht entgehen lassen, jetzt wo sie dir deinen Vertrag nicht verlängert haben.«

»Es ist ein Vorsprechen für eine Vorabendserie. Weiß der Geier, ob ich da mit einem Affen spielen muss oder einem Köter oder einem Elefanten oder einem Lama oder was weiß ich, jedenfalls ist es was mit Tieren.«

»Aber du musst doch arbeiten, Stefan! Wovon willst du denn leben?«

Da sagt er jetzt mal nichts zu.

»Oh Gott, ich komme mir so blöd vor«, sagt Anka. »Ich höre mich so verkrampft und spießig an. Ich mach mir einfach Sorgen. Ich weiß auch nicht.«

Was soll er darauf erwidern? Sie macht sich Sorgen um ihn. Das ist gut und richtig in einer Beziehung.

»Du musst dir keine Sorgen machen«, sagt er. »Ich verkaufe das Haus meiner Eltern, und mit dem Geld kann ich mich eine Zeit lang über Wasser halten. Und vielleicht haut das ja auch hin mit dem Vorsprechen.«

»Du hast recht. Tut mir leid.«

»Außerdem kann ich mich auch an anderen Theatern bewerben. Es ist ja nicht so, als hätte ich nichts vorzuweisen …«

In dem Moment, als er es ausspricht, wird ihm erst mal so richtig klar, dass ein neues Festengagement für ihn eigentlich nicht infrage kommt. Diese ewige Stadttheater-Tretmühle hat er satt. Aber ist eine Fernsehserie nicht auch eine Tretmühle, fragt er sich. Und gibt sich gleich die Antwort: Ja, aber eine neue, eine andere. Und eine, in der besser bezahlt wird.

Eine Zeit lang schweigen sie sich an. Stefan würde gern etwas Nettes zu Anka sagen, aber alles, was ihm durch den Kopf geht, kommt ihm falsch und aufgesetzt vor. Er fragt sich, ob das nur eine der Krisen ist, durch die Paare nun einmal gehen und von denen Anka und er auch schon ein paar mitgemacht haben, oder ob hier was in eine völlig falsche Richtung geht, und zwar endgültig. Er schließt kurz die Augen und schüttelt den Kopf. Das ist doch nicht mehr altersgemäß, diese ganze *Beziehungskiste.* Eigentlich müsste er *Eheprobleme* haben, irgendwas, das mit Kindererziehung, Schwiegermüttern, Hypotheken und Pflegschaftssitzungen zu tun hat, stattdessen fühlt er sich, als kaue er auf einem sehr alten Kaugummi herum, die Wangenmuskeln fangen schon an zu schmerzen.

Im Hintergrund hört er jetzt jemanden auf Bayrisch fluchen, irgendwas mit *Depp* und *damisch,* also ist Anka nicht auf dem Weg zu ihm. Das hat er auch nicht wirklich geglaubt, denn durchgeknallt ist sie nun wirklich nicht, nur manchmal etwas nervig, aber wahrscheinlich nicht nerviger als Stefan selbst, und er fragt sich, wieso er immer noch nicht weiß, wie man in einer *Beziehung* an so einen Punkt kommt, einen, den er nicht mal richtig beschreiben kann, einen, an dem man sich wünscht, dass der andere wenigstens ein Arschloch wäre, das würde nämlich vieles leichter machen. Ach ja, denkt Stefan, die Welt ist zu gut, jedenfalls zu mir, warum nur bin ich kein Opfer, das man ehrlich bedauert.

Anka sagt immer noch nichts.

Stefan auch nicht. Er muss los. Omma Luise wartet.

»Hör zu, Anka, ich muss den Bus kriegen.«

Wieder etwas, das er nicht sagen wollte.

»Aha, du musst den Bus kriegen, das ist natürlich wichtig, ich verstehe.«

Es hört sich an, als würde sie nur mit Mühe Tränen unterdrücken, und er fragt sich, ob sie da nicht ein bisschen zu viel auf die Tube drückt, aber gleich darauf denkt er, dass er ihr ja nicht gleich das Schlechteste unterstellen muss, nämlich, dass sie das alles nur spielt oder übertreibt oder was weiß ich denn, denkt Stefan. Wo sind die Zeiten hin, da man Frauen einfach schlecht behandeln konnte, ohne sich mies zu fühlen?

»Ich bin mit jemandem verabredet«, sagt er, bevor ihm klar wird, dass so was ein Sprengsatz in Ankas Ohren sein muss.

»Mit einem Mann oder einer Frau?«, fragt sie dann auch.

»Mit einer Frau«, sagt Stefan und lässt das wirken. Er muss ja nicht mal lügen dafür.

»Kenne ich sie? Diese eine?«

Natürlich hat er ihr mal von Charlie erzählt, so wie man in jeder *Beziehung* Zeugnis ablegt von seiner Vergangenheit. Auch Anka packte daraufhin aus, von einer Abtreibung und einem, der sich nicht zuletzt ihretwegen umgebracht hat, und Stefan kam sich wieder so langweilig und normal vor, wie so oft, wenn er den anderen Schauspielerinnen und Schauspielern zuhörte. Ich bin so uninteressant, denkt er, und deshalb kriege ich auch meinen Vertrag nicht verlängert.

»Ich treffe mich mit meiner Omma.«

»Ich verstehe«, sagt Anka.

»Gut«, sagt Stefan.

Dann schweigen sie sich wieder an, und das geht Stefan dann doch gehörig auf den Senkel. Wenn man sich so anschweigt, denkt er, dann ist der Wurm drin, dann hat man sich tatsächlich nichts mehr zu sagen, und da sollte man dann auch die Konsequenzen ziehen, besser gesagt den Schlussstrich.

»Ich werde nicht mehr da sein, wenn du zurückkommst«, sagt Anka.

Oho, denkt er, das ist aber mal ein Paukenschlag! Am

liebsten würde er erwidern, sie solle seinen Wohnungsschlüssel einfach in den Briefkasten werfen, aber das ist ihm jetzt zu platt.

»Stefan …«, sagt sie dann noch und beweist damit, dass sie die Wenige-Worte-Strategie auch ganz gut draufhat, denn in diesem einen Wort, seinem Namen, stecken dann wieder viele Tränen, echte Tränen aber diesmal, das merkt er irgendwie, also sagt er, sie würden über alles reden, wenn er erst mal zurück sei, und als sie daraufhin Danke sagt, ärgert er sich schon wieder. Man kann mit niemandem zusammen sein, der sich bedankt, nur weil man ankündigt, mit ihm reden zu wollen, vor allem wenn beide davon ausgehen können, dass es kein schönes, sondern ein überaus anstrengendes, deprimierendes Gespräch sein wird. Mit Leuten, die sich noch entschuldigen, wenn man ihnen ins Gesicht schlägt, kann man sich nicht ordentlich prügeln, das steht mal fest.

Jetzt hat er doch eine ganze Zeit lang hier auf einem Fleck gestanden und einiges an Zeit verloren. Ein Bus fährt an ihm vorbei. Fünfzig Meter weiter ist die Haltestelle, aber den Bus kann er nur kriegen, wenn er jetzt losrennt, und hinter einem Bus oder einer Bahn herzurennen ist ungefähr so peinlich wie ins Telefon zu keuchen. Wenn es in deinem Leben darauf ankommt, genau diesen Bus, genau diese Bahn zu erwischen, dann hast du ein Problem, denkt Stefan.

Ein paar Sekunden starrt er auf das Telefon, dann ruft er bei Charlie an. Toto Starek hat ihn schon gefragt, ob er das erledigt habe, Omma Luise wird sicher ebenso fragen wie Frank Tenholt. Stefan wird dann sagen können, ja sicher, hab ich gemacht, und damit wäre die Luft erst mal raus aus dem Thema.

Also wählt er ihre Nummer, von der er hofft, dass sie noch die gleiche ist, aber so viel er weiß ist Charlie nicht umgezogen, auch wenn er sich fragt, woher er das hätte wissen sollen. Es klingelt und klingelt und noch immer geht niemand ran, es meldet sich auch kein Anrufbeantworter.

Zehn-, zwanzigmal lässt er es klingeln, dann legt er auf. Wenn sie nach dem neunzehnten Klingeln rangegangen wäre, wäre das Gespräch sowieso eine Katastrophe geworden, man kann nur sauer sein auf jemanden, der es so penetrant lange klingeln lässt, sechs-, siebenmal, das ist doch beim Klingelnlassen das Höchste der Gefühle. Aber Stefan hat jetzt seine Pflicht getan, er hat sich nicht gedrückt, niemand kann ihm einen Strick drehen, woraus auch immer. Langsam bekommt er Hunger auf die frischen Brötchen.

4 Hier sieht es tatsächlich nicht aus wie in einem Heim, eher wie in einem Hotel. Stefan durchquert die Eingangshalle, wo einige ältere Damen an runden Bistro-Tischen sitzen und Kaffee trinken. Zwei Rollatoren stehen daneben, eine Frau sitzt im Rollstuhl. Etwa die Hälfte der Frauen leidet an einer Art Altersübergewicht. An einem der Tische sitzt ein Mann mit einem weißen Haarkranz um den kahlen Schädel. Der Mann sitzt sehr aufrecht, als würde er fotografiert.

Stefan tritt an den Empfangstresen und sagt, er möchte zu Frau Borchardt. Die Dame hinter dem Tresen, die gerade mit einem Kugelschreiber ein Formular ausfüllt, hebt nur kurz den Kopf, lächelt ihn an und sagt, erster Stock, die Treppe hinauf und dann links, er könne auch den Fahrstuhl nehmen. Ohne Gesichtskontrolle kommt hier keiner rein.

Er öffnet die Tür zum Treppenhaus und geht in den ersten Stock hinauf. Er klingelt bei Omma Luise, die gleich darauf die Tür aufreißt und ihn mit einem gebrummten »Das wurde aber auch Zeit!« begrüßt. Stefan beugt sich zu ihr hinunter, da sie über einssiebenundfünfzig nie hinausgekommen ist, und gibt ihr einen Kuss auf die Wange. Ihr Haar riecht ein wenig nach Nikotin, also hat Omma Luise heute Morgen schon eine durchgezogen.

Sie hält ihn einen Moment fest. Er drückt sie an sich und verflucht sich dafür, dass er so selten hier ist. Sein Leben und alles, was er ist, ist ohne diese Frau nicht vorstellbar. Als sie ihn zögernd loslässt, sieht er, dass sie Tränen in den Augen hat, und da schießt es auch ihm selber ein. Sie gucken zur Seite wie zwei Männer, die nicht zugeben wollen, dass sie sich mögen.

»Hast du verpennt?«

»Ich bin aufgehalten worden.«

»Und abgenommen hast du.«

»Ein, zwei Kilo.«

»Und sonn schwattes Hemd hast du an! Bei dem schönen Wetter!«

»Ich hab halt einfach irgendwas aus dem Koffer genommen.«

»Schick machen für die Omma ist auch aus der Mode gekommen, was?«

»Dafür hast du dich aber extra fein gemacht.« Stefan weiß, dass Omma Luise auf ihr Äußeres großen Wert legt und gerne Komplimente bekommt, diese dann aber demonstrativ herunterspielt.

So auch jetzt: »Ach, das ist doch nur so eine alte Bluse!«

Sie spielt ein wenig mit dem gemusterten Halstuch herum, das sie noch ein wenig schicker, ein wenig »angezogener« wirken lässt.

»Ich hab die Kaffeemaschine noch nicht angemacht«, sagt sie. »Du bist da ja ein bisschen pingelig.«

»Ach was, Omma, ist schon okay.«

»Du hast mir doch schon Vorträge gehalten, dass der Kaffee nichts mehr ist, wenn er soundso lange auf der Platte gestanden hat. Das hab ich mir gemerkt.«

Omma Luise geht hinüber zu ihrer Einbauküche, die sich übergangslos an das Wohnzimmer anschließt, und schaltet die Kaffeemaschine ein.

»Ah, lecker Brötchen!«, sagt sie und nimmt ihm die Tüte aus der Hand. »Drei Stück nur? Verdienst du nicht mehr so gut?«

»Tante Änne hatte nur noch drei.«

»Ja, ja, die Änne, die geht mit der Zeit. Hat ja jetzt auch so eine moderne Maschine da rumstehen mit Kaffee für so Leute wie dich. Und regt sich immer noch über die Blagen auf, die den ganzen Betrieb aufhalten, weil sie für zwanzig Pfennig Klümpchen wollen.«

»Der Toto hockte da und hat mich vollgelabert. Wusstest du, dass Tante Änne überfallen worden ist?«

»Sie sorgt ja dafür, dass es jeder mitkriegt.«

»Ich würde eher sagen, der Toto sorgt dafür.«

»Ja, ja, und die Änne wehrt sich mit Händen und Füßen!«

Omma Luise hat den kleinen Esstisch im Wohnzimmer gedeckt. Den Fernseher, der bisher stumm den Videotext des WDR Fernsehens angezeigt hat, schaltet sie aus. Für Omma Luise ist das natürlich nicht das WDR Fernsehen, sondern immer noch »das Dritte«, aber in der Hinsicht geht es Stefan nicht anders. Er hat auch in seinem Fernseher in München auf dem dritten Programmplatz nicht SAT1 oder RTL, sondern natürlich den WDR.

»Nicht dass du denkst, ich sitze den ganzen Tag vor der Glotze. Ich bin nur gerne informiert.«

Sie setzen sich. Omma Luise schneidet alle drei Brötchen auf, legt eines auf das alte Holzfrühstücksbrettchen, das Stefan noch aus seiner Kindheit kennt und ihn daran erinnert, dass das Prinzip Frühstücksbrettchen in seiner Familie immer ernst genommen wurde. Die Idee, zum Frühstück schon Teller zu benutzen, hat sich nie durchgesetzt. Die anderen beiden Brötchen legt Omma Luise in einen kleinen Bastkorb, der mit einer Papierserviette ausgeschlagen ist, und macht keine Anstalten, sich selbst ein Brötchen zu nehmen, denn das war auch immer ein Gesetz: Die Omma macht das Essen, isst aber nicht mit, weil es immer so viel nebenher zu tun gibt. Man muss aufspringen und Kaffee holen oder Wasser oder etwas, das noch auf dem Herd steht, und außerdem hat man sowieso keine Ruhe, wenn man bis gerade noch am machen war.

Stefan schmiert sich das Brötchen mit »guter Butter« und schaufelt Erdbeermarmelade darauf, und zwar mit dem Buttermesser und nicht mit einem Extralöffel, was Anka jetzt schon wieder wahnsinnig machen würde. Butter in der Marmelade kommt auf Ankas Problemrangliste gleich hinter dem fehlenden Weltfrieden. Sie skizziert gerne mal das Horrorszenario von riesigen pelzigen Schimmelkulturen, welche mit der Zeit alles Leben auf der Erde auslöschen werden, weil Stefan mit dem Buttermesser in die Marmelade fährt. Früher, zu Hause, hat man das immer gemacht, und an verschimmelte Marmelade kann Stefan sich nicht erinnern.

Omma Luise springt auf, weil der Kaffee jetzt durchgelaufen ist, und gießt ihm ein, und zwar in eine von den guten Tassen, aus dem Wildrosen-Service.

»Hoffentlich«, sagt sie, »war ich schnell genug. Nicht dass der schon ein bisschen angegammelt ist auf der Platte.«

»Verdammt guter Kaffee«, sagt Stefan nach dem ersten Schluck und zitiert damit Kyle MacLachlan alias Special Agent Dale B. Cooper aus *Twin Peaks*, aber das kann Omma Luise natürlich nicht ahnen.

Stefan fragt Omma Luise nach ihrem Alltag, den anderen Hausbewohnern und wie es ihr hier jetzt gefällt. Eigentlich hat sie gar nicht herziehen wollen, »weil da nur alte Leute herumlaufen« und sie sich mit Mitte achtzig nicht dazuzählte, aber dann nahmen ihre körperlichen Probleme zu. Mal fiel sie beim Friseur um und musste an der Halsschlagader operiert werden, dann hatte sie es im Fuß und konnte kaum laufen, weil sich irgendeine Hautgeschichte entzündet hatte. Dann hieß es, sie habe Gicht, dann wieder, das sei eine Sprunggelenksarthrose, und dann der Rücken, der immer wieder schmerzte, ohne dass die Weißkittel herausbekamen, wieso. Jedes Mal, wenn man Omma Luise nach ihren Beschwerden fragt, sagt sie: »Geht schon wieder besser.« Man kann sich doch nicht hängen lassen, ist ihr Credo, und dazu gehört, dass man sich die eigenen Beschwerden schönredet, so wie Schamanen früher wunde Stellen »besprachen«. Es funktioniert, denn verglichen mit anderen Frauen ihres Alters geht es Omma Luise ausgezeichnet. Sie steht nicht plötzlich vor dem Bahnhof, ohne zu wissen, wie sie dahingekommen ist, ihr Herz ist in Ordnung, »und bevor ich einen Rollator nehme, häng ich mich auf«, hat sie mal gesagt. Trotzdem macht Stefan sich Sorgen.

Als er vor ein paar Jahren das letzte Mal zu Besuch gewesen ist, hat er sie darauf angesprochen, ob es nicht eine gute Idee wäre, doch noch mal umzuziehen, irgendwohin, wo man ihr helfen könne, wenn es nötig wäre. Ein stinknormales Heim, das war ihm klar, käme für Omma Luise nicht in Betracht. Sie selbst hatte immer gesagt, wenn überhaupt, dann in dieses Haus mitten in der Stadt, aber das könne sie sich ja nicht leisten. Na ja, hat Stefan gesagt, sie müsse sich das ja auch nicht alleine leisten, er sei ja auch noch da, aber davon hat sie zunächst nichts wissen wollen. Dann sind ihr die Tränen in die Augen geschossen, und Stefan hat sich schon gefragt, ob das wirklich eine gute Idee war, ihr vorzuschlagen, aus ihrer schönen Wohnung, in der sie nun auch schon fünfundzwanzig Jahre lebte, auszuziehen, was Omma Luise als weiteren Schritt Richtung Grab deuten musste. Dann aber wischte sie sich die Tränen aus den Augen und sagte: »Eins sag ich dir gleich: Was im Keller ist, kann alles weg!«

Dass er sich hier an der Miete beteiligt, fällt ihm ein, ist ein weiterer Grund, die Sache mit dem Vorsprechen am Montag ernst zu nehmen. Als Seriendarsteller hätte er garantiert mehr auf der Tasche.

Und wie aufs Stichwort fragt sie ihn jetzt, wie es bei ihm beruflich laufe.

»Du, vom Theater bin ich jetzt weg. Am Montag fange ich wahrscheinlich mit einer Fernsehserie an.«

»Aber musst du dann da unten bleiben?«

»Sieht so aus.«

»Fernsehen? Ist das denn was für dich?«

»Ich dachte, ich probiere mal was Neues.«

Unvermittelt steht Omma Luise auf und holt Stefan die zweite Tasse Kaffee.

»Ich mach jetzt aber keinen frischen. Eine vergammelte Tasse wirst du ja wohl mal aushalten.«

»Ist schon in Ordnung.«

Sie schenkt ihm ein, wirft einen Blick in die Tasse und sagt: »Völlig normaler Kaffee. Da gibt es nichts zu meckern.«

Sie setzt sich wieder und zieht ihre Bluse glatt. »Und weil du was Neues ausprobieren willst, musst du dein Elternhaus verkaufen.«

»Was soll ich machen, jetzt wo Onkel Hermann nicht mehr da ist.«

»Ja, ja, der Hermann, der war immer so ein Glückskind. Einfach umgekippt und fertig.«

»Aber zuletzt ging es ihm doch nicht besonders gut, oder?«

»Der kam die Treppen kaum noch hoch und hatte *Malästen* mit dem Blutdruck und manchmal so ein Rauschen im Ohr. Alles von der Singerei früher!«

»Aber du hast immer gerne zugehört.«

»War ja auch schön. Ich sag ja nur. Der Hermann hatte immer Angst, dass er mal einen Schlaganfall kriegt. Er hat von irgendjemandem gehört, der auch immer ein Rauschen in den Ohren hatte, und der ist irgendwann umgekippt und mit dem Kopf auf die Kante vom Wohnzimmertisch geknallt, und der hat dann tagelang in seinem Blut gelegen, bis sie ihm die Tür aufgebrochen haben.«

Ein paar Stunden hat Onkel Hermann schon dagelegen, bis einer seiner Skatbrüder vorbeikam, um ihn für die wöchentliche Runde abzuholen, und der Hermann nicht aufgemacht hat, hat Omma Luise letzten Dienstag am Telefon erzählt.

»Na ja«, sagt Omma Luise. »Andere liegen Monate in

ihrer Bude, und keiner sagt was, obwohl das ganze Haus schon am Stinken ist. Ist wirklich ein Glückskind gewesen, der Hermann.«

»Und wie war die Beerdigung?«

»Da hast du nix verpasst. Weißt du, wenn so ein Alter abtritt, dann ist ja nicht viel los, und es regt sich auch keiner so richtig auf. Dem seine Zeit war einfach abgelaufen. Beerdigung, da musst du hin, wie du zum Arzt musst. Nicht gerne, aber du machst es. Man hat ja auch Zeit. Und Kaffee und Kuchen für umsonst. Und die Männer haben sich natürlich einen angesoffen. So ist wenigstens immer was los. Wenn ich mal gehe, sollt ihr auch schön feiern.«

»Ach, bis dahin, Omma!«

»Kann morgen vorbei sein. Kann man ja nix dran ändern, also muss man da kein Theater machen. Ich sach immer: Ihr sollt nicht heulen, dass ich weg bin, ihr sollt feiern, dass ich da gewesen bin.«

Ein paar Sekunden schweigen sie. Dann sagt Omma Luise: »Du bist jetzt zehn Jahre weg, aber du konntest immer nach Hause kommen. Wo willst du hin, wenn das Haus weg ist?«

Stefan weiß, was sie meint, aber er hat darauf keine Antwort. Hier, in seiner Heimatstadt ins Hotel? Kann er sich nicht vorstellen. Wahrscheinlich könnte er bei Frank Tenholt unterkommen. Dessen Haus ist groß genug. Aber das wäre nicht dasselbe.

»Und was hast du heute noch so vor?«, hilft Omma Luise ihm aus diesen Gedanken.

»Ich hab volles Programm. Gleich besuche ich den Frank Tenholt, dann muss ich mit Toto Starek einen Schrank aus Dortmund abholen, dann ist Sommerfest bei der Spielvereinigung, dann der Termin mit dem Makler und dann mal sehen. Und morgen ist ja diese Geschichte mit der Autobahn.«

»Und wann triffst du dich mit der Charlotte?«

»Ich habe sie noch nicht erreicht.«

»Ja, ja, die hat immer 'ne Menge um die Ohren, die Charlotte.«

Stefan zögert, die Frage, die ihm auf der Zunge liegt, wirklich zu stellen. Aber dann siegt seine Neugier. »Hast du mal wieder was vom Willy gehört?«

Omma Luises Blick verändert sich, wird weicher. Dann kann man ihr praktisch dabei zugucken, wie sie sich zusammenreißt.

»Ach, geh mir weg mit dem alten Preisboxer! Der hockt da oben an der Nordsee und lässt es sich gut gehen.«

»Ich dachte, der hätte sich mal gemeldet.«

»Und ihr Blagen seid ja praktisch in dem seine Spelunke groß geworden! Da wundert man sich, dass aus der Charlotte noch was geworden ist.«

»Und aus mir nicht?«

»Unterm Tisch habt ihr da immer gehockt! Erinnerst du dich eigentlich da dran?«

Natürlich erinnert er sich. Ob er will oder nicht.

Zum Beispiel an diesen Tag im Sommer '71, natürlich ein toller Sommer, kurz vor Hammer-Sommer, ein Sommer, der richtig knorke war, weil ja früher alles besser war, vor allem die Sommer. Stefan erinnert sich sehr gut an diesen Tag, obwohl er erst fünf war. Seine Erinnerung ist immer wieder aufgefrischt worden, weil die Beteiligten die Geschichte oft und gern erzählt haben, die Geschichte von dem Tag, als sich die Erde auftat, weil zwei Kinder sich küssten.

Es war heiß, durch die farbigen Scheiben von Haus Rabe fiel Sonnenlicht, der Holzfußboden knackte vor Hitze. Der *Masurische Hammer* stand hinterm Tresen und zapfte, obwohl nicht viel los war, später Nachmittag, zwei Leute am Tresen, Onkel Hermann, der Frühschicht hatte, sowie der unvermeidliche Dieter Decker, über den Dieter Mehls sagte, er schäme sich, den gleichen Vornamen zu haben. Dieter Decker hatte einen Sohn, den hat er Dirk genannt, damit das mit der Alliteration zur Familientradition wird. Dirk würde man später Diggo nennen. Ein bisschen Angst hatte man damals schon vor ihm, denn was er mit Fliegen und Schnaken und Spinnen machte, wollte man eigentlich nicht sehen.

Es war August, der VfL hatte gerade sein erstes Bundesligaspiel gewonnen, und auf dem Mond fuhren sie Auto, mit einem speziell gebauten Jeep, und Stefan erinnert sich noch heute, dass ihn das ungemein beeindruckte. Jeep fahren auf dem Mond, so wie District Officer Hedley in Afrika, bei *Daktari*.

An diesem Nachmittag aber fuhr er nicht Jeep auf dem Mond, sondern hockte mit Charlotte Abromeit, der Enkelin des *Masurischen Hammers,* unter einem Tisch in dessen Kneipe und spielte Höhle. Und weil das, was an diesem Nachmittag passierte, so toll war, konnte Stefan sich noch Jahre später daran erinnern, was sie damals anhatte: eine kurze Jungens-Hose nämlich und ein rotes T-Shirt mit ihrem Namen drauf.

Sie hatten gerade so getan, als hätten sie Feuer gemacht, als Charlotte sagte, sie gehe jetzt raus, um ein Mammut zu erlegen, Stefan solle mal schön auf das Feuer aufpassen. Seit sie dieses neue *Was-ist-Was-Buch* geschenkt bekommen hatte, wollte sie nur noch solche Sachen spielen.

Charlie, dachte Stefan später mal, wird immer die sein, die rausgeht, um ein Mammut zu erlegen, aber nach Stefan keine Männer mehr fand, die bereit waren, auf das Feuer aufzupassen.

»Ich hab gestern schon auf das Feuer aufgepasst, und du warst jagen, hast aber nichts gefangen«, erwiderte Stefan, obwohl er wusste, dass es nichts brachte.

»Weil der Säbelzahntiger dazwischengekommen ist«, sagte Charlotte. »Es ist ganz schön gefährlich da draußen!«

»Dann hätten wir ja den Säbelzahntiger essen können.«

»Aber den habe ich doch nur verwundet, und der ist abgehauen.«

»Jedenfalls haben wir nichts zu essen.«

Charlotte rückte einen halben Meter von ihm weg und schmollte.

Die Tür ging auf und ein paar Füße kamen herein. Stefan steckte kurz den Kopf aus der Höhle und erkannte den alten Jebollek, dem die Kneipe früher gehört hatte. Willy Abromeit und Jebollek gaben sich über dem Tresen die Hand, Onkel Hermann tippte sich mit der Spitze des Zeigefingers an die Stirn, und Decker lehnte sich zurück und sang volle Pulle: »Du altes Arschloch! Du lebst ja immer noch!«

Charlotte sagte noch immer nichts, also hörte Stefan zu, was die Erwachsenen redeten.

»Die Rosi hat geschrieben«, sagte Jebollek, legte einen Umschlag vor sich hin, setzte einen Fuß auf die Reling am unteren Ende des Tresens und schwang sich auf einen Hocker. Er war zu klein, um direkt draufzurutschen.

Den Namen Rosi hatte Stefan damals zwar schon ein paarmal gehört, aber mit seinen fünf Jahren nicht einordnen können, was sie für die restlichen Anwesenden bedeutete. *Die schöne Rosi* hatte man sie immer genannt, die Tochter des alten Rabe, die jeden hätte haben können, am liebsten aber mit dem einen ganzen Kopf kleineren Willi Jebollek tanzte. Aber dann kam der Krieg, und der Willi war weg, und plötzlich kletterte da dieser Joe aus einem amerikanischen Panzer und nahm die schöne Rosi mit übern Großen Teich. Einmal nur war sie zurückgekommen, aber offenbar schrieb sie noch immer Briefe.

»Und?«, fragte Willy Abromeit.

»Geht ihr gut. Zwo Blagen hat sie. Aber das wusste ich schon. Bilder hat sie beigelegt.«

Jebollek nahm ein Blatt Papier und mehrere Fotos aus dem Umschlag. Onkel Hermann kam näher, Willy Abromeit beugte sich vor, Decker bebrütete sein Bier. Was die Männer sahen, gefiel ihnen.

»Die Rosi!«, sagte Onkel Hermann.

»Was für'n Schlitten!«, staunte Willy Abromeit.

»Pontiac«, sagte Jebollek. »Richtiger Straßenkreuzer.«

Stefan drehte sich zu Charlotte um, die immer noch schmollte. Oder wenigstens so tat. Sie wollte, dass Stefan das Schweigen brach, dann hätte sie gewonnen. Er tat ihr den Gefallen und sagte: »Die Rosi hat geschrieben.«

»War 'ne Schlampe«, erwiderte Charlotte. »Hat meine Mutter gesagt. Hat den Kerlen den Kopf verdreht, sagt sie.«

»Kopf verdreht? Was soll das denn heißen.«

»Du musst noch viel lernen!«, sagte Charlotte und rutschte nach vorne zum Höhlenausgang, um selbst mitzukriegen, was da draußen vorging.

»Ich weiß noch«, sagte Onkel Hermann gerade, »als die das letzte Mal hier war. Wie lange ist das jetzt her? Zwölf, dreizehn Jahre?«

»Fast vierzehn«, sagte Jebollek. »November siebenundfünfzig. Die Russen hatten gerade diesen Köter ins All geschossen.«

»Da war die Rosi hier«, fuhr Onkel Hermann fort und blickte durch die Wand hinterm Tresen hindurch bis nach Amerika oder auf den Mond oder noch weiter ins Weltall, und überall schien er die Rosi zu sehen. »Der Wolfgang und ich haben sie getroffen.«

Das ist aber ein ganz komischer Ton, in dem Onkel Hermann heute spricht, dachte Stefan.

»Und sie war in diesem Auto hier.«

»Cadillac Eldorado«, sagte Jebollek. »Baujahr fünfundfünfzig. Hat sich ihr Mann bei einem anderen Soldaten in Frankfurt geliehen, nur um uns damit zu beeindrucken.«

»Ich würde sagen, das hat funktioniert«, sagte Willy Abromeit.

»Das Auto hat uns nicht so sehr beeindruckt wie die Frau«, sagte Onkel Hermann.

»Da kannst du sicher sein«, meinte Jebollek.

»Schlampe ist das«, schaltete sich jetzt der besoffene Decker ein. »Immer gewesen.«

»Verreck doch, du Arschloch!«, rief Jebollek.

Decker machte eine Handbewegung, als wolle er eine Fliege verscheuchen. »Du hättest die doch haben können, hat mein Vatta gesagt! Aber du warst zu blöd!«

Jebollek krallte sich am Handlauf des Tresens fest.

»In Gefangenschaft war er«, verteidigte Onkel Hermann den Willi Jebollek. »Wir dachten doch alle, er wär tot. Und die Rosi dachte das auch. Der scheiß Krieg und der scheiß Russe, die sind schuld.«

»Die hätte den sowieso nicht genommen, den Furzknoten. Der geht ihr doch nur bis zum Bauchnabel.«

»Ja, was jetzt?«, mischte sich Willy Abromeit ein. »Hätte er sie jetzt haben können oder nicht?«

Der Einwand brachte Decker zum Nachdenken.

»Das ist zu hoch für den!«, sagte Onkel Hermann.

»Nee, nee«, entgegnete Decker, »die hätte den nie genommen, den Zwerg.« Er bildete mit Daumen und Zeigefinger eine Pistole. »Aber wenn man draufliegt, ist das egal, was, du Stecher?«

Blitzschnell war Jebollek bei Decker und stieß ihn vom Hocker. Decker knallte mit dem Kopf auf den Boden und schrie und fluchte, wobei eine Menge Spucke durch die Gegend flog.

»Ich mach dich alle, du Drecksau!«

Bevor er sich hochrappeln konnte, stand Willy Abromeit vor ihm und hob ihn am Hemdkragen hoch.

»Ich würde mal sagen, du hattest genug, Decker.«

»Aber der da noch nicht, der braucht noch aufs Maul!«, rief Decker, allerdings schon etwas kleinlauter, da er nicht so besoffen war, zu glauben, er könne gegen den *Masurischen Hammer* irgendwas ausrichten.

»Deinen Deckel lege ich zu den anderen, die kannst du am nächsten Ersten bezahlen. Und jetzt mach dich vom Acker!«

Decker murmelte noch irgendwas, in dem das Wort Drecksau vorkam, aber dann wankte er auch schon nach draußen.

Stefan sah Charlotte an. »Ich dachte, dein Oppa verhaut ihn jetzt, aber so richtig!«

»Nee, nee«, erwiderte Charlotte. »Der hat mal gesagt, er schlägt nur zu, wenn es gar nicht anders geht.«

Onkel Hermann und Jebollek kriegten je ein Bier und stießen miteinander an.

»Ja, ja, die Rosi«, seufzte Onkel Hermann. »Wo genau wohnt die eigentlich?«

»New York«, sagte Jebollek. »Brooklyn genauer gesagt. Ist ein Stadtteil. So wie bei uns Hofstede oder Riemke. Nur bisschen größer.«

Die beiden anderen nickten. Der kannte sich aus, der Jebollek. War nicht umsonst mal Wirt gewesen.

»New York. Brooklyn. Aber eigentlich ist die von hier. Mann, Mann, Mann!«, sagte Onkel Hermann.

»Ich glaube, ich werde mal hinfahren«, sagte Jebollek.

»Wer? Du?« Onkel Hermann war von den Socken.

»Habe bisschen was gespart. In New York ist man doch heute in ein paar Stunden. Schlimmer als in Russland kann es nicht werden.«

»Da hast du auch wieder recht«, stimmte Onkel Hermann zu.

Dann sagten sie eine Weile nichts. Man hörte Holz knacken.

»Ich will was anderes spielen!«, sagte Stefan zu Charlotte.

Charlotte dachte nach. Dann rutschte sie wieder näher.

»Komm, wir spielen Küssen!«

»Nee, lass mal!«

»Boah, bist du langweilig.«

»Küssen! Wofür soll das denn gut sein?«

»Macht Spaß!«

»Woher weißt du das?«

»Hab ich mal gehört.«

Stefan wollte nicht küssen, aber auch nicht langweilig sein. »Was muss man denn da machen?«

»Du machst die Lippen ein bisschen spitz, aber auch locker, das ist ganz wichtig.«

»Ey, woher weißt du das alles?«

»Ist doch jetzt egal. Also spitz, aber locker. Und die Augen zu.«

»Wieso das denn?«

»Muss man so machen!«

»Also meinetwegen.«

Stefan schloss die Augen, spitzte seine Lippen und versuchte, sie gleichzeitig locker zu lassen. Zuerst spürte er einen Luftzug, dann hatte er Charlottes Geruch in der Nase, und dann lagen ihre Lippen plötzlich auf seinen. Und blieben da eine Zeit lang.

»Guck dir die beiden an!«, sagte Onkel Hermann und lachte.

Er hatte sich vorher keine Gedanken darüber gemacht, wie sich das anfühlen würde, aber mit einem Erdbeben hatte er nicht gerechnet. Tatsächlich wackelte für einen Moment das ganze Haus. Die umgedrehten, noch nicht benutzten Gläser klirrten auf dem Tresen.

Charlotte ließ von ihm ab. Stefan machte die Augen wieder auf.

»Ist das immer so?«

»Eigentlich nicht.«

Jetzt merkten sie, dass auch Onkel Hermann, Willy Abromeit und Jebollek ganz nervös geworden waren, und die hatten sich bestimmt nicht geküsst. Sie sahen sich an, dann liefen sie nach draußen, Stefan und Charlotte hinterher.

Mitten auf der Straße verlief ein mindestens fünfzig Meter langer Riss. Mann, dachte Stefan, wenn das vom Küssen kommt, muss man es verbieten. Auf der anderen Straßenseite stand der besoffene Decker und lachte. »Das kommt davon!«, brüllte er.

»Scheiß Bergschäden«, sagte Onkel Hermann.

»Der Janowski hatte letztes Jahr einen Tagesbruch direkt vor dem Haus«, sagte Jebollek. »Paar Meter weiter und die ganze Hütte wär da reingefallen.«

»Auf den Schreck brauche ich noch einen«, sagte Onkel Hermann, und sie gingen wieder hinein.

Willy Abromeit strich seiner Enkelin über den Kopf und sagte: »Musst keine Angst haben.«

»Hab ich auch gar nicht«, sagte Charlotte.

Stefan fragte sich, was Onkel Hermann mit *Scheiß Bergschäden* meinte. Kam der Riss in der Straße jetzt doch nicht vom Küssen?

Decker schrie, dass ihn alle am Arsch lecken könnten, und ging endlich nach Hause.

Stefan und Charlotte kriegten Fanta und stießen mit den drei Männern an.

»Mit was für einem ist die da drüben eigentlich zugange, die Rosi?«, wollte Willy Abromeit wissen.

»Charles heißt der, aber sie nennt den nur Charlie. Der macht in Gebrauchtwagen.«

Willy Abromeit nickte. »Ach deshalb.«

Stefan verstand nicht, was Willy Abromeit damit sagen wollte, fragte aber nicht nach.

»Charles heißt Charlie«, sagte Charlotte. »Hört sich doch an wie Charlotte. Ich bin jetzt auch Charlie.«

Der *Masurische Hammer* nickte. »Hört sich gut an.«

»Wir gehen noch auf den Hof, was spielen.«

»Ist gut.«

Charlotte, die jetzt Charlie hieß, lief schon mal Richtung Hausflur. Onkel Hermann hielt Stefan am Arm fest.

»Sei nicht enttäuscht, mein Junge, wenn sich beim nächsten Mal nicht gleich die Erde auftut.«

Die Männer lachten, und Stefan rannte Charlie hinterher.

Omma Luise nimmt einen Schluck Kaffee und sagt: »Ja, ja, die Charlotte. Wann hast du eigentlich mit der das letzte Mal gesprochen?«

»Ist schon eine Weile her.«

»Junge, Junge, schlau wirst *du* auch nicht mehr!«

»Was soll das heißen?«

»Das weißt du ganz genau! Hast du eigentlich eine Ahnung, was sich die letzten Jahre bei der Charlotte getan hat?«

»Gibt es da was Interessantes?«

Omma Luise sieht ihn an, als wäre sie jetzt richtig sauer auf ihn. »Das soll sie dir mal schön selber erzählen. Junge, wie du das alles versauen konntest ...«

»Und was ist mit dir und dem Willy?« Stefan findet, es ist jetzt mal Zeit für einen sanften Gegenangriff.

Omma Luise zuckt mit den Schultern und führt die Tasse zum Mund, obwohl sie leer ist. »Was soll da sein? Nichts ist da. Schon ewig nicht!«

»Ja, eben. Und bei mir und Charlie auch nicht.«

»Nur weil wir zu blöd waren, müsst ihr es ja nicht auch sein.«

»Ihr wart nicht blöd. Ich nehme an, es waren einfach andere Zeiten.«

»Geh mir weg mit dem Willy. Jetzt bringt das doch auch nichts mehr.«

»Aber wiedersehen würdest du ihn schon gerne mal, oder?«

Omma Luise winkt ab. »Das bisschen Zeit, das ich noch habe, kriege ich auch ohne den rum.«

»Du hast mir eine Menge Geschichten über den Willy erzählt.«

»Ja, ja, die ganzen Geschichten«, sagt Omma Luise und puhlt ein wenig Weißes aus einem Brötchen und formt daraus eine Kugel. »Man müsste das alles mal aufschreiben. Ich hab immer gedacht, du würdest das machen.«

»Hat sich nicht ergeben.«

»Ach, stell dich nicht so an. Du bist doch noch jung.«

»Ich bin kein Schriftsteller, Omma.«

»Du hast als Kind bei uns am Küchentisch gesessen und deine eigene Zeitung gemacht.«

»Da stand aber nichts drin. Für die Artikel habe ich nur Linien gemalt, wie ich das bei Donald Duck gesehen hatte.«

»Nein, nein, du hast doch mal so Geschichten geschrieben. Und Gedichte.«

»Da war ich fünfzehn und wollte Mädchen beeindrucken.«

»Und? Hat das geklappt?«

»Manchmal.«

»Na also!«

»Ich glaube, ich habe den Zeitpunkt verpasst«, sagt Stefan. »Viele, die ich hätte fragen können, sind tot oder erinnern sich nicht mehr richtig.«

»Erinnern!«, grunzt Omma Luise. »Man kann sich auch zu viel erinnern!«

»Aber du bist doch hier die mit dem guten Gedächtnis.«

»Junge, klar weiß ich noch viel und kann viel erzählen. Aber ob das alles genauso passiert ist, weiß ich doch jetzt nicht mehr. Ich hab dir so viel erzählt, da habe ich den Überblick verloren. Und wenn ich mich mal nicht so genau erinnern konnte, habe ich eben was dazuerfunden. Das Wichtige ist doch, dass das Grundsätzliche stimmt.

Die Kleinigkeiten ...« Omma Luise macht eine Handbewegung, als wolle sie irgendwas verscheuchen. »Ich würde sagen«, fährt sie fort, »du schlägst dir das mit München mal aus dem Kopf, da passt du sowieso nicht hin, und dann gehst du zu der Charlotte und hörst dir mal an, was die vorhat, und dann sieht die Welt sowieso gleich ganz anders aus.«

Stefan steht auf. »Ich glaube, ich muss jetzt los. Ich habe heute volles Programm.« Stefan will den Tisch abräumen, aber Omma Luise hält ihn zurück.

»Lass das bloß stehen! Ich mach das gleich. Aber ich bring dich erst mal runter.«

Als sie unten in der Halle sind, kommt eine alte Frau mit einem Rollator auf sie zu. Vorne ist ein Korb angebracht, in dem eine Tüte mit Apfelsinen liegt.

»GUTEN MORGEN, FRAU BORCHARDT!«, brüllt die Frau.

Omma Luise beugt sich leicht zu Stefan. »Das ist die alte Lorkowski. Die hört fast nichts mehr. TACH, FRAU LORKOWSKI! SCHON EINKAUFEN GEWESEN?«

»NUR PAAR APFELSINEN. WER IST DENN DER JUNGE MANN DA?«

»DAS IST MEIN ENKEL, DER STEFAN. DER IST SCHAUSPIELER.«

»SCHAUSPIELER? MUSS MAN DEN KENNEN?«

»NEE, DER IST NICHT IM FERNSEHEN. DER MACHT NUR THEATER. IN MÜNCHEN.«

Frau Lorkowski verzieht das Gesicht. »MÜNCHEN, DATT IS DOCH NIX!«

»HAB ICH IHM AUCH GESAGT. ABER DAS IST VIELLEICHT AUCH BALD VORBEI.«

»NEE, NEE, MÜNCHEN, DATT IS NIX!«

»MACHENSE MAL GUT, FRAU LORKOWSKI!«

»ICH BRING MAL MEINE APFELSINEN NACH OBEN!«

»JA, MACHENSE DAS MAL!«

Frau Lorkowski geht zum Fahrstuhl, Omma Luise und Stefan gehen nach draußen.

»Jetzt weißt du auch, wieso ich keinen Rollator will«, sagt Omma Luise.

»Na ja, wenn man ihn braucht …«

»Ach, datt sieht doch nach nix aus! Und schwerhörig macht das Ding offenbar auch!«

Stefan grinst. »Hast recht. Wenn du nicht mehr laufen kannst, leg dich ins Bett und lass dich bedienen.«

»Wenn ich nicht mehr laufen kann, spring ich hier vom Dach. Ich leg mich nicht in die Ecke. Ich hab gut gelebt, und irgendwann ist es eben vorbei.«

»Das dauert noch«, sagt Stefan und hofft, dass er recht hat, weil er sich, obwohl er alt genug ist, ein Leben ohne Omma Luise nicht vorstellen kann.

»Holst du mich morgen ab?«, fragt sie.

»Morgen?«

»Die Autobahn. Ist zwar Blödsinn, aber sehen will ich das schon!«

Sie vereinbaren, dass Stefan sich morgen Mittag meldet und Omma Luise dann abholt. Er umarmt sie und gibt ihr einen Kuss auf die Wange. Wahrscheinlich hat er keine Frau in seinem Leben so oft umarmt wie diese. Und das ist immer noch zu wenig.

# 5

Zum Stadtpark, wo Frank Tenholt wohnt, ist es nicht weit, also geht Stefan zu Fuß und macht einen kleinen Umweg am Bergbaumuseum vorbei und dann durch die Kleingartenanlage daneben. Er denkt an die Feiern im Schrebergarten seiner Eltern, wo es hoch her- und, durch Kinderaugen betrachtet, manchmal ein bisschen hässlich zuging. Da wurde gebalzt und gebaggert, aber nicht unbedingt in Richtung der eigenen Frau, aber was soll's, hieß es, so jung kommen wir nicht mehr zusammen. Die Schlager kamen vom Vier-Spur-Tonband, die bevorzugte Spirituose war Appelkorn, und in der winzigen Küche änderten die Reste des Kartoffelsalates langsam ihre Farbe.

Danach ging man zu Fuß nach Hause oder gönnte sich ein Taxi oder übernachtete in der Laube, und am nächsten

Morgen oder Mittag kam man zum Restesaufen und zum Aufräumen wieder zusammen, und zack war auch schon wieder Montag und alle rissen sich den Arsch auf, bis es wieder hieß: Hoch die Tassen, man muss auch mal ein bisschen Spass (mit kurzem a) haben im Leben, und wann ist überhaupt endlich mal wieder Karneval?

Schließlich steht Stefan vor einer nicht eben kleinen, in Braun gehaltenen Jugendstilvilla, mit weißen Ornamenten auf den Fensterstürzen. Zu Frank Tenholt hat Stefan in den letzten Jahren nur sporadisch Kontakt gehabt. Einmal ist er mit seiner schönen Frau Karin in einer von Stefans Vorstellungen gewesen. Als sie hinterher noch bei Bier und Wein zusammensaßen, hat Karin ihm immer wieder Blicke zugeworfen, denn da wäre fast mal was gewesen, aber das war auch damals schon lange her.

Frank Tenholt öffnet die Tür in einem schwarzen Polohemd und einer hellen Sommerhose. Sie umarmen sich.

»Mensch, schön, dass du da bist!«, sagt Frank Tenholt.

Er führt Stefan durch einen Vorraum und einen kombinierten Wohn-/Essraum mit sehr hohen, stuckverzierten Decken auf eine kleine Terrasse aus polygonal verlegtem Ruhrsandstein. Auf der kleinen Rasenfläche, die sich anschließt, steht eine Schaukel. Zwei Kinder schaukeln, zwei Jungs in deutschen Nationaltrikots, die, als sie Stefan sehen, gleich aufspringen und zu ihm herübergelaufen kommen. Als sie in München gewesen sind, haben Frank Tenholt und Karin von ihren Kindern erzählt, aber Stefan kann sich nicht an ihre Namen erinnern.

Frank Tenholt bemerkt Stefans fragenden Blick und sagt: »Der Große heißt Richard, der Kleine heißt Oskar.«

»Hallo, Jungs«, sagt Stefan und hält ihnen die Hand hin. Der Große nimmt sie, sagt Hallo und setzt sich an den

Tisch, auf dem Apfelschorle und Kekse stehen. Der Kleine patscht Stefan einmal gegen die Hand und versteckt seine dann hinter dem Rücken. »Bist du der Schauspieler?«, fragt er.

»Ganz richtig.«

»Du warst schon mal im Fernsehen.«

»Ja, genau«, sagt Stefan und hofft, dass der Junge den Film nicht gesehen hat.

»Papa hat das erzählt, aber der Film ist nichts für Kinder.«

»Da hat dein Papa recht.«

»Kannst du nicht mal in einem Kinderfilm mitmachen?«

»Würde ich gerne.«

»Ja, dann mach doch mal.«

»Da muss mich erst mal einer fragen.«

»Dann streng dich eben an«, sagt der Junge und setzt sich zu seinem Bruder.

Stefan folgt Frank Tenholt in die Küche, die recht modern eingerichtet ist, mit schlichten weißen Schränken und einer hohen Kühl-/Gefrierkombination, aber nicht in oben und unten geteilt, sondern in rechts und links, rechts der breite Kühlschrank, links der schmale Gefrierschrank mit Eiscrusher. Auf der Arbeitsfläche ein schicker Kaffee-Vollautomat. Per Knopfdruck zaubert Frank Tenholt zwei perfekte Cappuccinos in zwei weiße Tassen und sagt: »Die Kinder sind gleich im Stadtpark zum Fußball verabredet. Ich dachte, wir bringen sie rüber und drehen dann eine Runde durch den Park.«

»Gute Idee.«

Mit den Tassen in der Hand setzen sie sich auf die Terrasse.

»Es gibt bei uns praktisch kein anderes Thema mehr als Fußball«, sagt Frank Tenholt, »vor allem seit die Jungs selber spielen.«

»Ich nehme an, den Verein kenne ich?«

»Da liegst du richtig, mein Bester! Die Spielvereinigung ist quasi um die Ecke, und einen anderen Verein hätte ich meinem alten Herrn kaum antun können.«

Franks Vater, Heinz Tenholt, ist einer der legendären Spieler, die es mit der Spielvereinigung Ende der Fünfziger mal fast in die Oberliga West geschafft haben. Später ist er dann lange Jahre erster Vorsitzender gewesen, und sein Sohn Frank hat auch gespielt, genau wie Stefan und Toto Starek und einige andere, bis in die erste Mannschaft, aber über Bezirksliga ist man da nicht mehr hinausgekommen.

»Heute ist Sommerfest«, sagt Stefan so vor sich hin.

»Ja, klar, da müssen wir natürlich auch noch hin«, sagt Frank Tenholt.

»Wo ist eigentlich deine Frau?«, fragt Stefan. Ein bisschen hofft er, Karin heute noch über den Weg zu laufen, ein bisschen fürchtet er sich davor.

»Mein Ehegespons ist in ihrem Yoga-Kurs. Dürfte gegen Mittag wieder zurück sein.«

»Yoga?«

»Ist 'ne interessante Sache.«

»Machst du das auch?«

»Ich bin nicht so gelenkig.«

»Mit allem Drum und Dran, Dalai-Lama und so?«

»Yoga ist indisch, der Dalai-Lama Tibeter.«

»Ja, ja«, sagt Stefan und nimmt noch einen Schluck Kaffee.

»Nicht dein Ding, was?«

»Na ja«, sagt Stefan.

»Sag's nicht weiter«, sagt Frank Tenholt und sieht sich um, ob seine Jungs auch wirklich nicht in Hörweite sind, »dieser ganze fernöstliche Kram ist mir zutiefst suspekt.«

Stefan ist erleichtert, dass Frank Tenholt und er sich einig sind. Sie grinsen sich an, und Frank Tenholt erzählt etwas weitschweifig von Karins Freundin, die in Sachen fernöstliche Erleuchtung noch sehr viel radikaler sei als Karin, und während Frank Tenholt redet, denkt Stefan an Diskussionen, die er mit Anka hatte. Die findet ja auch, dass der Dalai-Lama so nett lächelt und so witzig sein kann, obwohl er doch ein Heiliger ist, und Stefan fragt sich, wieso sie dieses Zeug so einfach nachbrabbelt, wo sie doch in schallendes Gelächter ausgebrochen wäre, wenn man einen älteren Herrn mit Kassengestellbrille aus, sagen wir mal, Giesing zum Heiligen erklären würde, schließlich ist sie alles in allem antiklerikal und kirchenkritisch, wie man es in diesen Kreisen zu sein hat. Er muss zugeben, dass er dieses Thema nie vertieft hat, nur ist ihm alles Weißgewandete und Lächelnde erst mal verdächtig, mal ganz abgesehen davon, dass man mit den ganz Überzeugten nur schwer diskutieren kann, weil sie ja per Definition auf der richtigen Seite stehen. Wie viele Kriege werden denn schon im Namen des Buddhismus geführt? Na also! Das ist wie mit Radfahrern, denkt Stefan, für die gibt es ja auch keine Gesetze, die sind gut und fertig, schließlich schonen sie die Umwelt, und jeder Autofahrer ist einer, der die Zukunft des ganzen Planeten ruiniert. Radfahrer haben immer Vorfahrt und nerven uns auch noch mit demonstrativer körperlicher Fitness, vor allem wenn sie über vierzig sind und sich daran aufgeilen, wie gesund sie leben. Denen wünscht Stefan manchmal, dass sie eines Morgens mit dreiundfünfzig, drahtig und durchtrainiert, an einer Nuss in ihrem Müsli ersticken. Dreiundfünfzig, ausgerechnet, das hat natürlich was Verbittertes, schließlich ist auch sein Vater nur dreiundfünfzig geworden, aber nicht weil er an einer beschissenen Nuss erstickt wäre, sondern weil er sich totgearbeitet hat, und was die Arbeit nicht geschafft hat, das haben die Ärzte übernommen, aber wenn Stefan sich auf diesen gedanklichen Pfad begibt, wird das nicht lustig, und deshalb muss er jetzt ganz dringend abbiegen.

»Na ja, vielleicht sehe ich Karin ja noch«, sagt er.

»Ja, vielleicht«, sagt Frank Tenholt und grinst.

Ja, ja, der grinst sich eins, denkt Stefan. Der weiß, was er für eine Frau hat und wie andere sie finden, der ist ja nicht naiv, der wirkt nur manchmal so. Frank Tenholt hatte immer Freundinnen, die man ihm nicht zutraute. Die Stille-Wasser-Masche.

»Zieht euch bitte eure Fußballschuhe an!«, ruft der jetzt seinen Kindern zu, geht in die Küche und füllt Leitungswasser in zwei Blechflaschen mit Bügelverschluss.

Die Jungs rutschen von der Schaukel, kommen ins Haus und laufen durch die Küche in den Vorraum.

Frank Tenholt steckt die beiden Trinkflaschen in einen bunten Rucksack. Aus dem Küchenschrank nimmt er eine Tupperdose und befüllt sie mit Russisch Brot und einer Banane, die er in zwei Hälften schneidet.

»Wir sind fertig!«, brüllen die Kinder viel zu laut aus dem Vorraum herüber.

»Moment noch!«, ruft Frank Tenholt zurück. »Wir trinken noch unseren Kaffee aus.«

»Wir gehen schon mal raus!«

»Die würden auch nachts noch kicken«, sagt Frank Tenholt. »Das Schöne ist, dass ich dadurch auch wieder öfter ins Stadion gehe. Die Kinder sind ganz erpicht darauf.«

Stefan muss grinsen.

»Was ist?«

»Erpicht. Gespons. Du warst immer der Einzige, der solche Wörter benutzt hat.«

»Einer muss den Job machen.«

Sie trinken ihren Kaffee aus, Stefan stellt die Tassen in die Spülmaschine, und Frank Tenholt schließt die Terrassentür. Die Kinder warten ungeduldig am Straßenrand. Frank Tenholt nimmt den Großen an die Hand, und der Kleine greift ganz selbstverständlich nach Stefans Rechter. Das ist ein merkwürdiges Gefühl. Er hat noch nicht oft Kinder an der Hand gehabt, schließlich bedrängt einen dann meistens die Frage, ob man selbst welche will. Wieder so ein Thema, dem er ausweicht, wenn Anka darauf kommt.

Sie überqueren die Straße, erklimmen gleich die Böschung hinauf in den Park und wenden sich nach links, zum Milchhäuschen. Auf der Wiese daneben lungern schon einige Kinder herum, in unterschiedlichen Fußballtrikots und T-Shirts.

Am Rande der Wiese stehen zwei Väter, der eine hochgewachsen, dunkelblond und in Shorts sowie einem New-York-Yankees-Shirt, der andere etwas kleiner, in Jeans und einem roten kurzärmeligen Hemd, mit etwas schütterem Haar und hoher Stirn. Frank Tenholt stellt Stefan als einen alten Freund vor, der übers Wochenende zu Besuch sei, verzichtet aber auf jeden Hinweis, Stefans Beruf betreffend, sodass die beiden ihn nicht fragen können, ob man ihn kennen müsse. Die Männer begrüßen ihn freundlich, geben ihm die Hand, und der eine, der einen Ball unter dem Arm trägt, geht zu den Kindern und fordert sie auf, Mannschaften zu bilden. Der ältere der beiden Tenholt-Söhne und ein Junge in einem Schalke-Trikot stellen sich zwei, drei Meter voneinander entfernt auf und machen Piss-Pott, und Stefan will es schier nicht glauben, dass auch heute noch per Piss-Pott ermittelt wird, wer den ersten und vermeintlich besten Spieler auswählen darf. Die Jungs gehen aufeinander zu, indem sie immer die Hacke des einen Fußes an die Spitze des anderen ansetzen, und der, dessen Fuß am Ende gerade noch in die Lücke passt, darf den ersten Spieler auswählen.

Die beiden Tenholt-Kinder sind in einer Mannschaft. Der Kleine stellt sich in eines der beiden Tore, die mit roten Hütchen markiert sind, beugt ein wenig die Knie und nimmt Körperspannung auf, obwohl das Spiel noch gar nicht begonnen hat, und sein Stolz, mit echten Handschuhen die herausgehobene Position des Torhüters einzunehmen, ist ihm deutlich anzusehen.

Der hochgewachsene Vater in Shorts gibt noch ein paar Anweisungen. »Also, Leute«, sagt er, »wenn der Ball von der Wiese auf den Weg rollt, ist er aus. Hinterm Tor wird nicht weitergespielt, da gibt es Ecke oder Abstoß. Und das Wichtigste, und jetzt hört ihr mir alle zu, auch du, Daniel, wenn der Ball auf die Straße rollt, dann rennt keiner, ich wiederhole, *keiner* hinterher, verstanden?« Die Kinder knuffen sich, spielen schon mit dem Ball und reagieren nicht. »Ob ihr das verstanden habt?«, wiederholt der Vater mit deutlich erhobener Stimme, und diesmal schreien sie alle JA, deutlich genervt, weil das Spiel endlich losgehen soll.

»Das ist wichtig«, sagt Frank Tenholt, »die rasen hier manchmal die Straße hoch, da kriegst du die Pimpernellen. Seitdem sie die Herner Straße einspurig gemacht haben, fahren alle hier lang, um den Stau zu meiden. Auch so eine intelligente Lösung, den Verkehr in die Wohngebiete umzuleiten.«

»Weißt du, wozu ich Lust hätte?«, fragt Stefan.

»Sag's mir!«

»Tretbootfahren.«

»Keine schlechte Idee.«

Frank Tenholt drückt dem anderen Vater den bunten Rucksack in die Hand und sagt, seine Söhne müssten vielleicht mit ein bisschen sanftem Druck dazu gebracht werden, genug zu trinken. Der andere Vater sagt, er kenne das, und Stefan und Frank Tenholt machen sich auf den Weg hinunter zum Gondelteich.

Schon von Weitem erkennt man, dass das Wasser eine grünbraune Brühe ist.

»Da möchte man aber nach wie vor nicht reinfallen«, sagt Stefan.

»Ach, es ist ein Drama«, bestätigt Frank Tenholt. »Die Stadt hat kein Geld, um den Park richtig zu pflegen. Im Herbst fällt das ganze Laub in den Teich, sinkt auf den Grund und wird zu Schlamm. Irgendwann werden sie den ausbaggern müssen, und das wird dann *richtig* teuer.«

An der Anlegestelle sitzt ein Mann mittleren Alters in kurzer Jeans, einem weißen Unterhemd und braunen Sandalen ohne Socken. Frank Tenholt nickt ihm zu, der Mann steht auf, zieht ein träge vor sich hin dümpelndes, weißgelbes Tretboot heran und hält es mit seinem rechten Sandalenfuß lässig fest, sodass Stefan und Frank Tenholt einsteigen können.

»Seine Nagelschere hat er wohl letztes Jahr verloren«, raunt Frank Tenholt Stefan mit einem Blick auf die hässlichen Zehen des Bootswartes zu.

»Und jetzt kann er mit einer Schere schon nichts mehr ausrichten. Da muss er mit 'ner Säge ran!«

Sie grinsen und steuern das Boot erst mal in die Mitte des Teiches.

»Warst du auf der Beerdigung von Onkel Hermann?«, fragt Stefan.

»Klar. Ich hatte doch erst kürzlich mit ihm zu tun. Wir hatten im Museum dieses Projekt, wo alte Bergleute aus ihrem Leben erzählen. Und Hermann hatte eine ganze Menge zu erzählen.«

Sie schweigen eine Zeit lang, und Stefan wünscht, er wäre dabei gewesen, wie Onkel Hermann diese Geschichten erzählte. Ein paar kennt er ja, aber er hat sich nie die Mühe gemacht, mal tiefer zu graben. Eine Schande.

Sie lenken das Boot auf die andere Seite, in den Schatten der Uferbäume und starren ein wenig vor sich hin.

»Und, wär das nichts für dich, Kinder?«, fragt Frank Tenholt unvermittelt.

»Das hat sich bisher nicht ergeben«, sagt Stefan, der mit dieser Frage nicht gerechnet hat, sondern eher mit der, ob er Charlie schon angerufen habe. »Ich meine, es hat sich nicht aufgedrängt. Also manchmal schon. Man musste da manchmal so Gespräche führen, aber die verliefen dann im Sande, das ist schwer zu erklären, ziemlich kompliziert.«

»Nee, ist ganz einfach«, bekommt Stefan zu hören. »Du wolltest keine oder hast noch nicht die richtige Frau gefunden. Ich meine, wenn ich mir vorstelle, eine meiner Exfreundinnen wäre schwanger geworden, gute Güte, da gab es Kandidatinnen, da kriege ich eine Gänsehaut.«

»Ich weiß, was du meinst, aber niemand sagt heute noch gute Güte.«

»Habe ich das gesagt? Hab ich gar nicht gemerkt.«

»Ich habe eigentlich gedacht, du fragst mich, ob ich schon mit Charlie gesprochen habe, das bin ich heute nämlich schon mehrmals gefragt worden.«

»Interessant, dass du in diesem Zusammenhang darauf kommst.«

»Ich mache hier Konversation, das ist alles, und bevor du fragst …«

»Ich frage gar nicht.«

»Ja, ich habe sie angerufen, aber ich habe sie nicht erreicht. Bist du jetzt zufrieden?«

»Wollte ich gar nicht wissen.«

»Wolltest du wohl!«

»Aber ich habe nicht gefragt.«

»Jetzt weißt du es trotzdem.«

»Wo hast du sie denn angerufen?«

»Wie meinst du das?«

»Festnetz oder Mobil?«

»Festnetz. Ich weiß aber gar nicht, ob es die richtige Nummer ist. Da ging nicht mal ein Anrufbeantworter ran.«

»Ich habe ihre Mobilnummer, und die stimmt auf jeden Fall, ich habe nämlich noch vorgestern mit ihr gesprochen.«

»Vorgestern, wieso das denn?«

»Wieso denn nicht?«

»Nur so, kein Problem, ich frag nur. Habt ihr, also, ich meine, regelmäßig Kontakt?«

»Sie hat die Website für unser Museum gemacht, da hatte ich zwangsläufig mit ihr zu tun.«

»Website?«

»Charlie macht Webdesign. Du bist nicht auf dem Laufenden.«

»Stimmt, als ich weg bin, hat sie schon was in die Richtung gemacht.«

»In einer Agentur«, sagt Frank Tenholt. »Jetzt ist sie selbstständig.«

»Ich dachte immer, Charlie wird mal Kneipenwirtin oder so. Ich meine, sie hat doch ständig in Kneipen gearbeitet, und sie war doch auch eine Zeit lang Geschäftsführerin von diesem einen Laden, wie hieß der noch …«

*»Blaues Wunder.«*

»Und da dachte ich, sie geht in diese Richtung.«

»Wer weiß, was Charlie sich noch so alles vornimmt«, sagt Frank Tenholt.

Stefan sieht ihn an. »Weißt du mehr als ich?«

Frank Tenholt erwidert den Blick. »Stefan, selbst die halb toten Fische hier im Teich wissen mehr als du. Wann hast du das letzte Mal mit Charlie auch nur telefoniert?«

»Keine Ahnung. Ist 'ne Weile her.«

»Fünf, sechs Jahre mindestens, Sportsfreund. Du hast eine ganze Menge verpasst, das kann ich dir sagen.«

»Was soll das heißen?«

»Ruf sie an, kann ich nur sagen.«

Stefan überlegt, ob er versuchen soll, noch mehr aus Frank Tenholt herauszukriegen, aber das wäre nicht fair.

Sie fahren mit dem Boot wieder aus dem Schatten heraus und halten ihre Gesichter in die Sonne.

»Warum macht man das eigentlich?«, wechselt Frank Tenholt wieder das Thema, nur weiß Stefan noch nicht, in welche Richtung.

»Was denn?«

»Sich sonnen. Ist doch ungesund.«

»Für den Teint.« Er spricht es *Teng* aus, wie es sich gehört.

»Ich verstehe nicht, wie man stundenlang in der Sonne liegen kann. Diese Schwitzerei ist doch der reinste Stress.«

»Schlimm«, bestätigt Stefan.

»Willst du also ihre Mobilnummer haben oder nicht?«

»Kannst sie mir ja mal geben.«

»Erinnere mich dran, bevor du gehst.«

»Ich hoffe, ich denk dran.«

»Ja, so was vergisst man schnell mal.«

»Ich streng mich an.«

»Vielleicht denke ich ja selbst dran.«

»Sonst schick mir 'ne SMS.«

»Auch eine Möglichkeit.«

»Was man nicht im Kopf hat ...«

»Jetzt redest du wie meine Mutter.«

»Gib mal wieder ein bisschen Gas mit diesem Schnellboot hier.«

»Wir könnten auch wieder an Land ...«

Sie kommen sowieso gerade an der Anlegestelle vorbei, also steuern sie das Boot gegen die Autoreifen, die dort hängen, und der Mann im Unterhemd hindert das Boot wieder mit seinem Fuß am Wegtreiben, während sie aussteigen.

»So, und jetzt auf den Turm«, sagt Frank Tenholt.

»Ja, habe ich auch schon dran gedacht«, antwortet Stefan.

»Bist du fit? Sind ein paar Stufen.«

»Wird schon gehen.«

Vom Häuschen des Tretbootverleihs geht es steil bergauf Richtung Bismarckturm. »Weißt du noch, wie wir hier früher mit dem Schlitten runtergebrettert sind?«

»Logo! Ich immer auf dem Bauch, aber du hast dich nicht getraut.«

»Ich mich nicht getraut? Blödsinn!«, empört sich Stefan, obwohl er weiß, dass es stimmt. Er hatte es noch nie so mit Geschwindigkeit und körperlichem Mut, schließlich kann er bis heute noch keinen Kopfsprung, keinen »Köpper«. Vom Beckenrand nicht, wo ohnehin nur der Bademeister meckert, und nicht vom Starterblock oder dem Ein-Meter-Brett, vom Dreier ganz zu schweigen.

»Du hast immer nur aufrecht auf dem Ding gesessen und dich allenfalls ein bisschen nach hinten gelehnt, aber mit den Füßen auch schon wieder gebremst, deshalb warst du immer als Letzter unten.«

»Einmal bin ich auf dem Bauch runter, aber da war ich schon erwachsen.«

»Ach ja?«

»Die Nacht, als wir hier mit Charlie und dieser Frau unterwegs waren, mit der du damals zusammen warst.«

»Ich erinnere mich. Wenn auch ungern. Noch in derselben Nacht hat sie mir den Laufpass gegeben.«

»Den halben Weg bis zum Bismarckturm bin ich hochgelaufen, dann habe ich mich auf den Schlitten gelegt und bin los, und diesmal habe ich auch nicht gebremst. Und unter dem Schnee war da dieser hochstehende Gulli. Du weißt doch, am Rand des Weges sind diese Rinnen, da läuft das Wasser in den Gulli, der da hinten, an der Wegkreuzung, und den habe ich nicht gesehen und bin voll dagegengerast und vom Schlitten gefallen. Ich dachte, ich hätte eine Gehirnerschütterung.«

»Dabei ist das hier nicht mal die Todesbahn!«

Die Todesbahn führt über den von hier aus seitlich links gelegenen Hang unterhalb des Bismarckturms über den Weg, die Böschung hinunter bis auf den Gondelteich, und nur Weicheier, Feiglinge und Muttersöhnchen prüften früher die Stärke des Eises, bevor sie hinunterrasten. Die anderen waren entweder die Könige, weil sie einfach durchbretterten und dann in der Mitte der Eisfläche standen und ihren Schlitten wie eine Trophäe in den Himmel recken konnten, oder sie brachen ins Eis ein und holten sich eine Lungenentzündung, aber damit waren sie ja eigentlich auch die Könige.

Auf dem Plateau vor dem Turm angekommen, verschnaufen sie kurz und machen Bemerkungen über das Alter und wie sie hier früher den Hügel hochgeflogen sind. Vom nahen Tierpark kommen Tiergeräusche herüber. Stefan liest den Text auf einer Informationstafel neben dem Eingang. Demnach ist die Idee des Bismarckturms aus der Deutschen Studentenschaft hervorgegangen. Im ganzen Reich sollten Bismarcktürme zu Ehren des Kanzlers von Blut und Eisen gebaut werden, oben drauf Feuerschalen.

»Das rostige Ding neben dem Turm!«, sagt Stefan.

»Wie bitte?«

»Ich habe mich immer gefragt, was das für eine riesige Schale ist, die neben dem Turm vor sich hin rostet.«

»Die Feuerschale, die früher obendrauf stand.«

»Danke, das weiß ich jetzt auch.«

Sie steigen die Treppe hoch zum Eingang und betreten eine kleine Säulenhalle, in der ein gelangweilter Mann in einem knappen weißen T-Shirt sich auf einem unbequemen Stuhl lümmelt.

»Einhundertneunundvierzig Stufen!«, sagt Frank Tenholt und macht eine Kopfbewegung Richtung Treppe.

»Mach ich üblicherweise vor dem Frühstück«, sagt Stefan.

Auf der ersten Zwischenebene steht eine runde Bank. An den weiß getünchten Wänden hängen Bilder von den Kräutern und Pflanzen, die ringsum im Stadtpark wachsen.

Auf der zweiten Ebene hängen Schwarz-Weiß-Aufnahmen von historischen Gebäuden, alten Kirchen und Industriebauten, dem Wasserturm an der Jahrhunderthalle, dem ein oder anderen abgerissenen Gasometer. Da ist auch ein Luftbild, das vor knapp hundert Jahren von diesem Turm aus aufgenommen worden ist und auf dem man erkennen kann, wie sich die ganze Umgebung verändert hat.

Als sie oben ankommen, pumpen sie wie zwei Marathonläufer bei Kilometer einundvierzig, tun aber so, als wäre das eine ihrer leichteren Übungen, bis sie beide lachen müssen.

»Immer wieder toll, so ein freier Blick«, sagt Frank Tenholt.

»Nicht gerade viel Landschaft.«

»Früher alles voller Fördertürme und Schornsteine. Das hatte auch was.«

»Wenn man hier nicht wohnen musste, unter der Dunstglocke.«

»Fahr mal über die A 2 von Westen her hier herein, da gibt es eine Stelle, wo man einen tollen Überblick hat, und da sieht man hier und da noch Fördertürme aus den Bäumen ragen. Als wären sie da ganz natürlich gewachsen.«

Von hier oben konnte man in den Tierpark hineinblicken, mit seinem neuen Nordseeaquarium und dem Streichelzoo und dem großen Spielplatz. Gleich neben dem Eingang war früher das winzige, grau betonierte Bärengehege, in dem zwei Braunbären vor sich hin dämmerten, von denen der eine irgendwann gestorben ist und dann ausgestopft wurde.

»Lebt eigentlich der zweite Braunbär noch?«, fragt Stefan.

»Den haben sie ausgewildert. Also so gut wie, der ist jetzt in einem riesigen, eingezäunten Waldgebiet im Sauerland.«

Stefan nickt und fragt sich, wie so ein Bär überhaupt zurechtkommen soll, wenn er zeit seines Lebens auf hundert Quadratmetern Beton vegetiert hat.

Man sieht auch das Hotel, das vor Jahren an den Rand des Stadtparks gebaut worden ist, und dessen Gäste nach hinten raus in den Tierpark blicken können. Man sieht das Stadion und die mickrige Skyline dieser mittleren Großstadt im mittleren Ruhrgebiet und das Bergbaumuseum mit seinem Förderturm.

Sie ruhen sich noch ein wenig aus, dann machen sie sich an den Abstieg.

»Und beruflich?«, fragt Frank Tenholt, als sie unten ankommen und sich Richtung Milchhäuschen wenden.

»Könnte besser sein«, antwortet Stefan. »Das Theater hat mir den Vertrag nicht verlängert, aber am Montag habe ich ein Vorsprechen für eine Fernsehserie.«

»Fernsehen. Wäre doch nicht schlecht, oder?«

Stefan zuckt die Schultern. »Mal sehen.«

»Und was machst du jetzt mit dem Haus?«

»Verkaufen. Am späten Nachmittag treffe ich einen Makler.«

Frank Tenholt nickt langsam. »Ist das Vernünftigste«, sagt er.

»Auf jeden Fall«, bestätigt Stefan.

»Vernunft ist immer gut.«

»Immer schon gewesen.«

»Obwohl Schauspieler zu werden wahrscheinlich ziemlich unvernünftig war.«

Jetzt nickt Stefan und denkt: Man nickt manchmal ganz schön was weg. »Meine Eltern waren auch nicht gerade begeistert.«

Am Milchhäuschen angekommen setzen sie sich auf die weißen Plastikstühle, trinken Apfelschorle und sehen den

Kindern beim Fußballspielen zu. Die beiden Väter stehen am Rand der Wiese und feuern an, klären strittige Situationen oder trösten, wenn sich ein Kind verletzt.

»Wieso hast du eigentlich Charlies Mobilnummer nicht?«, fragt Frank Tenholt.

»Als ich wegging, hatte sie noch kein Handy. Ich dachte immer, sie hasst solche Teile.«

»Willst du die Nummer nun haben oder nicht?«

»Ach, wenn du sie gerade parat hast, kannst du sie mir ja mal geben.«

»Ich schicke dir eine SMS.«

Frank Tenholt drückt auf den Tasten seines Telefons herum, und bald darauf informiert ein kurzes, akustisches Signal Stefan darüber, dass er eine neue Nachricht hat, und das ist genau der Moment, als Toto Starek den Weg heraufkommt und Frank Tenholt ein »Was will der denn hier?« entfährt.

Stefan unterrichtet Frank, wozu er sich hat breitschlagen lassen, und Frank Tenholt sagt nur: »Bedauernswerter Tropf.«

»Hab mir gedacht, dass ihr hier seid«, begrüßt sie Toto Starek, baut sich vor ihnen auf, wenn man das so nennen kann bei seinen nicht mal Einssiebzig, und fügt hinzu: »Frank!«

»Toto!«

»Was habt ihr ein Leben! Schön in der Sonne sitzen, Cocktails schlürfen.«

»Das ist Apfelschorle, du Hirni!«

Hirni!, denkt Stefan. Eindeutig ein Wort, das man heute viel zu selten benutzt.

»Abmarschbereit?«, sagt Toto zu Stefan, und der steht auf.

»Wir sehen uns«, sagt Stefan zu Frank Tenholt. »Beim Sommerfest. Vielleicht ist ja dann auch Karin dabei, was?«

»Wer weiß.«

Und da grinst er sich wieder was, denkt Stefan und sagt: »Hab sie ja schon lange nicht gesehen.«

»Ja, dann …«

»Also …«

Toto geht schon vor zur Straße, ohne sich von Frank Tenholt zu verabschieden, aber das scheint dem nur recht zu sein. Die Kinder machen gerade eine Trinkpause, also geht Stefan hinüber, um sich von ihnen zu verabschieden. Im Weggehen bekommt er noch mit, wie der kleinere der beiden Tenholt-Söhne sagt, das sei ein Freund von seinem Vater, der sei schon mal im Fernsehen gewesen, und wenn er sich anstrenge, würde er bald mal in einem Kinderfilm mitmachen können, was von den anderen ohne hörbare Reaktion aufgenommen wird.

Unten auf der Straße steht ein alter weißer Kastenwagen, und als Stefan sich auf den Beifahrersitz fallen lässt, fällt ihm ein, dass er Frank Tenholt eigentlich fragen wollte, was noch gleich »Feme« ist und was eine »Femlinde« sein könnte, aber das kann er ja beim Sommerfest der Spielvereinigung nachholen, und dann fahren sie los.

# 6

Noch während er den Kastenwagen die Bordsteinkante hinunterrollen lässt, fingert Toto Starek eine Zigarette aus dem Päckchen Marlboro, das auf dem Armaturenbrett liegt, und zündet sie sich an einem grünen Wegwerffeuerzeug an. Er inhaliert und atmet Rauch aus, ohne die Zigarette aus dem Mund zu nehmen, beide Hände am Lenkrad, und Stefan kurbelt die Scheibe auf seiner Seite herunter. Rauchverbot in Kneipen, schön und gut, nur an Kastenwagen, überhaupt an Autos, hat mal wieder keiner gedacht.

Aber das ist ja schon immer so gewesen, denkt er. Das Einräuchern der eigenen Familie gehörte auf dem Weg in den Urlaub einfach dazu. Die Scheibe auf der Fahrerseite wurde immer nur einen Spalt geöffnet, wegen der tödlichen Geschwindigkeit, die ein Opel Kadett zu entfalten imstande ist, sodass die bläulichen Schwaden sich unter dem schon längst nicht mehr weißen »Himmel« sammelten und in die Haare und die Kleidung und die Poren eindrangen, worüber man sich als Kind aber nicht beschwerte, weil über so etwas einfach nicht diskutiert wurde, sondern es Teil der natürlichen Ordnung war. Wahrscheinlich ist Stefan deshalb bis heute Nichtraucher geblieben. Ja, er ist sogar der einzige Mensch, von dem er je gehört hat, der noch nie an einer Zigarette auch nur gezogen hat. Gezogen hat doch jeder mal, ob mit inhalieren oder ohne, einmal hat es doch jeder versucht, wenn auf Partys oder in dem alten Schuppen auf dem Bahngelände hinter den Mietskasernen, mit Diggo und Toto und Frank Tenholt und den anderen, die Selbstgedrehten oder die Marlboros rumgegangen waren, nur eben Stefan nicht, weshalb er auch nie gekifft hat und in bestimmten Kreisen gar nicht mitreden kann.

Vielleicht liegt sein Nichtrauchertum auch daran, dass er seinen Großvater, Oppa Fritz, ein paarmal beinahe hat ersticken sehen, jedenfalls ist Stefan immer davon ausgegangen, dass sein Oppa kurz vorm Ersticken war, wenn er im Sessel saß, sein Gesicht tiefrot anlief, der Kopf beim Husten nach hinten fiel und seine Beine zu zucken anfingen, was allerdings, wie Omma Luise erst sehr viel später, lange nach Oppa Fritzens Tod, versicherte, gar nicht vom Rauchen gekommen ist. Nur, wovon es gekommen ist, hat sie dann auch nicht verraten, das ist ja schließlich auch schon sehr lange her, also fast schon gar nicht mehr wahr. Ergebnis ist jedenfalls, dass Stefan niemals einen Hang zu Zigaretten entwickelt, sich deswegen aber oft irgendwie unterlegen gefühlt hat. Mit vierzehn, fünfzehn, sechzehn wirkte Rauchen cool, abgeklärt und absolut unerlässlich, wenn man dazugehören wollte, und noch heute fragt er sich, ob es ein Zeichen von Stärke ist, dass er es nicht angefangen hat, oder ein Zeichen von Feigheit, weil er nicht erwachsen werden wollte, denn das, da kann es keine zwei Meinungen geben, wollte er eindeutig nicht. Charlie hat das schon vor vielen Jahren erkannt, womit wir, denkt Stefan, während Toto Starek sich in den Verkehr auf der A 40 einfädelt, mal wieder bei Charlie wären. Ich kann nicht mal an so etwas Ekelhaftes wie Zigaretten denken, ohne irgendwann bei ihr zu landen. Es wird Zeit, dass ich meine Jobs und Besuche hier durchziehe und wieder verschwinde. Das ist alles Vergangenheit, und die zieht dich runter, und dann kommst du nie wieder hoch.

Um sich abzulenken, sieht er sich im Wagen um. Da liegen alte Prospekte im Fußraum, zwei oder drei leere Bierdosen, zerknüllte Chipstüten und was sich sonst noch ein kreativer Requisiteur beim Film ausdenken würde, um den Fahrer des Wagens als schlampigen Chaoten zu charakterisieren.

Toto Starek ist tatsächlich ein Chaot, aber eigentlich ist er ein Getriebener, einer, der keine Ruhe findet, keine Ruhe und keine Freunde. Außer Diggo, der ihn immer behandelt hat wie den letzten Dreck, aber jeden verprügelte, der Toto irgendwas wollte. Also hat man Toto immer mit durchgeschleppt, obwohl er allen auf die Nerven gegangen ist mit seinem Gelaber. Mit einsfünfundsiebzig ist Toto weder groß noch klein, seine Aknenarben halten sich in Grenzen, auch wenn der Nikotingenuss seit dem dreizehnten Lebensjahr sich nicht gerade positiv auf Teint und Hautbeschaffenheit ausgewirkt hat und er die dicken Finger eines Mannes hat, der es gewohnt ist, seine Hände zu benutzen.

»Und?«, fragt Toto unvermittelt. »Wie ist?«

»Was jetzt?«

»Beim Tenholt. Starke Hütte, was?«

»Nicht schlecht.«

»Ja, komm, jetzt lass mal hier nicht den Weltmann raushängen. In München ist so was natürlich Standard, aber der Tenholt hat schon Glück gehabt.«

»Na ja, was heißt Glück ...« Stefan fragt sich, was Toto Frank Tenholt unterstellen will.

»Sagen wir mal so«, fährt Toto fort, »er hat sich den Kasten nicht von eigener, ehrlicher Arbeit gekauft, das steht mal fest.«

»Ja und?«

»Das kommt doch alles von der Ollen. Ich dachte immer, nur Frauen heiraten reich. Aber heute ist eben alles möglich.«

»Ist doch scheißegal, Toto.«

»Hätte ich auch gemacht, klare Sache! Wär ja blöd, so was nicht zu machen. Ich sage nur, der hat Glück gehabt, der Tenholt. Doppelt quasi. Geile Hütte, geile Olle. Ich meine, guck sie dir an, die Karin. Zweiundvierzig, zwei Kinder, aber 'ne Figur wie 'ne Zwanzigjährige!«

Inhaltlich ist Toto voll zuzustimmen, doch ist es Stefan unangenehm, die erotischen Vorzüge der Frau eines guten Freundes ausgerechnet mit einem wie Toto Starek zu besprechen. Das hat so was Umkleidekabinenartiges, Männerbündisches. Man kann Karin tatsächlich kaum ansehen, ohne in schmutzige Gedanken abzugleiten, aber Stefan hofft dann doch, dass seine Gedanken weniger schmutzig sind als die von Toto Starek. Oder dass schmutzig bei ihm, Stefan, was anderes bedeutet als bei Toto, also irgendwie weniger schmutzig ist oder, Herrgott, was weiß er denn, Fakt bleibt, dass dies kein gutes Gesprächsthema zwischen ihnen ist. Zumal Stefan sein schlechtes Gewissen dabei in die Quere kommt wegen der Sache damals.

Toto zieht an seiner Zigarette. »Ich meine, unsereiner kommt ja an so eine gar nicht ran. An so eine schöne, saubere Frau. Ich weiß auch nicht, wieso ich nur die Weiber abkriege, die aussehen, als würden sie sich nicht waschen.«

Selbst auch mal ein oder zwei Gedanken an Körperhygiene verschwenden könnte helfen, denkt Stefan.

»Ey, ich mein, ich bin kein Adonis oder so, aber die erzählen einem doch immer was von inneren Werten. Oder? Frauen geht es doch nicht so sehr um das Äußere, oder?«

»Das war mal«, sagt Stefan.

»Dabei seh ich gar nicht schlecht aus. Du solltest mich mal sehen, wenn ich mich zurechtmache. Ich meine, da muss man als Mann ja aufpassen, aber bisschen was Nettes angezogen, und ich bin gar nicht so schlimm, aber an eine wie die vom Tenholt komme ich nicht ran. Sind schon komisch, die Weiber. Ist das bei euch in München auch so?«

»Bei uns in München?«

»Du weißt schon, was ich meine.«

»Nein, eigentlich nicht.«

»Na ja, ich dachte, nach zehn Jahren bist du doch mehr Münchener, oder? Das ist doch hier alles nix mehr für dich, oder?«

»Was soll das denn heißen?«

»Ach nee, jetzt guck dir die Scheiße an!«

Toto Starek zeigt nach vorne. Die Bremslichter der vor ihnen fahrenden Wagen leuchten auf. Schon Kilometer vor dem Ortseingang Dortmund kommen sie in einen Stau.

»Ist doch normal, hier«, sagt Stefan.

»Samstagmittag? Mann, ich hab echt die Schnauze voll! Die werden nicht fertig mit dieser beschissenen Brücke da vorne, und jetzt kommst du hier schon am Wochenende nicht mehr durch! Dabei ist noch gar keine Saison. Ich mein, wenn die Zecken spielen, ist ja klar, aber an einem ganz normalen Samstag? Na ja, ich hab Zeit.«

Im Schritttempo geht es weiter. Die Sonne brennt vom Himmel. Im Wagen wird es heiß. Stefan kurbelt das Fenster herunter.

»Wie ist das eigentlich da unten«, nimmt Toto den Gesprächsfaden wieder auf, »wenn du sagst, dass du von hier kommst?«

»Wie soll das sein?«

»Die gehen doch bestimmt noch davon aus, dass bei uns die Briketts durch die Luft fliegen.«

»So blöd sind die ja nun auch nicht«, sagt Stefan und denkt: manche schon.

»Na ja, die haben ja auch recht. Ist ja wirklich scheiße hier.«

»Wieso?«

»Na, guck mal, keine Berge hier, keine See, keine Arbeit. Noch nicht mal Landschaft, wenn man's genau nimmt. Ich meine, Alpen oder so was, das ist schon ein Argument, landschaftlich gesehen, und das ganze flache Zeug im Norden auch. Aber wir sind irgendwie dazwischen. Das ist doch alles nichts! Und dann die ganzen hässlichen Häuser und die alten Zechen und so. Jetzt pellen sie sich einen drauf und machen da Ballett oder was weiß ich, aber mal ehrlich, wer braucht das schon, ist doch alles scheiße.«

»DAS ist genau das, was wir brauchen, Toto!«, sagt Stefan. »Noch ein paar Idioten, die sich ihre eigene Heimat madig machen. Ist doch zum Kotzen, dass man diese Gegend immer am meisten vor den eigenen Leuten in Schutz nehmen muss.«

»Was denn, Heimat!«, höhnt Toto Starek. »Wer ist denn hier weggegangen?«

»Manchmal sieht man die Dinge klarer, wenn man etwas Abstand gewonnen hat.«

Toto lacht. »Labern konntest du immer schon.«

Stefan ärgert sich. Eigentlich müsste es umgekehrt sein: Er selbst müsste ein bisschen herummäkeln und sich noch einmal die Gründe klarmachen, warum er hier weggegangen ist, mal abgesehen vom Beruflichen, nämlich die geistige Enge und das ganze Spießertum und die Unfreundlichkeit und das ganze Gelaber über Arbeit und Fußball und der Dreck und die hässlichen Bahnhöfe und die fehlende Landschaft (da hat Toto auf jeden Fall recht) und die niedrigen Häuser.

Letzteres ist eine Nebensache, aber doch auffällig. Als er damals, bevor er wegging, mit einem Berliner Kollegen durch die Straße gegangen ist, in der er wohnte, und behauptete, ganz ähnlich sähen doch Straßen in Berlin aus, da hat der Kollege geantwortet, nee, die Häuser sind in Berlin höher, und von da an hat Stefan das alles mit anderen Augen gesehen, und er musste sagen, es stimmte. Die Häuser sind nicht so hoch, die Decken in den Häusern niedriger, auch in den Altbauten, die Straßen schmaler, alles wirkt wie geduckt und gedrängt. Er musste raus, wurde ihm klar, frei atmen, den Blick schweifen lassen, in zwei Stunden in den Alpen sein, da ist das Angebot aus München gerade recht gekommen. Außerdem waren seine Eltern gestorben und die Sache mit Charlie an einem Punkt angelangt, an dem man sich entscheiden musste. Stefan wurde klar, dass das nicht funktionieren *konnte*. Man kommt einfach nicht dauerhaft mit seiner Sandkastenfreundin zusammen.

Es war schon ein schlimmer Fehler, überhaupt mit ihr zu schlafen. Auch wenn es sich gut und richtig angefühlt hatte. So was führt doch zu nichts. Das geht irgendwann kaputt, und dann steht man da, und es ist schlimmer als eine normale Trennung. So was wie das mit Charlie macht man sich nur kaputt, wenn man da bis zum Äußersten geht. Aber kaputtgegangen ist es ja so auch irgendwie, und eigentlich ist er für dieses Wochenende zurückgekommen, um sein Elternhaus zu verkaufen, fährt aber jetzt nach Dortmund, um einen Schrank zu transportieren. Dabei wird er von einem nikotinsüchtigen Schwätzer, mit dem er dummerweise aufgewachsen ist, in ein Gespräch über Heimat und wie man die findet verwickelt, und Stefan fragt sich, was dieser Tag noch an Merkwürdigkeiten bringen wird. Gut, dass es morgen wieder nach Hause geht. Beziehungsweise nach München. Was hat München mit zu Hause zu tun! Ach, Scheiße, vielleicht sollte er doch mit dem Rauchen anfangen. Oder einfach mal die Mobilnummer ausprobieren, die Frank Tenholt ihm gegeben hat. Stefan lässt es genau dreimal klingeln, dann legt er auf.

»Wo fahren wir da eigentlich genau hin?«, fragt er, obwohl es ihm egal ist.

»Wird dir gefallen«, antwortet Toto Starek. »Ist richtig Heimat, also runtergekommen und versifft, und die Leute sind alle komplett wahnsinnig und kriegen kaum einen geraden Satz heraus.«

Stefan sieht Toto von der Seite an und denkt: Der wird auf seine alten Tage also zum Ironiker.

»Nee, ernsthaft«, macht Toto weiter, »in dem Haus hat sich letztens so 'ne Geschichte abgespielt, die kennt man sonst nur aus der Zeitung. Also, da hat einer doch tatsächlich drei Monate tot in seiner Wohnung gelegen, und keiner hat's gemerkt.«

»Spricht für ein enges nachbarschaftliches Verhältnis.«

»Echt, die haben es nicht gepeilt. Es muss gestunken haben wie die Pest, aber irgendwie hat sich das nicht gegen den ganzen anderen Gestank durchsetzen können. Dann hatten die in der Wohnung drunter Maden an der Decke. Ernsthaft! Ich weiß gar nicht, wo die Viecher durchgekrochen sind, aber das hat immer noch niemandem zu denken gegeben. Auch dass plötzlich Millionen von Fliegen im Hausflur unterwegs waren, hat keinen stutzig gemacht. Weißt du, wie die ganze Sache aufgeflogen ist?«

»Keine Ahnung, Toto. Sag's mir einfach.«

»Der Hausbesitzer war sauer, weil der Typ drei Monate die Miete nicht gezahlt hatte! Hätte der 'nen Dauerauftrag gehabt, würde der immer noch da liegen!«

»Ich freue mich immer mehr, dass ich mit dir da hinfahren darf.«

»Ja, ja, stell dich mal nicht so an, du Schauspieler. Das ist das echte Leben. Manchmal lachst du dich kaputt wegen dem Scheiß, den die da abziehen. Sieht man sonst auch nur im Fernsehen. Bei Toto und Harry oder so.«

Endlich haben sie die Baustelle hinter sich und rollen an den Westfalenhallen vorbei. Toto biegt ein paarmal ab, dann finden sie sich in einer Gegend wieder, die laut und weit hörbar »Sanier mich!« schreit. Stefan fragt sich nicht das erste Mal, wie man jemals auf die Idee kommen konnte, solche Häuser überhaupt zu bauen beziehungsweise sie in Anthrazit oder Dunkelgrau zu streichen. Diese Häuser haben nie sauber ausgesehen, nicht mal am Tage ihrer Einweihung. Die Sanierungswellen der Achtziger- und Neunzigerjahre sind an ihnen vorübergegangen, die Fenster noch aus rissigem Holz, von dem die Farbe abblättert, und in den Regenrinnen wächst Grünzeug.

»Nette Gegend«, sagt Stefan.

Toto drückt seine Zigarette im überquellenden Aschenbecher aus. Die ganze Fahrt über hat er sich eine nach der anderen angezündet. »Das soll jetzt alles schöner werden hier«, sagt er. »Die Hütten werden verkauft und dann neu gemacht, und dann sieht das hier eins a aus. Vielleicht scheißen die Jungs dann mal ins Klo statt in den Garten. Nee, ist nur Spaß. So schlimm sind die nun auch nicht. Obwohl, wenn die besoffen sind, möchte ich denen nicht über den Weg laufen. Na ja, jetzt ist ja gerade Mittag, da würde ich die nicht unbedingt als fahrtüchtig bezeichnen, aber zumindest sind die noch nicht so weit, dass sie Bierpullen den Hals abbeißen.«

Toto steigt aus, und Stefan denkt darüber nach, einfach sitzen zu bleiben und auf Toto zu warten oder sich ein Taxi zu rufen oder zu Fuß zu fliehen, aber aus der Nummer kommt er jetzt nicht mehr raus. Es mussten ja unbedingt Brötchen von Tante Änne sein, heute Morgen. Er hätte auch auf dem Weg zu Omma Luise Brötchen kaufen können, in einer dieser Billig-SB-Bäckereien. Dann würde er jetzt vielleicht wieder bei Frank Tenholt auf der Terrasse sitzen, Karin käme herein, sie würden sich sehr nett unterhalten, und alles wäre in Ordnung.

Er steigt aus, und es kommt ihm so vor, als sei die Hitze schlimmer geworden, was aber wohl nicht daran liegt, dass die Temperatur angestiegen ist, nein, die Hitze hat hier nur eine andere Konsistenz, man kann sie greifen, beziehungsweise, die Hitze selbst greift einem direkt ins Gesicht.

Toto geht auf ein Haus zu, das auf Stefan noch heruntergekommener wirkt als die anderen, aber wahrscheinlich liegt das nur daran, dass dieses genau das Haus ist, welches sie jetzt betreten sollen, da lenkt die Erwartung das Urteil. Reiß dich zusammen, denkt Stefan, so schlimm ist es nun auch nicht, du bist ein Einheimischer, dir werden sie nichts tun, und überhaupt, was soll der Dünkel, bist du in München versaut worden und total abgehoben, oder was?

Zwei Jungs kommen ihnen entgegen, höchstens zwölf oder dreizehn Jahre alt. Sie sehen aus, als kämen sie direkt von einem Casting für einen Problemfilm. Die Jeans hängen ihnen in den Kniekehlen, die T-Shirts sehen aus wie Eishockey-Trikots, nur ohne Schulter- oder sonstige Polster, und den Schirm ihrer Basecaps haben sie tatsächlich nach hinten gedreht. Solche Kinder sieht man ständig in irgendwelchen Dokusoaps, wandelnde Klischees, Sinnbilder des Niedergangs, des frühen Endes der Kindheit in den bildungsfernen Schichten, und jedes Mal, wenn Stefan beim Zappen in so eine Sendung gerät, denkt er, so etwas gibt es doch gar nicht, das ist alles übertrieben, oder zumindest sind das extreme Einzelfälle.

An Toto gehen sie vorbei, und Stefan nimmt sich vor, hier von Anfang an freundlich zu sein, durch nichts zu einer aggressiven Grundstimmung beizutragen, ja, im Gegenteil, vielleicht kann man hier ein kleines Zeichen setzen, dass man seiner Umwelt stets freundlich zu begegnen hat, dann können auch die Reaktionen der Umwelt nur freundlich sein, also setzt er ein freundliches Lächeln auf, das den beiden Jungs nicht verborgen bleibt. Als Stefan ihnen dann auch noch zum Gruße zunickt, bleibt der eine stehen und stoppt den anderen, indem er ihm den Handrücken auf die Brust schlägt. Don Quichotte und Sancho Panza, denkt Stefan.

»Ey, was grinst du, Alter?«

Don Quichotte stellt sich so, dass Stefan auf dem schmalen Weg zwischen den beiden verwilderten Rasenstücken vor dem Haus nicht an ihnen vorbeikommt.

»Euch auch einen schönen Tag.«

»Ey, was labers' du für Scheiß?«

»Ich habe nur freundlich gegrüßt.«

»Bist du schwul, oder was?«

»Nein, ihr?«

»Ey, willz du sofort auf die Fresse, oder soll ich dir erst in den Arsch treten?«

»Komm, hör auf, ich will keinen Ärger«, sagt Stefan und versucht an den beiden vorbeizukommen.

»Wenn du keinen Ärger willst, dann grins die Leute nich an, als ob du Ärger willst oder wie so'n Schwulen!«

»Genau!«, meldet sich Sancho Panza jetzt auch mal zu Wort.

Don Quichotte kommt einen Schritt auf Stefan zu und tippt ihm mit dem Finger auf die Brust. »Weiß du, was mein Bruder mit dir macht, du Arsch?«

»Lass mich einfach durch, und dann ist gut.«

»Ey, mein Bruder, der fickt dich in den Arsch, dass du nicht mehr sitzen kannst!«

Jetzt gilt es, den Ball flach zu halten, nicht unnötig zu provozieren. Aber andererseits kann man sich nicht von zwei minderjährigen Witzfiguren in die Enge treiben lassen, denkt Stefan, und übermorgen bin ich wieder sechshundert Kilometer weit weg, also sagt er: »Ach, dein Bruder ist also schwul?«

Don Quichotte läuft rot an und versucht, Stefan mit der Brust zu rammen wie beim Pogo, trifft allerdings nur eine Region knapp oberhalb von Stefans Gürtelschnalle. »Ey, pass auf, was du sachst, du Arschloch, ich töte dich, verstehst du? Ich töte dich, wenn du noch ein Wort sachs, ich mach dich fertig und schneid dir die Eier ab und schmeiß die in die Aschentonne, da kannst du drauf wetten, du Penner!«

»Und ich schaff die Leiche weg!«, bietet Sancho Panza an.

Da muss Stefan nicht nur grinsen, sondern laut auflachen. »Ey, sach mal«, kommt es aus ihm, »habt ihr überhaupt schon Haare am Sack? Könnt kaum übern Tisch gucken und reißt die Schnauze auf wie Graf Koks von der Gasanstalt! Geht mir aus der Sonne oder ich verklapp euch in dem Gulli dahinten, comprende?«

In den folgenden Sekunden angespannter Stille stellt Stefan erfreut fest, dass die alten, in der Kindheit antrainierten Reflexe noch immer funktionieren. Nur die Beleidigungen gegen die Mutter des Angreifers haben noch gefehlt. Na gut, es kann sein, dass diese minderjährigen Straftäter jetzt ihre Schnappmesser zücken und ihn filetieren, wie sie es in einem der Horrorvideos gesehen haben, die sie zweifelsohne tagtäglich konsumieren, aber dann stirbt er wenigstens als Mann und nicht als Schauspieler.

»Ja, ja, is ja gut!«, sagt Don Quichotte, tritt theatralisch zwei Schritte zurück und hebt die Hände. »War nur Spaß, ey, ehrlich.«

»Nicht so gemeint!«, assistiert Sancho Panza.

»Aber, Alter, ey, sach mal, hast du wenigstens'ne Kippe?«

»Tut mir leid«, sagt Stefan mit echtem Bedauern, »ich rauche nur passiv.«

»Ey, macht nix, ist cool, mach gut, nä? Und Gruß zu Hause!«

Damit schlurfen sie davon, und Stefan betritt den Hausflur.

Er kennt solche Hausflure von früher. Hier jagen sich schon keine Staubmäuse mehr über die Treppenabsätze, sondern regelrechte Staub*ratten.* Das Linoleum auf den Stufen ist mit Brandlöchern übersät, die meisten Plastikstopper an den Stufenkanten sind abgerissen und liegen herum, als warteten sie darauf, wieder montiert zu werden, was aber etwa so wahrscheinlich ist wie ein Sitzplatz im Regionalexpress morgens um halb acht. Jeweils auf halber Treppe sind die kleinen Kabuffs, in denen sich ganz früher mal die Toiletten befanden, jetzt fehlen nicht nur die Kloschüsseln, sondern bisweilen auch die Türen, während die Räume selbst zu Sperrmüllhalden mutiert sind. Die Fenster auf den Treppenabsätzen sind in einem ähnlich jämmerlichen Zustand wie jene, die man von der Straße sieht, die weiße Farbe sagt schon lange leise »Tüss«, und durch die Scheiben geht der eine oder andere Riss.

»Was ist?«, ruft Toto Starek aus dem dritten Stock. Und als Stefan näher kommt: »Musstest du dich noch mit der Dorfjugend gemein machen?«

»Wo ist der Schrank, Toto? Ich will hier so schnell wie möglich wieder weg.«

»Ja, ja, stell dich mal nich so an!«

Er holt einen Schlüssel aus der Hosentasche und schließt die Tür auf, vor der sie stehen. Sie betreten eine Wohnung, deren Zustand mit dem des Treppenhauses korrespondiert, nur gibt es hier kein Linoleum, sondern feinste Baumarkt-Auslegeware für 3 Euro den Quadratmeter, allerdings angeschafft und verlegt lange bevor es den Euro gab. Verlegt ist auch nicht das richtige Wort, denn das impliziert fachgerechtes Zuschneiden und Fixieren am sauberen Untergrund, hier aber hat man die Teppichstücke offenbar so Pi mal Daumen von der Rolle gerissen und auf den Boden geknallt. Die Ränder sehen aus, als wären sie nicht abgeschnitten, sondern zurecht*gebissen* worden.

An den Wänden jedoch hängt eine erstaunlich akkurat verklebte Tapete, wenn deren Muster auch nicht gerade als dezent zu bezeichnen ist: geometrische Muster in einer Farbe, die mal grün gewesen sein mag, auf einem Untergrund in Nikotinocker. Abgesehen von diversen Kleinteilen auf dem Boden (Schrauben, Nägel, der Deckel eines Marmeladenglases, eine leere Coladose) ist die Wohnung leer.

Toto Starek führt ihn in den Raum, der früher das Wohnzimmer gewesen sein muss, und sagt: »Da ist das gute Stück!«

Das gute Stück ist eine veritable Schrankwand aus den Sechzigerjahren des zwanzigsten Jahrhunderts. So eine ähnliche hat bei Omma Zöllner gestanden, der Mutter von Stefans Vater, die immer ein etwas kühler, wortkarger Gegenpol zu Omma Luise gewesen ist. Hinter den oberen Türen der Schrankwand lagerte sie das »gute« Geschirr, das nur zu hohen Feiertagen und runden Geburtstagen hervorgeholt wurde. In den offenen Fächern in der Mitte drängelte sich allerlei Nippes, also Engelchen, Schälchen, Figürchen und in der Mitte eine beleuchtbare Venezianische Gondel – was auch wieder ein Klischee war, aber irgendwo müssen die ja auch herkommen, die Klischees. In den unteren Fächern hortete Omma Zöllner lauter Papiere und Dokumente, also Familienstammbuch, Kontoauszüge oder Rentenbescheide, außerdem Kisten mit Hunderten von alten Fotos, die »bei Gelegenheit« mal in Alben hätten eingeklebt werden sollen. Besonders hat Stefan als Kind das große Fach auf mittlerer Höhe ganz rechts fasziniert. Da versteckte sich hinter einer Klappe die Hausbar mit den grünen, blauen, ja sogar violetten Bechern aus mattem Eloxal. Und natürlich eine Kollektion erlesener Spirituosen, von Mariacron bis Weizenjunge, da wurde nicht gespart, da gönnte man sich was. Das ganze Becher- und Spirituosen-Ensemble stand vor einem Spiegel-Hintergrund und wurde von oben beleuchtet, was dem Ganzen die Anmutung einer Mini-Schatzkammer gab.

Stefan spürt einen Anflug von Wehmut, dann aber reißt er sich zusammen. »Wie, verdammt noch mal, sollen wir dieses Teil hier rauskriegen? Geschweige denn die Treppe runter? Das Ding sieht aus, als sei das Haus drum herumgebaut worden! Und was willst du überhaupt damit?«

»Ey, das ist noch voll in Schuss! Wenn das hier stehen bleibt, kommt das weg, das wär doch zu schade. Und Diggo kann das Ding gut gebrauchen.«

Aha, Toto ist also im Auftrag seines Herrn unterwegs.

»Aber wie kriegen wir das hier raus?«

»Im Keller ist 'ne Sackkarre, damit haben wir das in paar Minuten unten im Wagen.«

»Eine Sackkarre? Das heißt nicht umsonst Schrank*wand!* Die kriegen wir doch schon gar nicht durch die Tür, die ist doch mindestens zweifuffzich hoch!«

»Am Stück hätten wir Probleme, aber wir nehmen die ja auch auseinander.«

»Das auch noch!«

»Ich hol jetzt erst mal die Sackkarre. Und im Keller ist auch Werkzeug. Entspann dich, ruh dich aus, und hinterher schmeiß ich eine Runde Currywurst à la carte vom Feinsten und mit Sahnehaube.«

Toto ist raus, bevor Stefan noch was sagen kann. Plötzlich wird es merkwürdig still. Stefan tritt ans Fenster. Draußen fährt kein Auto, und kein Mensch ist auf der Straße zu sehen. Eigentlich sollte er sich aus dem Staub machen. Scheiß auf Freundschaftsdienste. Toto ist ja nicht mal sein Freund. Und nicht mal richtig engen Freunden hilft Stefan freiwillig beim Umzug. Kisten schleppen, Möbelstücke durch Türen bugsieren, die dafür zu schmal sind, Bier und Pommes auf dem Fußboden oder, noch schlimmer, Würstchen und selbst gemachter Kartoffelsalat, lauter Speisen also, die einem gleich wieder hochkommen, sobald man sich anstrengt. Und immer ziehen die Leute von einem vierten Stock in einen anderen. Von Parterre zu Parterre? Keine Chance. Wer eine Wohnung im Parterre hat, gibt die nicht her, zieht also nicht um. Und wenn, dann ruft er oder sie jemand anders an. Bei Stefan melden sie sich nur, wenn Treppenhäuser im Spiel sind.

Ein Geräusch, als ob Wasser in einem Ausguss gurgelt, lässt ihn herumfahren. Da, wo vorher die Zimmertür war, erhebt sich jetzt ein Menschenmassiv, ein mindestens zwei mal zwei Meter hoher und breiter Glatzkopf in einer Lederweste, unter welcher er der Einfachheit halber und des schönen Wetters wegen auf Hemd oder T-Shirt verzichtet hat. Der haarige Bauch sieht aus wie aus Beton. Oberschenkel wie Elefantenbäuche spannen eine schwarze, an den Seiten geschnürte Lederhose. Die Tätowierungen auf den schwabbeligen Oberarmen wirken wie mit dem Kugelschreiber unter die Haut geritzt. Stefan geht davon aus, dass diese Verzierungen nicht in einem der in den letzten Jahren aus dem Boden geschossenen Tattoo-Shops gemacht wurden, sondern eher an einem Ort, wo um zehn Uhr das Licht ausgemacht wird und es pro Tag eine halbe Stunde Hofgang gibt.

»Ich hab Krach gehört hier«, brummt der Menschenberg.

»Ich bin hier mit Toto«, sagt Stefan, in der Hoffnung, dass das als Aufenthaltsgenehmigung ausreicht. »Toto Starek.«

»Hier ist sonst kein Krach mehr. Wohnt ja keiner mehr hier. Und da dachte ich, ich komme mal gucken.«

»Wir wollen den Schrank abholen.«

»Wird auch Zeit.«

Stefan ist erleichtert, dass die Aktion für den Glatzkopf offenbar in Ordnung geht und er keine absurden Besitzansprüche auf die Schrankwand anmeldet, deren vermutete Verletzung ihn zu Vergeltungsmaßnahmen zwänge.

»Ja, der Schrank, also, der ist gleich weg. Paar Minuten noch. Toto holt gerade die Sackkarre aus dem Keller.«

Der Glatzkopf nickt und schiebt die Unterlippe vor. »Willst du mal was sehen?«

»Tja, äh, was denn?«

»Komm mal mit!«

Der Berg dreht sich um und quetscht sich durch die Tür. Stefan weiß nicht, was er tun soll.

»Komm! Jetzt ist sie gerade wach!«

Stefan will nicht durch mangelnden Gehorsam Unmut erregen und folgt dem anderen, der jetzt auf dem Treppenabsatz vor der Tür steht und einladende Handbewegungen macht. Außerdem verzerrt er ganz merkwürdig das Gesicht, und erst nach einigem Nachdenken kommt Stefan darauf, dass das wohl ein Lächeln sein soll.

Der Glatzkopf stößt die Tür zur Nebenwohnung auf. Hier findet sich der gleiche Bodenbelag, und auch die Tapeten verraten, dass man seinerzeit denselben Innenarchitekten beauftragt hat. Nur ist diese Wohnung nicht so leer wie die andere. Und still ist sie auch nicht. Aus einem der Zimmer dröhnt ein Fernseher. Der Geräuschkulisse nach zu urteilen bekämpft das Gute die Mächte der Finsternis mit schweren Waffen, und es gibt Verluste auf beiden Seiten.

»Warte mal eben, ich sag nur Bescheid!«, sagt der Berg und öffnet eine der Türen. Der Lärm schwillt an, und Stefan sieht mehrere Menschen auf zwei durchgesessenen Ledersofas hocken: eine erstaunlich schmale Frau in einer dunkelbraunen Stoffhose und einem verwaschenen roten T-Shirt mit ausgeleiertem Halsausschnitt; ein männliches Zwillingspärchen, vielleicht sechzehn Jahre alt und längst schon Kunden in einem Fachgeschäft für Übergrößen, aber einem, in dem vor allem schwarze Sachen angeboten werden; ein bemerkenswert mageres Mädchen, das kaum älter als vierzehn sein kann und einen kurzen roten Lederrock trägt und so breitbeinig dasitzt, dass man den Schlüpfer darunter sehen kann; ein unrasierter, älterer Mann mit dicken Tränensäcken unter den Augen und in einem dunkelblauen Trainingsanzug mit zwei Streifen an Armen und Beinen, ein Modell, das heute von jungen Leuten als Retro-Chic getragen wird, aber irgendetwas sagt Stefan, dass das hier ein Original aus den Siebzigern ist, wo man mit zwei Streifen seine soziale Randständigkeit zementierte.

Am auffälligsten jedoch ist ein Mann Ende zwanzig in einem strahlend weißen Trainingsanzug mit goldenen Applikationen auf der Brust. Unter der Jacke trägt er nur ein weißes Feinripp-Unterhemd und um den Hals eine absurd filigrane Goldkette mit einem kaum wahrnehmbaren Kreuz. Der Weißgekleidete federt aus dem Sofa hoch und kommt zu ihnen an die Tür.

»Ey, was los?«

»Der hier ist nebenan«, sagt der Berg.

»Hallo, Jutta!«, ruft einer der Zwillinge vom Sofa.

Der Berg hebt kurz die Hand und grüßt zurück.

Jutta?

»Und was schleppst du den an?«

Der Typ im weißen Trainingsanzug redet ein bisschen wie ein türkisch-deutscher Komiker oder wie ein Berliner Gangsta-Rapper, scheint aber gebürtig deutscher Zunge zu sein.

»Er sagt, er ist hier mit dem Starek.«

»Toto? Was will die Amöbe?«

»Den Schrank abholen.«

»Den Schrank? Den scheiß Schrank abholen? Der Penner rückt hier am Samstag mit 'nem andern Penner an und will den Schrank abholen?«

»Sieht so aus«, sagt der Mann, den sie Jutta nennen.

»Watt soll der Scheiß?«, wendet sich der Trainingsanzug an Stefan.

»Ich bin ein alter Bekannter von Toto. Er hat mich gefragt, ob ich ihm helfe, und ich bin mitgekommen. Ich weiß von nichts.«

Der Miene des Trainingsanzugs ist anzusehen, dass sich in den nächsten Sekunden entscheidet, wie das Gespräch weitergeht. Zwischen Prügelei und Folter bis hin zu Verbrüderung bei Bier und Korn scheint alles möglich.

»Was mach ich jetzt mit dir?«

»Lass mal, Diddi, ich glaub, der ist in Ordnung«, sagt Jutta.

Diddis Kopf fährt herum. »So, du glaubst also, der ist in Ordnung! Hast du mit dem schon geduscht, oder was? Habt ihr schon zusammen paar Tage auf Malle am Strand gelegen und euch 'ne Nutte geteilt, oder was? Woher weißt du, dass der in Ordnung ist, Jutta, sag mir das mal!«

»Ich weiß nicht«, sagt Jutta. »Ist einfach so'n Gefühl. Menschenkenntnis, weißt du?«

Diddi sieht Jutta lange an, wendet sich dann wieder Stefan zu und sagt: »Na, wenn das so ist. Wenn die Menschenkenntnis von Jutta sagt, dass du in Ordnung bis, dann will ich da heute mal drauf vertrauen.«

Das ist das Stichwort für Toto Starek, der genau in diesem Moment die Treppe hochgepoltert kommt, die Sackkarre im Schlepp.

»Toto, du Arschgeige«, ruft Diddi, »was läufst du hier am heiligen Samstag auf und störst die Totenruhe?«

»Wieso heiliger Samstag? Spielt Borussia?«

»Hör mir auf mit *dem* Scheiß, ey. Beim nächsten Training trete ich die alle in ihren Millionenarsch, da können die sich drauf verlassen, aber so was von!«

»Ich will nur den Schrank abholen.«

»Und ich dachte schon, die Türken kommen.«

»Die Türken kommen?« Toto lacht übertrieben. »Der ist gut! Die Türken kommen! Echt, ey!«

»Ja, ja, krieg dich mal wieder ein, du Windelträger!«

Das Nächste, was man hört (abgesehen von der Kakofonie der Gewalt aus dem Wohnzimmer), ist die blecherne Karikatur eines ohrenbetäubenden Schreis, gefolgt von Gitarrenriffs, gegen die AC/DC sich ausnimmt wie Folkmusik der besonders verträumten Sorte. Diddi greift in seine Hosentasche, holt ein verchromtes Smartphone hervor und brüllt: »Was is'?« Die Köpfe im Wohnzimmer drehen sich synchron vom Fernseher weg in Richtung Diddi.

»Was? Ich versteh kein Wort. Warte mal!«

Diddi nimmt das Telefon vom Ohr und schreit Richtung Wohnzimmer: »Mach mal den Scheiß da leise, ich versuche hier Geschäfte zu tätigen!«

Das magere Mädchen im kurzen Rock nimmt die Fernbedienung, die neben ihr auf dem Sofa liegt, und drückt auf einen Knopf. Schlagartig erstirbt der Lärm.

»Was?«, schreit Diddi in unverminderter Lautstärke in sein Edelhandy. »Wo fährst du da rum, ey? Ich verstehe kein einziges Wort! Was?« Kurz nimmt er das Gerät vom Ohr und verdreht die Augen. »Mann, ey, du hast nur mit Amateuren zu tun. Ich krieg die Krätze, ehrlich!« Und, wieder ins Telefon: »Also pass mal auf, ich kann dich kaum verstehen, aber wenn du mich hörst, dann sag ich dir, wenn du die Viecher hast, dann bring sie direkt zu dem Polen, komm nicht erst hier vorbei! – Was? – Na, weil das 'ne scheiß Idee ist! – Hallo? – Ach, verdammte Scheiße!« Diddi wirft das Handy quer durch die Diele gegen die Wand, wo es sich in seine Bestandteile auflöst. »Scheiß Technik, ey. Auf den Mond können sie fliegen, aber Funklöcher stopfen, das ist zu viel verlangt.«

Fast hätte Stefan gelacht, denn die Formulierung »auf den Mond können sie fliegen« ist einer der Standards von Omma Luise, wenn sie sich mal wieder über die Zumutungen der modernen Welt aufregt. Ein einziges Mal wollte sie zum Beispiel, ermutigt und begleitet von Stefan, Geld aus einem Automaten ziehen, aber kaum war sie an der Reihe, nachdem sie sich in der Schlange die Beine in den Bauch gestanden hatte, schaltete sich das Gerät außer Betrieb, weil das Geld alle war. »Auf den Mond können sie fliegen«, hat sie gesagt, »aber wenn ich an der Reihe bin, sind sie pleite.«

»Jutta!«, reißt Diddi Stefan aus seinen Gedanken. »Nimm die SIM-Karte aus dem Schrott da und dann bring mir das Samsung, was in meinem Zimmer neben dem Bett liegt.«

Jutta gehorcht.

»Okay, also, ihr holt jetzt den scheiß Schrank ab«, sagt Diddi, sichtlich bemüht, die Fassung zu wahren. »Aber macht mal nicht so'n Krach!« Diddi fährt sich mit der Hand durchs Gesicht und wirkt wie ein Politiker, der nach der sechzehnstündigen Sitzung eines Krisenstabes entscheiden muss, ob nun ausgeliefert werden soll oder nicht. »Ach, wisst ihr was?«, fährt Diddi fort. »Macht so viel Krach, wie ihr wollt, ich hör mir das nicht an. Ich lass mir irgendwo die Eier lutschen. Fernsehnachmittag mit Familie! War sowieso 'ne scheiß Idee!«

Jutta reicht Diddi das neue Handy und die SIM-Karte.

»Hättest du ja auch mal einsetzen können, du Kernphysiker! Aber nee, lass mal, ist wahrscheinlich besser, ich mach das selber. Du hast doch Finger wie Laternenpfähle!« Kopfschüttelnd geht Diddi schweren Schrittes die Treppe hinunter, auf seinen Schultern das Gewicht der Welt, die ihn nicht versteht und ihm nur auf den Nerven herumtrampelt.

»Ja«, sagt Toto, »dann wollen wir mal!«

»Nee, warte mal!«, sagt Jutta. »Ich wollte euch doch was zeigen! Hab ich deinem Kumpel doch gesagt!«

Toto sieht Stefan an, Stefan nickt, Toto zuckt mit den Schultern, und sie folgen Jutta. Im Wohnzimmer ist es noch immer still. Die Familie hockt auf dem Sofa und wartet auf weitere Anweisungen.

»Ihr könnt jetzt weitergucken, ihr Idioten! Diddi is weg!«, ruft Jutta ihnen zu. Und zu Toto und Stefan: »Ich sage euch, alles Amateure. Zu doof, um … Na ja, für alles eben.«

Das magere Mädchen drückt wieder auf den Knopf an der Fernbedienung, und der Familienfilm geht weiter.

Jutta öffnet die Tür zu einem engen, bis unter die Decke vollgestopften Zimmer. Eine Schrankwand, nicht unähnlich jener in der Nebenwohnung, nimmt beinahe die gesamte linke Wand ein. Unter dem Fenster, vor dem Heizkörper, steht ein Bett, und ansonsten finden sich hier vor allem Pappkartons jeder Größe, meistens von elektronischen Geräten wie Fernsehern, DVD-Playern und Videorekordern. Und mittendrin auf einem Tisch: ein riesiges Terrarium mit einem verdorrten Ast darin, fast verdeckt von einer faul zusammengerollten, viel zu großen, gefährlich dick wirkenden Schlange. Es ist nicht zu erkennen, wo das Tier anfängt oder aufhört, und Stefan will das auch gar nicht wissen.

»Das ist sie!«, sagt Jutta voller Stolz. »Wollt ihr mal anfassen?«

»Kein Bedarf«, sagt Toto, und auch Stefan schüttelt den Kopf.

»Die tut nix«, beschwichtigt Jutta. »Die ist satt. Heute Morgen hatte die ein ganzes Kaninchen, die ist jetzt erst mal bedient für 'ne Woche. Pass mal auf, ich zeig euch mal, wie lang die ist!«

»Du, Jutta«, sagt Toto, »ich glaub wir müssen jetzt, ehrlich!«

»Nee, warte mal, geht ganz schnell. Ihr müsst die doch in ihrer ganzen Schönheit sehen!«

Jutta nimmt den gläsernen Deckel vom Terrarium und greift hinein. Es dauert Minuten, bis er das Tier herausgewuchtet hat, und Stefan vermutet, dass das Tier nicht begeistert ist, wenn man ihm auch nichts anmerkt. Als Jutta sich die Schlange um den Hals legt, hebt sie träge den Kopf und schiebt ein paarmal die schmale, gespaltene Zunge hervor. Irgendwo in der Mitte des Tieres meint Stefan noch die Umrisse des Kaninchens zu erkennen.

»Wenn die satt ist, ist das kein Problem«, sagt Jutta,

»aber wenn die Kohldampf hat, würde ich keinen Hund frei rumlaufen lassen.«

»Super, Jutta!«, sagt Toto. »Danke, echt, aber jetzt müssen wir wirklich los, da ist ja noch der Schrank und so.« Toto klingt wie ein Therapeut, findet Stefan, der sich bei allen Bedenken kaum vom Anblick dieses riesigen Mannes und der nicht minder imposanten Schlange losreißen kann.

»Kommt bald mal wieder vorbei!«, sagt Jutta.

Stefan und Toto heben die Hand zum Gruß und gehen raus.

»Was ist das für ein Vieh?«, fragt Stefan, als sie wieder vor der Wohnung stehen.

»'ne Schlange«, sagt Toto todernst.

Stefan sucht in Totos Zügen nach Anzeichen von Scherz, Ironie, Satire oder tieferer Bedeutung. Fehlanzeige. »Kein Scheiß jetzt?«, sagt er. »'Ne Schlange?«

»Definitiv«, sagt Toto ernst.

»Kein Delfin oder so?«

Toto begreift. »Verarschen kann ich mich alleine.«

»Da bin ich sicher, Toto«, sagt Stefan, »aber ehrlich gesagt, fühle ich mich ein bisschen verarscht, denn noch immer habe ich nicht den Hauch einer Ahnung, wie wir dieses Teil hier rauskriegen. Und die Sackkarre wird uns auch nicht dabei helfen.«

»Hilf mir mal!«, sagt Toto.

Gemeinsam rücken sie die Schrankwand in die Mitte des Zimmers. Triumphierend deutet Toto auf den rückwärtigen Teil des Möbels, und Stefan erkennt, dass das Ungetüm aus drei Einzelteilen besteht.

»Das haben wir in null Komma noch weniger auseinander und unten im Wagen.«

Bemerkenswert fix ist das Ding in drei Teile zerlegt. Beim Transport nach unten stellen sie sich tatsächlich so clever an, dass weder die Schrankteile noch die Wände übermäßig leiden müssen, was Stefan dann doch auch irgendwie stolz macht. Als sie wieder im Transporter sitzen und sich auf den Weg machen, ist Stefan komplett durchgeschwitzt, hat aber auch das Gefühl, richtig was geleistet zu haben. Einen Beruf muss man ja nicht gleich draus machen.

»Guck mal, der Florian!«, sagt Toto, als sie kurz darauf auf der B1 am Fernsehturm vorbeifahren. Übergangslos fährt er fort: »Ist 'ne scheiß Geschichte mit Diddi und der Familie, was?«

»Keine Ahnung.«

»Ja, ja, du kriegst ja nix mit, da in den Alpen, aber guck dir die doch an. Die Zwillinge passen bald durch keine Tür mehr. Die kacken in der Schule so was von ab, die Jungs, die schaffen nicht mal die Hauptschule, echt traurig. Die gehen zum Klauen wie andere Leute ins Fitness-Studio. Bei denen geben sich die Sozialarbeiter die Klinke in die Hand, aber nützen tut das nix. Und Diddi ist der einzige Normale. Der versucht, den Laden zusammenzuhalten, aber die hören ja nicht auf den.«

Toto zündet sich eine Zigarette an, und Stefan kurbelt wieder das Fenster herunter.

»Die Türken kommen! Da hab ich gelacht, ehrlich! Das ist 'ne Marke, der Diddi, echt!«

»Was ist denn daran so lustig?«

»Ey, komm, Schauspieler, jetzt stell dich mal nich dööfer als du bist! Früher hieß es doch immer, die Russen kommen, aber die sind ja erst mal geblieben, wo sie waren, und als die dann gekommen sind, war das ganz anders, also nicht mit Raketen und Panzern und so, sondern mit jede Menge Kohle und mit Tennisspielerinnen: Ey, die russischen Tennisspielerinnen, Beine bis zum Boden und nicht so verkniffene Lesben wie früher, richtig geile Teile sind das heute! Na ja, und jetzt heißt es, die Türken kommen, aber die sind ja schon da, und das ist doch zum Totlachen! Aber jetzt ist erst mal Lunchtime, ich lad dich ein!«

# 7

Kurz vor Bochum führt die A 40 durch eine Senke, und man sieht all die Autos, die sich auch am Samstagnachmittag über den in der Sonne flimmernden Asphalt bewegen. Wenn man Glück hat, kann man hier sehen, wie ein Stau entsteht: Ganz vorne wechselt einer unvermutet die Spur, beim nächsten Wagen leuchten die Bremslichter auf, und das erzeugt eine Kettenreaktion. Manche sehen sich Sonnenuntergänge über verschneiten Berggipfeln an, andere lieben den Moment, da zäh fließender Verkehr in einen handfesten Stau umschlägt.

Toto drückt eine Zigarette im Aschenbecher aus, wobei er eine gewisse Fingerfertigkeit beweist, denn dieser Aschenbecher ist eigentlich schon vor schätzungsweise sechs Tagen an die Grenze seines Fassungsvermögens gekommen.

»Die sind drauf hier, was?«

»Die anderen Autofahrer?«

»Die auch. Aber ich meine Diddi und Jutta und die.«

»Ja, ja, die sind echt drauf.«

»Ich hab da noch 'ne Story! Ist auch in Dortmund passiert, deshalb komm ich drauf. Hat aber nix mit Diddi und Jutta und so zu tun. Da war ein Mann, also alt, ich meine so siebenundsiebzig oder so, der geht abends mit seinem Dackel spazieren. Ey, Dackel! Gibt es bescheuertere Viecher als Dackel?«

»Ich glaube nicht.«

»Die gucken einen immer an, als wüssten sie genau, was sie eines Tages mit einem machen würden. Hinterhältige Biester sind das. Dackeln kannst du nicht trauen, egal ob in Dortmund oder sonst wo!«

»Ganz meine Meinung.«

»Jedenfalls geht der Alte mit seinem Dackel spazieren und fühlt auf einmal hinten so einen Schlag oder so. Klare Sache: Überfall! Da will einer dem Oppa ans Geld! Der Oppa tut so, als hätte er ein Handy und schreit: Ich ruf die Polizei! Der andere war so ein Junkie, und der haut ab. Oppa geht nach Hause. Und was ist da? Was meinst du, was da ist, als der Oppa nach Hause kommt?«

»Keine Ahnung, Toto.«

»Der Oppa kriegt seine Jacke nicht aus!« Toto lacht triumphierend.

»Der kriegt seine Jacke nicht aus?«

»Der kriegt seine Jacke nicht aus! Und was macht er, der Oppa?«

»Lässt er die Jacke an?«

»Keine Spur! Er ruft seinen Sohn an. Der kommt angedackelt ... Also, das ist jetzt blöd, von wegen an*gedackelt* und Dackel sind fiese Viecher, aber der Sohn ist in Ordnung. Ich meine, da ruft der Vater an und sagt, komm mal vorbei, ich krieg die Jacke nicht aus. Und der Sohn sagt nicht, der Alte soll damit selber klarkommen, sondern er fährt da hin.«

»Guter Junge, der Sohn!«

»Jedenfalls hilft er seinem Vater aus der Jacke, und was sieht er da?«

»Sag's mir, Toto!«

»Er sieht, dass sein Vater ein Messer im Rücken hat!«

»Echt jetzt?«

»Voll! Der Junkie hat ihm ein Messer hinten reingehauen! Und der Alte geht nach Hause und wundert sich nur, dass er die Jacke nicht auskriegt! Und was macht der Sohn?«

»Bringt den Vater ins Krankenhaus?«

»Keine Spur! Der sagt nur: Vatta, du hast ein Messer im Rücken – und zieht ihm das Ding raus! Und dann erst bringt er ihn ins Krankenhaus!«

»Hammer-Geschichte!«

»Ja, oder? Ich meine, der spürt einen Schlag, verscheucht den Räuber und geht mit dem Messer im Rücken nach Hause, als wäre das nichts! Der muss doch bei Hoesch oder unter Tage gewesen sein! Solche Fähigkeiten erwirbst du nicht am Schreibtisch!«

Toto lacht und schlägt mit der flachen Hand aufs Lenkrad. »Storys!«, sagt er. »Echt, du glaubst es nicht! Die liegen auf der Straße rum, die muss man nur aufheben.«

»Und wohin führst du mich jetzt aus, Schatz?«, fragt Stefan.

Der Unterton von Ironie und guter Laune geht irgendwo zwischen ihnen verloren. Toto sieht ihn an, als habe Stefan ihn tief verletzt. Dann lacht Toto doch noch.

»Jag mir nicht so einen Schrecken ein! Bei euch Schauspielern weiß man nie!«

»Was soll das denn heißen?«

»Na komm, ich kannte mal einen, also ich würde sagen, ich bin mal einem übern Weg gelaufen, nicht dass man das falsch versteht, aber das war einer vom Schauspielhaus, mit dem habe ich mal ein Bier getrunken und einen Döner gedrückt, da beim *Sultan*, also wo früher der *Sultan* war, am Südring, wo früher das Paprika war, dieser Stripschuppen ...«

»Ich weiß, wo der *Sultan* ist.«

»Und da hab ich mal mit einem gestanden, drei, vier Uhr morgens, also Samstagnacht, da war ich in der Altstadtgasse gewesen, da kriegst du ja noch um vier Uhr Braten mit Soße und Kartoffeln, aber ich hatte Lust auf Döner. Wieso soll ich beim Saufen essen, was ich mittags bei Muttern noch mal auf den Teller kriege! Ich jedenfalls raus und rüber zum *Sultan*. Steht da einer, der auch auf sein Hammelbrötchen wartet, auch extra scharf, genau wie ich, und schon stehen wir zusammen, bekleckern uns mit Joghurttunke und kommen ins Gespräch. Schauspielhaus, sag ich, ist ja interessant. Und er so: Hilfsarbeiter, da kommt man sicher eine Menge rum. Ich denk noch, du Arsch, du hast doch von nix 'ne Ahnung, aber irgendwie bleiben wir im Gespräch, und ich schlepp ihn noch ins Ehrenfelder Stübchen, und er erzählt mir, wo er gelernt hat und so und was er bisher gemacht hat, und dann kommen wir auch auf Frauen und so. Und ich sag: Bei euch laufen doch bestimmt ein paar ganz schön kaputte Weiber rum! Und er: Ja, aber auch Männer. Ich wieder: Das ist nich meine Baustelle. Darauf er: Muss man alles mal gemacht haben. Wie?, sag ich. Und er ...« Toto macht eine Pause, hebt den Kopf und fährt übertrieben gestelzt fort: »Selbstverständlich hatte ich in meinen Zwanzigern meine schwule Phase!« Toto sackt wieder in die Toto-Starek-Haltung zurück und umklammert das Lenkrad etwas fester. »Ich dachte, was wird das denn? Baggert der mich an, oder was? Schwule Phase! Das hört sich an, als *muss* man das machen, sonst ist man kein richtiger Mensch. Na ja, ich hab dann ausgetrunken und bin nach Hause, bevor mir das zu warm wurde.«

»Also mal ehrlich«, sagt Stefan. »Was war denn früher bei diesen bescheuerten Spielen auf dem alten Bahngelände? Diggo und du und Frank Tenholt und ich! Pimmel raus und Schwanzvergleich und Weitpissen!«

»Das war doch was ganz anderes!«

»Ja nee, ist klar …«

»Ich weiß nur noch, dass der Tenholt abgehauen ist, der feige Hund!«, sagt Toto. »Der hatte doch so ein kleines Ding, damit konnte der sich noch nicht mal auf die Schuhe lullern! Dem wäre es doch einfach das Bein runtergelaufen.«

Stefan grinst. Es geht doch nichts darüber, mit einem alten Freund ein paar Erinnerungen aufzufrischen.

»Okay, Toto, ist klar. Aber in welchem Etablissement nehmen wir denn jetzt unser Mittagsmahl?«

»Ey, ehrlich, Stefan, hör auf, du machst mich ganz verrückt, wenn du so redest.«

Stefan kann nicht anders, er legt Toto eine Hand aufs Bein und gurrt: »Toll, dass ich dich nach all den Jahren noch verrückt machen kann!«

Toto stößt seine Hand weg.

»Ey, bist du bescheuert? Ich wär beinahe durch die Leitplanke geknallt! Lass den Scheiß! Ich brauch so eine Phase nich!«

»Komm mal wieder runter! War nur Spaß!«

»Kann ich nicht drüber lachen!«

»Wenn man sich so heftig gegen etwas wehrt, dann deutet das auf unterdrückte Bedürfnisse hin!«

»Ich unterdrücke gar nix. Und wenn dann nur Kohldampf. Und deshalb gehen wir jetzt zum Hassan!«

»Kenn ich nicht.«

»Der Einzige, der Döner UND Currywurst kann. Weil, ich brauch Hammelbrötchen. Aber vielleicht auch Currywurst. Und du?«

»Mal sehen.«

An der Ausfahrt Kley grüßt protzig das IKEA-Schild, und ohne jeden Zusammenhang fragt Stefan sich plötzlich, wieso die Ausfahrten nicht mehr Ausfahrten heißen, sondern Anschlussstellen. Wahrscheinlich aus psychologischen Gründen. Ausfahrt, das hört sich an, als ginge es da nirgendwohin, oder schlimmer noch: ins Nichts, in den Tod, die Bedeutungslosigkeit. Anschlussstelle ist da viel positiver. Wer sucht nicht nach Anschluss in seinem Leben! Irgendwie muss es immer Anschluss geben, irgendwie muss es immer weitergehen, niemand geht verloren. Trost entlang der Bundesautobahn.

Am Stadion fahren sie raus, rollen dann über die Castroper zum Ring. Einmal noch biegt Toto ab, dann hält er direkt vor einem Imbiss.

»Traumparkplatz!«, schwärmt Toto. Der Tag ist für ein paar Sekunden sein Freund.

Der Imbiss ist zweigeteilt. Ursprünglich waren hier mal zwei Ladenlokale, die man mittels eines Durchbruchs zu einem zusammengefügt hat.

»Hassan, alter Grieche!«, ruft Toto dem Mann hinter dem Tresen zu. »Mach mal zwei Curry Pommes Schlamm!«

Hassan ist vielleicht einsfünfundsiebzig groß, etwas

rundlich und trägt ein dunkelblaues T-Shirt mit dem Namen seines Etablissements. Er lächelt zurück und sagt: »Du musst dich mal gesünder ernähren, Toto!«

»Dann gehst du doch pleite!«

»Und nenn mich nicht Grieche!«

»Wie, steht draußen nicht Akropolis-Grill dran?«

»Was heißt Schlamm?«, will Stefan wissen.

»Ketchup und Mayo, beides«, sagt Hassan.

»Was brauche ich Ketchup, wenn ich schon Currysoße habe?«, fragt Stefan.

»Du bist einfach kein Genießer!« Toto Starek schüttelt den Kopf.

»Für mich einfach Currywurst, Pommes, Mayo«, sagt Stefan.

»Und für mich mit alles und außerdem zwei Kurze, Hassan, aus der Spezialpulle.«

»Gibt kein Spezial, nur Normal.«

»Ach komm, lass uns doch bisschen Show machen für meinen Freund Stefan hier, der ist aus Bayern.«

»Ich bin nicht aus Bayern.«

»Zwei mal Currywurst«, sagt Hassan, dreht sich um und schaufelt Pommes in den Korb der Fritteuse.

»Das riecht aber mal wieder nach extra ranzigem Affenfett!«, sagt Toto und amüsiert sich köstlich über sich selbst. Hassan dreht sich nicht um, aber sogar seinem Hinterkopf ist anzusehen, dass Toto ihm auf die Nerven geht.

»Machst du eigentlich demnächst dicht?«, will Toto jetzt von Hassan wissen, der gerade mit einer Zange die erste Wurst in die Häckselmaschine einführt. Ohne sich umzudrehen, fragt Hassan zurück, warum er das tun solle, der Laden laufe sehr gut, und Toto sagt: »Na, wegen deinem Kurzen!«

Hassan sagt: »Erst mal sehen, was daraus wird!«

Stefan fragt sich, ob er mal nachhaken soll, aber Toto lässt da gar keine Irritationen aufkommen.

»Der Murat ist der Sohn vom Hassan«, sagt Toto zu Stefan. »Den kannst du nicht kennen. Das war nach deiner Zeit im Verein.«

Es geht also um Fußball.

»Jedenfalls der Murat, der war schon als Kind eine absolute Granate im Fußball. Ball am Fuß wie festgeklebt, sechs Mann aussteigen lassen und dann ab das Ding in den Winkel oder den Torwart gleich mit reingeschossen. Und eine Granate ist der immer noch. Mit elf ist er von der Spielvereinigung zum VfL gegangen und ist da durch alle Jugendmannschaften durch wie nix und Auswahlmannschaft hier und Auswahlmannschaft da und A-Jugend-Bundesliga und was weiß ich. Dann hat der in der letzten Saison bei den Amas eine Hütte nach der andern gemacht und durfte bei den Profis mittrainieren und jetzt ... Was meinst du, was jetzt ist? Jetzt haben sie dem einen Profivertrag gegeben! Kannst du das glauben? Ich hab den schon nass gemacht auf dem Platz, und jetzt wird der Profi!«

»Du hast den Murat nicht nass gemacht, du Laberkopp!«, brummt Hassan, der bereits die zweite gehäckselte Wurst mit Soße übergießt und mit Currypulver veredelt. Während er den Korb mit den Pommes aus dem siedenden Fett hebt und abtropfen lässt, fährt er fort: »Du hast ihm mal den Ball abgenommen, da war der Murat vier! Und mit fünf hat er dir den Ball durch die Ohren gespielt! Also erzähl keinen Blödsinn!«

»Ja, ja«, meint Toto, »ist doch nur Joke! Jedenfalls ist der jetzt Profi und spielt nächstes Jahr zweite Liga! Ey, wenn die nicht abgestiegen wären, würde der gegen Bayern spielen und was weiß ich! Der würde dem Kahn einen durch die Hosenträger spielen, das ist so sicher wie … wie … wie nur was!«

»Der Kahn spielt doch schon lange nicht mehr!«, gibt Hassan zu bedenken, während er die Pommes auf die Currywurst schaufelt.

»Ich mein ja auch nur das Prinzip!«, sagt Toto. »Vom Prinzip her würde der Murat auch dem Kahn den Ball durch die Hosenträger spielen!«

Die Tür geht auf und ein höchstens einssiebzig großer Junge kommt herein, trotz des schönen Wetters in einer glänzenden, eng anliegenden Lederjacke, das schwarze Haar mit Gel in Form gebracht.

»Ey, wenn man vom Teufel spricht!« Toto kriegt sich gar nicht mehr ein. »Der Herr Fußballstar! Ich brech ab! Wir reden gerade über dich!«

»Eigentlich redet nur Toto«, sagt Stefan.

»Ey, Toto«, sagt Murat, »du musst doch aus dem Maul stinken, bei der ganzen Scheiße, die du laberst!«

Toto lacht sich kaputt. »Komiker ist er auch noch!«

Murat gibt Stefan die Hand.

»Das ist der Stefan Zöllner«, sagt Toto. »Der war auch mal bei der Spielvereinigung.«

»Ist aber schon lange her«, sagt Stefan.

»Zöllner? Bist du nicht der, der beim Westfalenpokal den Elfer verballert hat? In letzter Minute? Bei eins zu zwei?«

Stefan räuspert sich. »Das war mein Zwillingsbruder.«

»Mann, erst hab ich gedacht«, fährt Murat fort, »was ist das für 'ne arme Birne, aber dann ist mir so was auch passiert, und da musste ich noch mal dran denken, und ich dachte, man ist schneller 'ne arme Birne, als man glaubt.«

»Da hast du allerdings recht.«

Hassan stellt die beiden Teller auf den Tresen. Der von Toto ist mit etwas beladen, das man vielleicht besser beim Abdichten von Fenstern verwenden sollte, anstatt es zu essen. Toto sieht das anders. Schon während sie die Teller zu einem der Tische tragen, fischt er sich Pommes mit den Fingern aus dem Schlamm.

Murat unterhält sich auf Türkisch mit seinem Vater. Toto schwärmt weiter: »Der hat Angebote von Dortmund und von Schalke gehabt, der Murat, aber er hat gesagt, er ist Bochumer, und er würde vielleicht für Real Madrid spielen oder Barcelona oder wenigstens für die Bayern, aber niemals für Schalke oder Dortmund! Wo gibt es denn so was heute noch!«

Murat und sein Vater blicken zu Toto und Stefan herüber und lachen.

»Ey, Murat«, ruft Toto. »Das mit dem verschossenen Elfer, das hat den Stefan nicht mehr losgelassen! Der ist nie wieder auf die Füße gekommen als Fußballer!«

»Das stimmt doch gar nicht!«

»Jedenfalls ist aus dem Stefan kein Fußballer geworden, der muss sich als Schauspieler durchschlagen.«

Das weckt Murats Interesse. »Echt jetzt? Muss man dich kennen?«

»Keinesfalls.«

»Ist egal. Schauspieler ist cool.«

»Und was macht die Schule?«, will Toto jetzt wissen.

»Geht mir zirka so auf den Sack wie du!«, antwortet Murat.

»Der Hassan ist nämlich nicht blöd im Kopf«, sagt Toto etwas gedämpft zu Stefan. »Der besteht darauf, dass der Murat Abi macht. Der ist jetzt nicht die Leuchte in der Schule, aber Abi ist wohl kein Problem. Der Verein achtet da auch drauf. Ich meine, in zwei Jahren haut ihn so ein van Bommel um, und dann ist vielleicht Schluss mit lustig, und was dann? So oder so, er muss jedenfalls nicht die Pommesbude von seinem Alten übernehmen. Dem wird es mal besser gehen, dem Murat. Hätte *mein* Alter sich mal so Gedanken über *mich* gemacht! Aber ich kann nix, und dann wird man eben auch nix. Ich habe nicht so ein Glück wie der Murat. Und weißt du, was das Beste ist? Weißt du, was das Beste ist?«

»Sag es mir, Toto!«

»Heute Nachmittag spielt der Murat beim Sommerfest noch mal für die Spielvereinigung! Der hat nicht vergessen, wo er herkommt! Ist ein guter Junge.«

Murat grüßt sie mit erhobener Hand und verschwindet wieder. Er geht schon ein bisschen o-beinig, wie man das von Fußballern kennt.

Toto vertilgt die gesamte Substanz auf seinem Teller, rülpst laut und vernehmlich und wedelt sich mit der Hand vor dem Mund herum. »Mann, das finde ja sogar ich selber ekelhaft! Ich verfaule von innen!« Dann zahlt er bei Hassan, und sie gehen wieder zum Wagen, schließlich haben sie noch einen Schrank auszuliefern.

# 8

Stefan sieht auf die Uhr. Um fünf trifft er sich mit dem Makler. Zeit genug, um den Schrank abzuliefern und beim Sommerfest vorbeizuschauen.

Toto Starek labert weiter vor sich hin, vor allem über Murat und dass der allen Freikarten für die WM in Brasilien 2014 besorgen wird.

Stefans Telefon meldet sich. Es dauert ein bisschen, bis er das Gerät aus der Hosentasche gefummelt hat, und in diesen Sekunden denkt er, ob das wohl Charlie ist und was das bedeutet, dass sie ihn anruft anstatt umgekehrt, aber dann sieht er auf dem Display, dass es doch nur Anka ist. Bevor er auf »Abweisen« drücken kann, hat sein Finger schon auf »Annehmen« getippt. Der Körper macht manchmal, was er will, denkt Stefan.

»Hallo«, sagt sie. »Störe ich?«

»Nein, nein. Schon in Ordnung.«

»Oh, danke, wie gnädig.«

»Hm.«

»Wieso ist das so laut?«

»Ich sitze im Auto.«

»Du hast doch da gar keins.«

»Ist nicht mein Auto.«

»Verstehe. Wem gehört das Auto? Deiner Jugendliebe?«

»Interessanter Gedanke. Toto, bist du meine Jugendliebe?«

Toto Starek findet solche Scherze noch immer nicht gut. »Lass das!«

»Ja, Anka, das könnte man so sagen. Toto Starek, die Jugendliebe, die ich mir nie eingestehen wollte. Wir sind gerade dabei durchzubrennen, in einem Rutsch durch bis an den Atlantik.«

»Sei nicht so.«

»Wir lassen uns in einem kleinen französischen Fischerdorf nieder. Toto wird töpfern und ich eine Laien-Theatergruppe leiten.«

»Hör auf mit dem Scheiß«, sagen Toto und Anka praktisch gleichzeitig.

Ein paar Sekunden schweigen alle drei. Zwischen ihnen rauscht kein Meer, sondern eine Autobahn.

Dann sagt Anka: »Was willst du von mir?«

»*Du* hast angerufen.«

»Du weißt, was ich meine.«

Stefan hat noch nie verlassen, ist immer verlassen worden. Mit dieser Tradition möchte er nicht brechen.

»Ist gerade schlecht. Ich muss noch einen Schrank ausliefern.«

»Willst du mich verarschen?«

»Nein, nein, meine heimliche Jugendliebe und ich, wir brauchen Geld für unsere Flucht zum Atlantik, und deshalb machen wir eine Zeit lang Möbelspedition.«

Anka legt auf. Stefan schiebt das Telefon wieder in seine Hosentasche.

»Dicke Luft, was?«, sagt Toto und sieht ihn an.

»Guck auf die Straße, Toto!«

Toto will noch was sagen, muss aber abbiegen, was seine ganze Konzentration erfordert. Er flucht ein bisschen zu lange und zu laut über den gar nicht so schlimmen Verkehr, wahrscheinlich um nicht daran denken zu müssen, dass er keine Frau hat, mit der er dicke Luft haben könnte. Toto und die Frauen, das war immer ein schwieriges Kapitel. Er fand einfach keinen Kontakt zu ihnen, oder nur zu solchen, mit denen er eigentlich nichts zu tun haben wollte, mit denen er sich dann aber doch abgab, um nicht wie der letzte frauenlose Idiot dazustehen. Dabei waren er und Diggo die ersten aus der Straße, die ihre Unschuld verloren, wenn auch unter wenig romantischen, eher erbärmlichen Umständen, auf einer löchrigen, verdreckten Matratze in einem baufälligen Schuppen auf einem verlassenen Bahngelände, beide mit demselben Mädchen, im Abstand von zwanzig Minuten. Stefan und Frank Tenholt lehnten seinerzeit das freundliche Angebot, dem Schauspiel beizuwohnen, dankend ab – im Gegensatz zu einigen anderen Jungs, die daraufhin Diggos und Totos Ruhm in der ganzen Gegend verbreiteten.

Toto fährt eine enge Straße entlang, in der auf beiden Seiten Autos parken. Ein Golf kommt ihnen entgegen, Toto hupt und blendet auf, damit der andere zurückweicht, was er auch tut und damit Totos Laune sichtlich hebt. Ein paar Meter weiter biegen sie in eine Einfahrt ein und rollen unter einem Schild mit dem Namen der Kleingartenanlage – *KGV Sonnenschein* – hindurch. Der Weg ist jetzt so schmal, dass die Hecken rechts und links an dem Kastenwagen entlangschrammen. Da könnte man ja glatt auf die Idee kommen, das für eine etwas bemühte Metapher zu halten, denkt Stefan, von wegen Enge des Weges gleich Enge in den Köpfen, praktisch Engstirnigkeit, aber das wäre schon ein bisschen albern, zumal Stefan es ohnehin nicht mit Metaphern hat.

Fast am Ende des Weges hält Toto an.

»Und wenn du hier rauswillst«, meint Stefan, »musst du den ganzen Weg rückwärtsfahren.«

»Ich bin nicht so doof, wie du aussiehst«, sagt Toto und grinst. »Ich fahr da vorne links, am Sportplatz vorbei und dann auf die Straße.« Toto freut sich, dass er schlauer ist, als Stefan meint. Er freut sich *diebisch,* hätte man früher wohl gesagt. Als man noch wusste, was »Feme« bedeutet.

Als Stefan aussteigt, hört er gleich, dass in dem Garten, vor dem sie angehalten haben, was los ist. Es läuft Musik, und es wird geredet. Toto drückt das niedrige, aber doch schwere, geschmiedete Tor auf, in das in geschwungenen Ziffern die Nummer der Parzelle eingearbeitet ist, und zwar die zweiundsechzig. Stefan versucht sich daran zu erinnern, welche Nummer der alte Garten seiner Eltern hatte, aber es fällt ihm nicht mehr ein.

Das letzte Mal war er hier in der Anlage zum Geburtstag seines damals schon nach einigen verpfuschten Herzoperationen samt Schlaganfall und Nahtod sehbehinderten Vaters. Es sollte der letzte Geburtstag seines Vaters sein. Stefan spürt eine Art Seelenkotze in sich aufsteigen. Er bedauert, nicht mit der Faust in irgendetwas schlagen zu können, am liebsten in die dreckige Fresse des Wichsers von Chirurgen, der seinen Vater umgebracht hat.

Die Terrasse vor der Laube wird durch eine zwei Meter hohe Hecke begrenzt, sodass vom Weg aus niemand Zeuge des Treibens dahinter werden kann. Auf weißen Stapelstühlen aus Plastik sitzen um einen ebenfalls weißen Plastik-Campingklapptisch vier Männer, denen man weder im Dunkeln noch im Hellen begegnen möchte. Zwei haben wabbelige Säuferbäuche, einer durchtrainierte Oberarme, die aus einem karierten Hemd mit abgeschnittenen Ärmeln herausragen. Über den Bäuchen breite Brüste, kein Hals und glänzende Schädel. Der Bodybuilder trägt die langen Haare zu einem Zopf gebunden, dazu Schnauzer, Kinnbart und Ohrring rechts.

Der vierte ist unübersehbar der Chef, Wort- und Anführer: Dirk »Diggo« Decker, Arschloch in vierter Generation. Toto und Diggo waren so etwas wie Herr und Hund, wie Jabba the Hutt und dieses Vieh, das auf ihm herumsprang. Unzähligen Kindern, Jugendlichen und Erwachsenen hat Diggo die Fresse poliert, und Stefan kann sich an niemanden erinnern, vor dem er so viel Angst gehabt hätte, aber wenn er ehrlich ist, fühlte er sich als Kind und Jugendlicher von den beiden Gewaltmaschinen auch immer ein bisschen angezogen. Vielleicht weil er als Einzelkind gern einen großen Bruder gehabt hätte, der ihn vor der bösen Welt dort draußen beschützte. Ab einem bestimmten Alter ist es peinlich, nach Mama oder Papa zu rufen, aber mit dem großen Bruder drohen, das geht immer. Diggo trägt ein speckiges Jeanshemd, das bis zum Bauch offen steht.

»Ja, kack die Wand an!«, schreit er, als er Stefan sieht. »Guck mal, was die Katze uns da hereinschleppt! Der scheiß verlorene Sohn ist zurück! Arschlöcher der Welt, schaut auf diesen Mann, eine verfickte Berühmtheit, ich sage es euch!«

Kraftausdrücke gepaart mit Sprichwörtern sowie Zitaten aus Bibel und Zeitgeschichte. Rhetorisch hatte Diggo Decker schon immer seine Momente, denkt Stefan.

»Wieso berühmt?«, will einer der Bäuche wissen.

»Ja, wieso?«, setzt der andere nach.

»Der kleine Wichser da hat sich vor, was weiß ich, zehn, zwölf Jahren vom Acker gemacht und ist Schauspieler geworden.«

Genauer gesagt bin ich das schon vorher gewesen, denkt Stefan, will da aber mal nicht so sein.

»Echt jetzt?«, sagt Zopf. »Muss man dich kennen?«

»Laber keinen Scheiß. Kennen muss den keiner!«, bringt Diggo es auf den Punkt.

»Ey, Diggo«, bettelt Toto um Aufmerksamkeit, »wir haben den Schrank abgeholt!«

Diggos Blick fällt auf Toto, als sähe er ihn zum ersten Mal, dabei sind die beiden schon ihr Leben lang unzertrennlich, was für Diggo eindeutig mehr Vorteile hat als für Toto. Obwohl – man weiß es nicht, denkt Stefan. Zwar lässt Toto sich seit Kindesbeinen an von Diggo herumschubsen, beleidigen und fertigmachen und nimmt Befehle von ihm an wie ein Soldat, der den Begriff »Kadavergehorsam« bis ins Letzte verinnerlicht hat, andererseits ist Diggo für Toto ein Fixpunkt, auf den er sich immer verlassen kann. Diggo hat schon Leute verdroschen, nur weil sie Toto »Blödmann« genannt haben, nicht ohne hinterher noch Toto eine zu knallen, und zwar dafür, dass er so ein Blödmann war, sich beleidigen zu lassen.

»Du hast den scheiß Schrank abgeholt?«

»Der Zöllner hat mir geholfen.«

»Ich hab gesagt nächste Woche!«

»Du hast gesagt, ich soll ihn holen, wenn ich Zeit habe. Und heute hatte ich Zeit. Und der Zöllner war da, der hat mir geholfen. War ganz heiß drauf.«

Diggo schließt kurz die Augen. Große Männer fühlen sich immer von Versagern umgeben. »Na gut«, sagt er schließlich. »Ich hab zwar nix vorbereitet, aber wenn das Scheißteil nun mal da ist.« Er blickt die Bäuche und den Zopf an und macht eine Kopfbewegung Richtung Kastenwagen. »Los, ihr Penner, holt das Ding aus dem Wagen. Nur auf dem fetten Arsch sitzen und saufen und fressen für lau is nich!«

Um sich einen minimalen Rest Würde zu bewahren, murmeln die drei ebenfalls ein paar schmutzige Wörter, gehorchen aber ihrem Herrn und Meister.

Und der legt Stefan jetzt seinen schweren Arm auf die Schulter und fragt ihn, was er trinken will. Eine überflüssige Frage, da sowieso nur Bier im Angebot ist.

»Ich weiß«, sagt Diggo, »eigentlich kein Bier vor vier. Aber irgendwo auf der Welt ist immer vier Uhr.« Er geht hinein, während Stefan zusieht, wie die drei Helferlein fluchend das Unterteil der Schrankwand aus dem Kastenwagen wuchten.

Als Diggo wieder rauskommt, hat er zwei Flaschen in der Hand und reicht eine davon Stefan. Sie lassen die Ploppverschlüsse ploppen und stoßen an.

»Und was ist mit mir?«, empört sich Toto.

»Du weißt doch, wo das Zeug steht.«

»Aber er kriegt eins gebracht, oder was?«

»Er ist Gast, du bist hier zu Hause, also geh mir nicht auf den Sack!«

Toto geht rein, um sich ebenfalls eine Flasche zu holen.

Dumm rumstehen, während andere trinken, kommt nicht infrage. Noch im Gehen ploppt er seine Flasche auf, dann stößt er sie gegen Stefans und versucht das Gleiche mit Diggos, der seine aber zurückzieht, sodass Totos Bewegung ins Leere geht.

»Also, was machst du hier, du Star?«, fragt Diggo.

»Ich muss mein Elternhaus verkaufen.«

»Stimmt, der Hermann hat ja den Löffel abgegeben.«

»Um fünf kommt der Makler.«

»Makler!«, sagt Diggo und spuckt in hohem Bogen in die Hecke. »Alles Verbrecher!«

»Ich hab keine Wahl. Montagmorgen muss ich wieder in München sein.«

»Wieso?«

»Ich habe ein Vorsprechen für eine Fernsehserie.«

»Dann muss man dich demnächst doch kennen, was?«

»Nicht unbedingt.«

»Was mich mal interessieren würde: Wie ist denn die Ferres so privat?«

»Ich kenne die gar nicht.«

»Echt nicht?«

Toto wird ganz nervös. »Der würde ich gerne mal über den Weg laufen, echt!«

Totos Grinsen macht klar, dass es ihm nicht nur um eine Plauderei bei Kaffee und Kuchen geht. Dafür gibt es von Diggo mit der flachen Hand auf den Hinterkopf.

»Du stehst doch auf die Dicke aus dem Fernsehgarten!«

»Die ist gar nicht mehr so dick!«

»Trotzdem, da hältst du keine zehn Minuten durch. Die ist ein echter Nussknacker.«

»Hauptsache, du weißt Bescheid!«

Und wieder ist Totos Hinterkopf dran.

Toto schmollt. Diggo nimmt einen Schluck und schaut ein paar Sekunden in die Ferne, wo sich in einem parallelen Universum seine Zukunft mit einem Fernsehstar abspielt.

»Und jetzt willst du die Hütte deiner Alten loswerden. Ist ein schönes Haus.«

»Muss 'ne Menge gemacht werden.«

»Wie viel kriegst du dafür?«

»Keine Ahnung. Ich will es nur loswerden.«

Diggo schüttelt den Kopf. »Ey, sag so was nicht, sein Elternhaus will man nicht einfach nur loswerden. Entweder man wohnt selber drin und hält es in Schuss, oder man versucht, einen richtig guten Preis zu kriegen. Das ist dein Elternhaus, du Schauspieler! Du bist da groß geworden! Da hast du gesoffen, gewichst und gevögelt! Für dein Leben ist das ein Denkmal!«

»Ein Denkmal, das ich mir nicht leisten kann.«

»Wieso das denn? Das ist doch bestimmt abbezahlt und alles!«

»Ich lebe in München! Was soll ich mit einem Haus in Bochum?«

»In München lebt man nicht«, sagt Diggo, »da wohnt man nur.«

»Warst du schon mal da?«

»Bin ich bescheuert? Wenn ich die reden hör, fang ich schon an zu kotzen!«

»München«, sagt Toto, »voll die Scheiße!«

»Woher willst du das denn wissen?«, fragt Diggo.

»Hast du doch selber gesagt!«, wimmert Toto.

»Und du musst mir jeden Dreck nachlabern, oder was?«

»Aber wenn er doch stimmt, der Dreck!«

»Was? Ich rede Dreck?«

»Hast du doch selber gesagt!«

»Und du musst mir jeden Dreck nachlabern, oder was?«

Schon als Jugendlicher ging es bei Stefan los, dass er sich manchmal dachte: Was, wenn die Situation, in der ich jetzt gerade bin, niemals aufhört? Wenn mein Leben hier einfriert und für Jahrhunderte auf der Stelle tritt? Wenn ich diesen verdammten Knoten einfach nicht aufkriege? Wenn dieses Gespräch ewig weitergeht? Dieses Gefühl hat ihn vor zehn Jahren bewogen, doch endlich von hier wegzugehen, obwohl es erst so ausgesehen hat, als sei es sein Schicksal, hier festzusitzen. Schicksal, das ist das Bild zweier hässlicher Mädchen, von ihrem Vater vor Jahren hingemetzelte Zwillinge mit ernstem Blick und vorgewölbter Stirn, die auf dem Gang eines für den Winter evakuierten Hotels stehen, sich an den Händen halten und unaufhörlich sagen: »Komm, Danny, spiel mit uns! Für immer! Und immer!« Und wie schon Prince sagte: *Forever is a pretty long time,* und diese pretty long time kam Stefan irgendwann gar nicht mehr pretty vor, nachdem ihn ausgerechnet die Schauspielschule in seiner Geburtsstadt aufgenommen und ihm ausgerechnet das Stadttheater derselben Stadt seinen ersten Vertrag gegeben hatte. So etwas passiert normalerweise nicht. Normalerweise wird man zu Hause abgelehnt und wird dann in Berlin, München oder Stuttgart genommen, was Stefan die Entscheidung, alles hinter sich zu lassen, abgenommen hätte. Mit Entscheidungen ist es immer so eine Sache, die können einem die Luft abschnüren, solange man sie nicht getroffen hat, und als zentnerschwere Last auf den Schultern liegen, wenn man sie doch herbeigeführt hat. Dann tut es gut, neben solchen Figuren wie Diggo Decker und Toto Starek zu stehen, denn dann weiß man, dass es richtig war, wegzugehen, und absolut falsch, zurückzukommen, und deshalb muss ich jetzt hier weg, denkt Stefan, den Rest hinter mich bringen, und dann ab nach Hause, ja nach Hause, denn das ist nicht mehr hier, sondern da unten, wo man besser wohnt, als man an anderen Orten leben kann.

Bei Diggo und Toto geht es noch ein wenig hin und her, während die zwei Bäuche und der Zopf die drei Schrankteile in die Laube tragen, dann wieder herauskommen und Diggo fragen, wo genau er das Ding hinhaben will, schließlich sei da drin alles voll, und Diggo sagt, dass sei ja sein Reden, weil Toto, der Schwachmat so voreilig war, habe er, Diggo, nichts vorbereiten können, also sollen sie jetzt das alte Teil da drin zu Klump hauen, den Müll in den Kastenwagen schmeißen, damit Toto das zur Kippe bringen kann, und dann sollen sie den Schrank zusammenbauen.

Die drei gehen erneut rein, kommen aber gleich schon wieder heraus und meinen, in dem alten Schrank seien aber noch Gläser, ob sie die auch zu Klump hauen sollen, und Diggo reibt sich die Nasenwurzel wie vorhin Diddi Trainingsanzug. Schwere Zeiten für Männer in Führungspositionen.

»Die Gläser und den ganzen Rest sollt ihr natürlich rausnehmen, ihr Penner!«

Und während die Bäuche und der Zopf drinnen anfangen zu räumen und dann kaputt zu kloppen, klingelt Stefans Handy. Die Nummer im Display kommt ihm bekannt vor, aber er kann sie nicht sofort zuordnen. Er macht ein paar Schritte zur Seite, weg von Diggos Gemotze und Totos Wimmern, und als er rangeht, hört er vor allem ein Rauschen. Da sitzt jemand im Auto, denkt er. Dann hört er eine weibliche Stimme, die ein paarmal Hallo sagt.

»Ja?«, sagt Stefan.

»Sie haben mich angerufen. Ich hatte Ihre Nummer im Display.«

»Charlie?«

»Hallo?«

»Ich bin's!«

»Ich kann Sie leider nicht verstehen! Hallo?«

Und dann ist sie wieder weg.

Okay, sagt sich Stefan, ganz ruhig. Sie hat nicht gewusst, dass du das bist. Sie kennt deine Nummer nicht. Sie hat auch deine Stimme nicht erkannt, aber das ist der schlechten Verbindung geschuldet. Stefan weiß, dass ihn das nicht so aus der Bahn werfen sollte, aber das tut es. Ihre Stimme. Verzerrt, kaum hörbar, aber doch ihre.

Diggo rammt ihm eine Pranke auf die Schulter und reißt ihn aus seinen Gedanken. »Was los? Angebot aus Hollywood, oder wieso bist du so blass, du leere Hose?«

»Keine Ahnung, wer da dran war. Schlechte Verbindung.«

»Egal. Trink aus, dann kriegst du noch eine für auf den Weg, und wir gucken uns an, wie die Versager den Wagen vollladen, und dann sehen wir uns beim Sommerfest von der Spielvereinigung. Und heute Abend ziehen wir noch mal zu dritt los!«

Das ist nun eine ziemlich ernst zu nehmende Drohung. *Losziehen* mit Diggo und Toto kann hässlich werden. Ich muss hier ganz schnell wieder weg, denkt Stefan. Ich sollte mich im Haus einschließen, fernsehen und dann wieder abhauen. Einfach schon Sonntag früh fahren. Die ganze Sache schnürt einem doch irgendwann die Luft ab. Und mit Toto und Diggo losziehen, das heißt, man wird zusätzlich noch von einem Laster überrollt.

»Heute Abend bin ich leider schon verplant«, kriegt er

noch raus, obwohl das nicht stimmt und obwohl das nichts nützt, denn er weiß: Im entscheidenden Moment wird er Diggo wieder nichts entgegenzusetzen haben.

»Dann morgen«, bestimmt Diggo. »Das klären wir noch.«

Erstaunlich schnell haben die drei Musketiere den alten Schrank erlegt. Zerstörung ist ihr Geschäft. Auch die zweite Flasche Bier läuft rein wie nix und entfaltet ihre Wirkung ebenso schnell. Dann sitzt Stefan wieder neben Toto im Wagen und stellt fest, dass die Welt tatsächlich schärfere Konturen hat, wenn man bei schönem Wetter Alkohol trinkt.

»Das ist schon 'ne Marke, der Diggo!«, sagt Toto, während er etwas zu schnell den engen Weg entlangbrettert, sodass die Hecken rechts und links wieder den Lack verkratzen. Dann aber schaltet er das Radio ein und sagt nichts mehr, bis sie vor dem Platz der Spielvereinigung stehen.

»Ich bring noch den Wagen weg und komm dann nach!«, sagt Toto.

Stefan steigt aus und betritt die Anlage der Spielvereinigung durch ein hohes Tor. Oben ist auf einem Brett der Vereinsname aufgepinselt, flankiert von Bierwerbung. Viele Tore hier, denkt Stefan noch. Fragt sich nur, ob sie wo hinein- oder hinausführen.

# 9

Sechs schmale Masten ragen in den Himmel und tragen je zwei starke Scheinwerfer. Kreisligaflutlicht. Stefan erinnert sich an das Gefühl, als er zum ersten Mal unter Flutlicht trainiert hat, als Kind, im Winter. Fühlte sich an wie Bundesliga, nur auf Asche. *Those were the days my friend*, wir dachten, die gehen nie vorbei, aber auch hier strahlt jetzt ein Kunstrasen in unveränderlichem Grün, durchsetzt mit schwarzem Granulat. Warum eigentlich das Granulat? Wieder so eine Sache, die man mal googeln sollte.

Im Hintergrund rauscht die nahe Autobahn. Links steht das einstöckige, lang gezogene Vereinsheim. Unter dem seitlichen Vordach stehen Bierzeltgarnituren. Hier sind alle Plätze besetzt, obwohl die Sonne scheint und es unter dem

Vordach besonders heiß sein muss. Weiter hinten Bier- und Bratwurststand. Männer mit Plastikbechern voller Bier stehen herum, Frauen laufen hinter kleinen Kindern her und halten sie davon ab, aufs Spielfeld zu rennen, Jugendliche in Trikots essen Pommes aus Pappschalen.

Am Bierwagen Heinz Tenholt, Franks Vater, der Vorsitzende. Daneben Klaus Dudek, Karl-Heinz Rogowski und Dieter Mehls, der um ein paar Ecken mit Charlie verwandt ist. Die anderen stecken in Trainingsanzügen in den Vereinsfarben, Heinz Tenholt aber trägt Zivil und überragt alle um fast einen ganzen Kopf, der alte Torwart. Außerdem hebt ihn sein weißer Haarschopf von den anderen ab, da er ihm etwas Feines gibt, so was Elder-Statesmen-Mäßiges, mit einem kleinen Schuss Playboy, doch das ist nur äußerlich, denn Heinz Tenholt ist immer ein Mann gepflegter Zurückhaltung gewesen.

Was man von den Umstehenden nie sagen konnte. Klaus Dudek sieht man rund um die Augen an, dass ein Nachmittagsbierchen für ihn noch nie ein Problem war. Eine Morgen- und Mittagsportion auch nicht. Karl-Heinz Rogowski hat mit Mühe und Not einen Trainingsanzug gefunden, dessen Reißverschluss er noch schließen kann. Gern zeigt er, dass der liebe Gott es bei der Verteilung von Brustbehaarung bei ihm sehr gut gemeint hat. Karl-Heinz Rogowski hält in der einen Hand ein Bier, in der anderen eine Bratwurst im Brötchen. Dass der Verzehr der Letzteren einhändig nicht unproblematisch ist, davon zeugen die Senfspuren auf seinem Oberteil. Weder Dudek noch Rogowski sehen aus wie Männer, denen man seine Kinder anvertrauen würde, egal ob es um Fußball geht oder sonst was. Einzig Dieter Mehls wirkt vertrauenswürdig. Unter seiner Trainingsjacke trägt er ein pinkfarbenes Poloshirt, und um die Augen und die Mundwinkel hat er Lachfältchen. Die Familienähnlichkeit mit Charlie lässt sich äußerlich nur erahnen und liegt mehr in der positiven Ausstrahlung begründet.

»Hatte gehofft, dass du hier auftauchst«, sagt Heinz Tenholt, nachdem Stefan allen kurz die Hand gegeben hat, außer Karl-Heinz Rogowski, der ihm den Ellenbogen hingehalten und die Bratwurst unaufgefordert mit den Worten »Von nix kommt nix« kommentiert hat.

»Klar«, sagt Stefan, während Dieter Mehls sich zum Bierwagen umdreht und ruft: »Angelika, mach mal ein schnelles Bier«, und dieses gleich darauf Stefan in die Hand drückt. »Das geht aufs Haus«, sagt Dieter Mehls noch und fügt hinzu: »Ansonsten gibt es da hinten Wertmarken.«

Stefan nickt, und dann wird angestoßen.

»Was machst du jetzt mit dem Haus?«, fragt Dieter Mehls, dessen Vater Wolfgang zeitlebens der beste Freund von Onkel Hermann gewesen ist.

»Verkaufen. Hab gleich noch einen Termin mit dem Makler.«

»Verkaufen?« Karl-Heinz Rogowski schiebt sich den Rest seiner Wurst in den Mund, spricht aber trotzdem weiter: »Ist doch viel zu schade!«

»Da kann man was draus machen!«, sagt Klaus Dudek.

»Ich wohne in München«, sagt Stefan. »Was soll ich da mit einem Haus in Bochum?«

»In München?«, fragt Karl-Heinz Rogowski. »Was machst du denn DA?«

Stefan will das Thema umgehen, also sagt er einfach, er arbeite da, aber das nützt ihm nichts, denn Dieter Mehls klärt Karl-Heinz Rogowski auf, und bevor dieser die Frage des Tages stellen kann, sagt Stefan: »Aber man muss mich nicht kennen.«

»Warst du denn schon mal im Fernsehen?«, fragt Klaus Dudek, und als Stefan erwähnt, dass er mal in einem Film mitgespielt habe, der aber nur nachts im Dritten gelaufen sei, schiebt Dudek nach: »Wie ist die Ferres denn so privat?«

»Keine Ahnung.«

»Die müsste bei mir nicht lange betteln!«

»Würde sie auch nicht, Klaus, glaub mir«, sagt Heinz Tenholt.

»Stars haben wir bei uns auch!«, sagt Dieter Mehls und spricht Stars, als schriebe man es mit Sch, also »Schtars«. »Hast du von dem Murat gehört?«

»Hab ihn auch gesehen, bei seinem Vater in der Pommesbude.«

»Der geht zum VfL! Der spielt bald Bundesliga!«

»Erst mal zweite Liga«, korrigiert Heinz Tenholt.

»Die sind abgestiegen!«, ereifert sich Klaus Dudek. »Hast du das mitbekommen?«

»Hat sich bis München rumgesprochen.«

»Aber die steigen wieder auf«, ist Dieter Mehls sich sicher, »und dann spielt der Murat Bundesliga! Einer von der Spielvereinigung in der Bundesliga! Unglaublich, oder?«

»Auf jeden Fall!«, gibt Stefan zu.

»Und heute kommt er noch mal vorbei und spielt für uns gegen unsere Erzrivalen von der TuS«, sagt Karl-Heinz Rogowski.

»Hat nicht vergessen, wo er herkommt«, sagt Heinz Tenholt. »Guter Junge.«

»Ich bin gespannt«, sagt Stefan.

»Darfst du dir nicht entgehen lassen, das Spiel«, sagt Dieter Mehls.

»Das habe ich auch nicht vor«, erwidert Stefan. »Muss nur zwischendurch kurz weg wegen der Sache mit dem Makler.«

»Das Spiel ist um sechs«, ergänzt Heinz Tenholt. »Zum krönenden Abschluss.«

»Schaffe ich leicht«, sagt Stefan und fügt hinzu: »Ich dreh jetzt mal 'ne Runde.«

Mit dem Bier in der Hand geht er erst mal rüber zu dem Holztisch neben dem Eingang des Vereinsheims und kauft für zwanzig Euro kleine rote Wertmarken, die ein älterer Herr in einem gestreiften Polohemd über einem trommelharten Altmännerbauch von einer großen Rolle abreißt. Dann streift Stefan ein wenig umher, bis er Thomas Jacobi entdeckt, Klassenkollege, Verteidiger, ganz guter Kerl, jedenfalls einer, mit dem man dann und wann in der Kneipe gesessen hat und dem man nicht aus dem Weg ging, wenn man ihn auf Partys auf sich zukommen sah. Läuft man jemandem von früher über den Weg, erwartet man ja immer, dass er dicker geworden ist, blöder, spießiger, uninteressanter, also genau wie man selbst, aber Thomas Jacobi sieht aus, als hätte er erst gestern Abi gemacht. Verwaschene Jeans, einfarbiges T-Shirt, Schweißband am rechten Handgelenk, die halblangen Haare fallen ihm ständig in die Stirn, sodass er sie mit einer eleganten Kopfbewegung wieder nach hinten werfen muss. Manchmal legt er sie auch mit der Hand hinters Ohr, und das hat ein bisschen was Weibliches. Unterm Strich sieht er aber aus, als wäre er Charlies Bruder, weil Charlotte Abromeit auch stets einen Look bevorzugte, der an eine Camel-Werbung gemahnte.

Auch Thomas Jacobi fragt, was Stefan hier mache.

»Das Elternhaus verkaufen?«, sagt Thomas Jacobi. »Ist nicht leicht, was?«

»Ich mache mir keine Gedanken darüber«, sagt Stefan. »Ich weiß nicht, was ich mit dem Haus anfangen soll. Ich lebe in München. Und ich will kein Vermieter werden. Mal abgesehen davon, dass an dem Haus sicher eine Menge zu machen wäre, bevor man es vermieten könnte. Dafür habe ich kein Geld.«

»Ach komm, hier laufen genug Leute rum, die für ein bisschen Bier, Frikadellen und Kartoffelsalat die Hütte abreißen und wieder neu aufbauen, wenn es sein muss.«

»Und dann bin ich Vermieter und schlage mich mit den Nörgeleien der Mieter rum? Nein danke.«

»Wahrscheinlich hast du recht.«

»Und du?«

»Computer. Also technisches Zeug. Programmieren, Hosting und so was.«

»Ich dachte, ihr Programmierer seid so lichtscheue Nerds! Zweiundsiebzig Stunden am Rechner, kein Tageslicht, aber zentnerweise Pizza.«

»Und ich dachte, ihr Schauspieler liegt den ganzen Tag zugedröhnt im Bett, wälzt euch abends ein bisschen in künstlichem Schweineblut, kokst euch dann zu und bumst im Rudel.«

»Ist eine ziemlich genaue Beschreibung meines Lebens.«

»Ich wusste, ich mache was falsch.«

Sie grinsen sich an, und Stefan lässt Thomas von seinem Bier trinken. Dann widmen sie sich dem Spiel, das gerade läuft.

»Wer spielt da gerade?«, fragt Stefan.

»Unsere C-Jugend gegen die vom TuS. Sieben zu eins für uns. Ist gleich vorbei.«

Ein paar Meter weiter steht ein breitschultriger junger Mann in einem weißen Kapuzenpulli. Das Spiel gefällt ihm nicht. Er macht einzelne Bewegungen mit, stößt mit dem Kopf in die Luft und verpasst imaginären Gegenspielern Bodychecks.

»Bisschen nervös, der Sportkamerad«, sagt Stefan.

»Der regt sich schon die ganze Zeit auf. Ich glaube, da spielt sein Bruder mit. Bei der TuS, meine ich. Ist ein Freundschaftsspiel, aber der geht noch richtig steil, warte mal ab!«

Auf dem fast kahlen, nur von einem dünnen, dunklen Haarfilm bedeckten Schädel des korpulenten Nervenbündels glänzt Schweiß. Speziell die Leistung des Schiedsrichters gefällt ihm nicht.

»Ey, was pfeifst du für Scheiß, du Penner!«

In einem verzweifelten Versuch, noch ein wenig Ergebniskosmetik zu betreiben, wird der Ball aus der Abwehr der TuS hoch und weit nach vorne gehämmert. Im Strafraum steigen zwei Spieler hoch, einer davon, der Angreifer, liegt hinterher am Boden, aber der Referee zeigt an: weiterspielen! Das ist zu viel für den Weißgewandeten: »Das war mein Bruder, du Arschloch!«, schreit er, beugt sich unter der Reling durch und läuft über die schmale Tartanbahn aufs Spielfeld, wo er sich nicht entscheiden kann, ob er sich auf den Schiri oder den Abwehrspieler, der seinen Bruder gefoult hat, stürzen soll. Mehrere Spieler von der TuS müssen ihn beruhigen. Vorneweg sein Bruder, dem die ganze Sache offenbar sehr peinlich ist. Kurz darauf ist das Spiel zu Ende.

»Hier ist manchmal mehr los als in der Bundesliga«, sagt Thomas Jacobi und begleitet Stefan zum Bierstand.

Dort streitet sich ein Mädchen mit der Frau am Zapfhahn, die Dieter Mehls vorhin Angelika genannt hat.

»Mama, ein Bier macht mich noch nicht zur Säuferin!«

Entnervt stellt Angelika ihrer Tochter einen Becher hin, wobei etwa ein Drittel obenraus schwappt.

»Schönen Dank auch!«

»Mandy macht wieder Stress«, sagt Thomas Jacobi.

Mit dem Bier in der Hand kommt das Mädchen zu ihnen herüber und küsst Thomas auf eine Art und Weise auf den Mund, die keine Zweifel lässt. Sie hat halblanges knallrotes Haar, ein Lippenpiercing, einen kleinen Nasenring, trägt ein geringeltes T-Shirt, einen kurzen Jeansrock und Turnschuhe. Und ihre Augen sind von einem Grün, das in der Natur eigentlich nicht vorkommt.

»Du sollst deine Mutter nicht immer so behandeln«, sagt Thomas Jacobi. »Die hat es schwer genug.«

Mandy verdreht die Augen. »Müsst ihr Senioren immer zusammenhalten?« Mandy wirft Stefan einen Blick zu. »Neuen Freund gefunden?«

»Das ist der Stefan. Der ist nicht neu.«

»Ich kenn den irgendwoher.«

»Der ist aber vor zehn Jahren schon weg.«

»Nee, nee, aus dem Fernsehen oder so.«

»Stefan ist Schauspieler.«

Man hat sich ja schon oft, denkt Stefan, über die Floskel *Ihre Augen begannen zu leuchten* geärgert, aber anders kann man das, was in Mandys Gesicht passiert, nicht beschreiben. »Genau!«, ruft sie. »Das war im dritten Programm, ich glaube SWR. Kam ziemlich spät und war sehr strange. Du hast einen gespielt, der ein Mädchen im Auto mitnimmt, und dann erleben die beiden völlig schräge Sachen, und er verliebt sich in die, sie sich aber nicht in ihn, und dann liefen da so merkwürdige Typen rum, einer im Ballettröckchen und dann so ein Biker und einer, der immer meinte, er kann zaubern, weil sein Vorfahre Merlin gewesen sei, und dann noch so ein Elfjähriger, der ein hammermäßiges Gedächtnis hatte und nichts, aber auch gar nichts vergessen konnte, auch wenn er es wollte, und am Ende diese Szene an der Steilküste! Cooler Film! Sehr cooler Film! Freut mich, dich kennenzulernen!«

»Hallo, Mandy«, sagt Stefan. Sie gefällt ihm auf Anhieb. Nicht zuletzt, weil sie diesen schrägen kleinen Film nicht nur kennt, sondern auch noch mag.

»Ich weiß«, entgegnet sie, »ein absoluter Scheißname. Mandy! Und wir kommen nicht mal aus dem Osten! Meine Mutter ist tatsächlich ein Fan von Barry Manilow! Wie bescheuert ist das denn!«

»Dabei habt ihr so viel gemeinsam, Barry und du«, sagt Thomas Jacobi.

»Komm ich aus Brooklyn, oder was? Unsere beiden Mütter sind sitzen gelassen worden, da hört es dann aber auch auf mit den Gemeinsamkeiten.«

Mandy kennt sich offenbar aus mit ihrem Namenspaten.

»Ihr könnt beide singen.«

»Vergleichst du mich mit Barry Manilow?«

»Du siehst eindeutig besser aus.«

»Ich *singe* besser, Thomas. *Das* wollte ich hören!«

»Dass du besser singst, ist so selbstverständlich, dass ich es nicht extra betonen muss.«

»Bist du auch so einer?«, wendet sich Mandy an Stefan.

»Was für einer?«

»Ein Mann, dem es schwerfällt, einfach mal ganz unironisch was Nettes zu sagen.«

»Mir fällt es manchmal schwer, überhaupt irgendwas zu sagen.«

»Okay?«, sagt Mandy und zieht die Augenbrauen nach oben. »Die schüchterne Masche.«

»Heute Abend kannst du sie erleben«, sagt Thomas Jacobi. »Mandy hat einen Auftritt in einer Galerie.«

Dazu sagt Mandy erst mal nichts.

»Ich habe noch keine Pläne für den Abend«, sagt Stefan. Mandy schweigt weiter. Irgendwas auf dem Boden vor ihren Füßen ist sehr interessant.

»Dann geht das klar«, sagt Thomas Jacobi und fügt hinzu: »Mandy macht demnächst Karriere.«

»Hör auf«, sagt Mandy leise.

»Sie ist angesprochen worden, ob sie in so einer Castingshow mitmachen will.«

»Ich bin doch nicht bescheuert und lass mich von so einem notgeilen Sonnenbank-Greis beleidigen!«

»Der würde dich ja nicht beleidigen«, meint Thomas Jacobi. »Du singst die doch alle an die Wand!«

»Wenn du da mitmachst, nimmt dich keiner mehr ernst.«

»Na ja, aber das wäre eben der kürzeste Weg, den Leuten klarzumachen, wie gut du bist.«

»Das kriegen die auch so raus!«

Man glaubt ihr jedes Wort, denkt Stefan und fragt sich nur, ob sein alter Kumpel Thomas Jacobi mit so einer jungen Freundin nicht etwas lächerlich aussieht, aber eigentlich ist das doch Quatsch, also fragt Stefan, ob er eine Runde ausgeben darf, aber die anderen haben noch. Er hebt seinen leeren Becher und sagt tatsächlich: »Ich geh mal die Luft rauslassen!«, was ja ein Spruch ist, den man eigentlich gar nicht mehr bringen kann, aber es macht einen auch locker, wenn man sich nicht ständig bemüht, sprachlich besonders originell zu sein, sondern einfach mal was daherlabert.

Auf dem Weg zum Bierwagen fühlt er sich massiv beobachtet, aber als er sich umschaut, sieht niemand in seine

Richtung. Vielleicht gucken sie aber auch alle nur schnell genug weg. Natürlich bedient ihn dann Mandys Mutter. Die Familienähnlichkeit ist nicht zu übersehen, beide haben schöne Augen, aber Mandys Mutter sieht eben aus wie eine Mutter, die bei einem Fußballturnier am Bierwagen steht und sich um ihre Tochter sorgt, die mit einem Mann rummacht, der ihr Vater sein könnte, auch wenn sich Mandys Mutter, also Angelika, niemals mit so einem eingelassen hätte.

Das Pils, das sie gezapft hat, sieht aber astrein aus, und Stefan denkt, dass *astrein* eigentlich ein astreines Wort ist, das man in München viel zu selten benutzt. Angelika nimmt die Biermarke entgegen, und ihre Hände sehen natürlich aus wie die Hände einer Frau, die viel arbeitet, was toll aussieht, aber auch ein bisschen deprimierend ist. Das meint er aber nicht sexistisch, also Frauen sollen schon arbeiten dürfen, aber jetzt ist auch mal gut, also los, zurück zu den anderen.

Als er sich, mit dem Bier in der Hand, umdreht, kommen Frank und Karin Tenholt auf ihn zu, die beiden Jungs in ihren Nationaltrikots im Schlepp. Karin trägt T-Shirt und Jeans, als wolle sie hier nicht so viel Aufhebens um sich machen, aber sie kann sich abbrezeln, wie sie will, sie hat einfach eine Grundschönheit, die man nicht rausgekürzt kriegt. Sie küsst Stefan zur Begrüßung auf die Wange, und er macht eine irgendwie ruckartige Bewegung, und etwas Bier schwappt über, die astreine Blume ist hin. Er beugt sich vor, damit nichts auf seine Hose tropft, und leckt sich Bier von der Hand. Genau so, denkt er, muss man schönen Frauen, die man schon mal geküsst hat, gegenübertreten: zu blöd, ein Bier zu halten.

»Schön, dich zu sehen«, sagt Karin und meint es wohl

auch so, was Stefan zusätzlich verunsichert. Dieses ewige Leben in der Defensive. Irgendwann wird einem das zu viel.

»Papa, kriegen wir eine Fanta?«, fragt der größere der beiden Jungs. Stefan kann sich nicht erinnern, wer jetzt Richard und wer Oskar ist.

»Immer dieses süße Zeug«, antwortet Frank Tenholt. »Wollt ihr nicht einfach mal Wasser trinken?«

»Ihr müsst nur Wasser trinken, wenn es der Papa auch tut«, sagt Karin.

Frank Tenholt macht ein Gesicht, als hätte er gerade Ahoi-Brause von seiner Hand geleckt. Die Kinder bekommen von ihrer Mutter Geld für Wertmarken und schieben ab.

»Mensch, wie lange haben wir uns jetzt nicht gesehen?«, fragt Karin.

»Paar Jahre, schätze ich.«

»Gut siehst du aus.«

»Du aber auch.«

»Ich weiß.«

Frank schaltet sich ein und fragt, ob Karin was trinken will. Sie bestellt ein Radler bei ihm, und Stefan denkt, dass nur solche Frauen Biermixgetränke trinken dürfen, weil es nur bei ihnen nicht lächerlich ist, schließlich ist nichts bei ihnen lächerlich.

Karin fragt Stefan wie es ihm in München so gefällt, und Stefan gibt ein paar nichtssagende Antworten. Dann ist Frank wieder da.

»Hat der Murat schon gespielt?«, will er wissen.

»Nee, kommt noch«, sagt Stefan.

»Charlie übrigens auch«, sagt Karin ganz locker so dahin, während sie von ihrem Radler nippt.

Eigentlich dürfte ihn das nicht überraschen, aber Stefan spürt, dass ihn diese Nachricht ein bisschen aus der

Bahn wirft. Charlie kann jeden Moment um die Ecke kommen, und das macht ihn nervös. Er wünscht sich sehr, sie zu sehen, und würde genau deshalb jetzt gerne weglaufen.

»Ist das da hinten nicht der Jacobi?«, fragt Frank.

»Das ist er«, sagt Stefan.

»Ziemlich junge Freundin.«

»Nettes Mädchen.«

»Ich weiß nicht«, sagt Frank. »Ist das nicht ein wenig degoutant?«

»Wo die Liebe hinfällt«, sagt Karin, und Stefan denkt, dass sich bei ihr sogar Plattitüden anhören wie konfuzianische Weisheiten.

Sie gehen rüber zu Thomas und Mandy und haben gerade ein paar Worte gewechselt, als sich am Eingang was regt. Es wird unruhig, Stimmen schwellen an, gehen in Rufe und Pfiffe über und schließlich in Applaus. Murat ist da. Trägt den Trainingsanzug in den Vereinsfarben der Spielvereinigung. Schüttelt Hände. Lässt sich fotografieren. Probieren für die große Bühne, nächste Saison. Zweite Liga, Bundesliga, Nationalmannschaft. Man kann es schaffen. Heinz Tenholt empfängt den Star. Hat ihn selber trainiert, vor Ewigkeiten, in der D-Jugend. Einer, über den Murat nach dem Gewinn des WM-Titels sagen soll, dass er ihn geprägt hat. Was ich vom Fußball weiß, weiß ich von Heinz Tenholt.

Thomas Jacobi besorgt neues Bier. Die Sonne scheint, und es droht alkoholisch unübersichtlich zu werden. In Stefans Hosentasche vibriert das Handy, aber da geht er jetzt nicht ran, da guckt er nicht mal aufs Display, Anka kann er sich jetzt einfach nicht geben.

Während sie dastehen und reden, kommen zwei, drei

ehemalige Mitspieler vorbei, schlagen Stefan auf die Schulter und vergessen auch nicht, eine Bemerkung über den verschossenen Elfer zu machen.

Dann Tumult bei den Kabinen. Die Mannschaft vom TuS, der gleich gegen die Spielvereinigung Murat spielen soll, ist ebenfalls angekommen. Da gibt es so eine unerklärliche Rivalität, ja Feindschaft zwischen den beiden Vereinen, so eine Montague-Capulet-Geschichte, nur sind keine Liebesgeschichten zwischen Anhängern beider Vereine bekannt. Irgendeiner von der TuS hat mal einem von der Spielvereinigung was aufs Maul gegeben oder das Auto demoliert, vielleicht auch einer von der Spielvereinigung einem vom TuS, wie immer ist das so was von egal, ja, gerade die Tatsache, dass keiner mehr weiß, wie das eigentlich angefangen hat, sorgt dafür, dass es immer weitergeht.

Jetzt fängt einer an, was zu schreien. Stefan, Thomas, Frank, Mandy und Karin gehen rüber, um alles mitzubekommen. Ein Spieler von der TuS hat irgendwas gegen Murat, meint, der solle sich nicht so aufspielen, er habe noch nichts erreicht in seinem Leben, aber auch gar nichts. Und er soll nicht den Dicken machen, wo er jetzt für den Loser-Club überhaupt spielt! Diese Bemerkung trägt nicht zur Deeskalation bei, schließlich sind fast alle Spielvereinigungler auch Fans des VfL. Der Spieler vom TuS regt sich immer noch auf und wird von seinen Mannschaftskollegen nur halbherzig beruhigt, bis der Trainer dazwischengeht, ein untersetzter Typ mit Schlägervisage. Nein, das stimmt nicht, denkt Stefan, ich habe nur diese TuS-Ablehnung schon so lange verinnerlicht, dass ich nicht davon loskomme. Der Trainer sieht auch nicht besser oder schlechter aus als die Trainingsanzugträger von der Spielvereinigung, und wahrscheinlich liegt genau da der Hund begraben. Man erkennt im anderen immer sich selbst, und mit niemandem liegt man doch so über Kreuz wie mit dem eigenen Ich.

Die Schwere dieses Gedankens drückt Stefan ein wenig runter. Außerdem drückt noch etwas anderes, also geht er um das Vereinsheim herum zu den Toiletten, die im hinteren Teil untergebracht sind. Er wundert sich, dass hier nichts los ist, freut sich aber, dass er am Urinal stehen kann, ohne dass einer danebensteht, und als er wieder herauskommt, stößt er fast mit Karin zusammen.

»Hey«, sagt sie, »wo man sich so trifft!«

»Allerdings!«, ist alles, was Stefan rausbringt.

»Du wirkst gehemmt.«

»Hab schon ein bisschen was getrunken.«

»Oder denkst du an etwas, das dich verwirrt?«

»Vielleicht auch.«

»Da denke ich auch manchmal dran.«

»Da haben wir ja was gemeinsam.«

Sie berührt kurz seinen Arm und verschwindet in der Damentoilette.

Stefan atmet durch und geht dann wieder zur Vorderseite des Vereinsheims, und da steht plötzlich Charlie und sieht ihn an. Ihre blonden Locken sind jetzt etwas kürzer, ihre Nase immer noch eine Winzigkeit zu groß, und ihre Schultern sind immer noch die Schultern der ehemaligen Wettkampfschwimmerin. Sie trägt Jeans, ein blaues Poloshirt, Turnschuhe, um den Hals etwa seit ihrem zwölften Lebensjahr eine Lederkordel und am rechten Handgelenk das ebenfalls lederne Armband, das Stefan ihr an diesem einen Nachmittag am Kanal geschenkt hat.

Sie waren mit Toto unterwegs, der sich an sie drangehängt hatte und den sie nicht hatten abschütteln können, dabei hatte Stefan mit Charlie allein sein wollen, weil er ein Geschenk für sie hatte. Sie hatte ihm mal wieder bei einem seiner Anfälle von Liebeskummer beigestanden. Susanne Bühler aus der Parallelklasse hatte sich ein paarmal mit ihm getroffen, aber jetzt hieß es, sie hätte mit einem von der Berufsschule herumgeknutscht. Charlie hatte ihn gewarnt, aber er hatte nicht auf sie hören wollen.

Sie hockten im Gras am Rhein-Herne-Kanal in Wanne-Eickel. Ihre Räder hatten sie an den Baum gelehnt. Charlie war die Einzige, die noch auf einem alten Bonanza-Rad unterwegs war. Stefan hatte einem Nachbarn vor ein paar Wochen ein altes Herrenrad abgekauft, und Toto war stolzer Besitzer eines etwas zu kleinen Klapprades.

Hätten sie einfach dasitzen können und auf einem Grashalm kauen, hätte es was von Tom Sawyer und Huckleberry Finn gehabt, und der Kanal wäre der Mississippi gewesen, doch Toto Starek machte das ganze Bild kaputt.

»Bist du feige, oder was?« Toto hielt Stefan eine Zigarette hin, aber Stefan verzichtete dankend. Er konnte sich nicht vorstellen, irgendwas in den Mund zu nehmen, an dem schon Toto Starek dran gewesen war.

»Feige, weil ich einen von dir angelutschten Glimmstängel nicht in den Mund nehmen will?«

»Okay, du bist nicht feige, du bist nur 'ne Lusche.«

»Toto, du nervst.«

»Und außerdem bin ich gut im Bett!« Toto lachte sich kaputt. »Aber jetzt mal ernsthaft. Ich hab mal wieder voll die Story erlebt. Also passt auf: Ich gestern im Kino, weil mich da so eine Perle reingeschleppt hat. Ging um so einen Typen, der unter der Erde von Recklinghausen nach Dortmund gelatscht ist und dann schlappmacht. Ist nämlich so, dass die ganzen Pütts unter Tage quasi miteinander verbunden sind, wusstet ihr das?«

»Nee, Toto, da haben wir noch nie von gehört«, sagte Charlie. »Wir kennen so wenig Bergleute, weißt du?«

»Ja, aber dein Oppa war doch einer!« Toto verstand die Welt nicht mehr.

»Wir kennen den Film«, sagte Stefan, aber das überhörte Toto, weil es ihm die Story kaputt gemacht hätte.

»Jedenfalls geht der erst in so eine Kneipe und lässt sich ein Kotelett geben und verschwindet wieder. Völlig bescheuert! Als wenn der das nicht bezahlen müsste! Dann geht er in so einen Wohnblock, so einen ganz modernen, und klingelt irgendwo. Macht so eine Frau auf, die einen Apfel isst oder so, und dann fragt der Typ, ob er da wohnen kann, und sie sagt, klar, kein Problem! Voll krank! Dann macht er so komische Jobs, zum Beispiel als Lkw-Fahrer, und da soll er einen Laster in eine ganz schmale Lücke einparken. Das kriegt der auch super hin, aber dann steigt er wieder ein und fährt absichtlich den Spiegel ab! Begreift ihr so was? Ich nicht!«

»Der will gegenüber dem anderen Fahrer, diesem Lewandowski, so tun, als wenn er das noch nicht kann«, erklärte Charlie geduldig, »damit … ach ist ja auch egal.«

»Ey, hab ich den Film gesehen oder du?«

»Wir haben ihn beide gesehen«, sagte Stefan.

*Jede Menge Kohle.* Sie hatten ihn schon dreimal gesehen. Charlie meinte, sie habe den Eindruck, sie kenne die Leute in dem Film alle schon sehr lange. Sie liebten vor allem die Geschichte von der goldenen Schraube.

»Jedenfalls kriegt der Typ, ich hab den Namen vergessen …«

»Katlewski«, sagten Stefan und Charlie gleichzeitig.

»Jedenfalls kriegt er von der Frau so ein T-Shirt mit der Nummer siebenundzwanzig drauf. Und dann hat er noch 'ne Säge, und damit sägt er am Ende irgendwelche Möbel kaputt. Hab ich auch nicht begriffen, den Scheiß!«

»Das sind die Möbel in der Wohnung, wo er mit seiner Frau gewohnt hat, bevor er aus dieser ganzen Enge ausgebrochen ist«, sagte Charlie.

»Jedenfalls komme ich aus dem Kino, und was steht da für ein Typ?«

»Der Katlewski«, sagte Stefan.

»Quatsch! Aber da steht einer, der genau so ein T-Shirt anhat! Ist das nicht der Hammer?«

»Die Welt ist voller Wunder, Toto«, gab Charlie zu.

»Ich frag mich natürlich: Stand der da absichtlich? War das Werbung für den Film, oder was? Ist eine komische Welt dort draußen, echt!«

Charlie und Stefan mussten grinsen, aber Toto meinte das ganz ernst.

Stefan musste was unternehmen, sonst konnte er mit Charlie heute gar nicht mehr allein sein. Er sagte: »Toto, ich würde sagen, du machst uns jetzt mal vor, was für ein Kerl du bist!«

»Wie meinst du das?« Toto war misstrauisch.

»Du hast gesagt, ich bin 'ne Lusche. Jetzt zeig uns mal, was du für einer bist! Wir gehen jetzt schwimmen, aber weil hier einfach ins Wasser reinlaufen irgendwie langweilig ist, gehen wir zur Brücke hoch und springen rein!«

»Von der Brücke springen? Hast du sie noch alle? Außerdem habe ich keine Badehose dabei.«

Charlie grinste. »Hast du Schiss, mir deinen kleinen Pimmel zu zeigen? Und Badezeug haben *wir* auch nicht dabei.«

»Ey, von wegen klein!«

Toto wollte zeigen, was er hatte, vor allem weil Charlie ja indirekt angekündigt hatte, sie würde das Gleiche tun. Außerdem war Charlie im Schwimmverein, weshalb man ihr zutrauen musste, dass sie tatsächlich von einer Brücke in den Rhein-Herne-Kanal sprang, und da wollte Toto bestimmt nicht kneifen.

»Ich mach euch 'ne Arschbombe, das spritzt bis Recklinghausen!«, kündigte er an.

»Das will ich sehen!«

Charlie rannte los, Stefan und Toto hinterher. Auf der Brücke war Charlie ganz schnell aus ihren Jeans, stand im Slip da, Autofahrer hupten, Toto schnappte nach Luft, und nicht nur vom Rennen. Er konnte sich gar nicht schnell genug nackig machen, warf einen Blick auf Charlie und hielt sich die Hände vor den Schwanz, aber man sah trotzdem, dass er einen Ständer kriegte. Also kletterte er hastig auf das Brückengeländer und breitete die Arme aus.

»Hier kommt Starek!«, brüllte er. »Weltmeister der Arschbombe!«

Toto machte einen Schritt nach vorne, zog die Knie an und umklammerte sie mit den Armen. Er schrie wie abgestochen und platschte volle Pulle ins Wasser. Stefan sah nach, ob er auch wieder hochkam, Charlie zog sich die Hose wieder an. Toto prustete und lachte und kam sich rattendoll vor. Charlie und Stefan machten sich aus dem Staub. Sie rannten lachend die Straße runter, bogen nach ein paar Hundert Metern in einen Waldweg ein und hockten sich atemlos unter einen Baum.

»Was für ein Idiot!«, keuchte Charlie.

»Ja, aber wir können ihn jetzt auch nicht einfach da zurücklassen«, keuchte Stefan zurück.

»Machen wir auch nicht. Aber mal ein paar Minuten ohne dieses blöde Gerede sind doch ganz erholsam.«

Sie saßen da, bis sie beide ausgekeucht hatten, dann sagte Stefan: »Du warst für mich da, nachdem die Bühler mich so fertiggemacht hat.«

»Das ist eine blöde Schlampe.«

»Du hast es mir ja vorher gesagt.«

»Ich höre auch nicht immer auf dich.«

»Jedenfalls habe ich hier was für dich.«

Das Geschenkpapier war ziemlich zerknittert, weil Stefan das Ding die ganze Zeit in der Hosentasche gehabt hatte. Charlie packte das Lederarmband aus und machte große Augen.

»Das ist cool!«, flüsterte sie.

»Ich hab's in dem Laden am Bahnhof gesehen und musste an dich denken, wegen der Kordel um deinen Hals und weil du die Einzige bist, die noch mit einem Bonanza-Rad durch die Gegend fährt. Einen Fuchsschwanz für den Bügel hast du ja schon, aber ich finde, wer Bonanza-Rad fährt, braucht ein Lederarmband.«

»Du bist der Einzige, der auf die Idee kommt, einer Frau so etwas zu schenken!«, sagte Charlie grinsend, während sie das Armband anlegte. Sie hielt ihren Arm hoch und drehte ihn ein paarmal hin und her. Dann legte sie Stefan die Hand an die Wange und küsste ihn auf den Mund.

»Nur dieses eine Mal«, sagte sie.

In Stefan wird ein rostiger Schalter umgelegt, und er drückt Charlie an sich, und sie lässt es nicht nur passieren, sondern drückt auch noch zurück, und er fragt sich, wann sich zum letzten Mal etwas so richtig angefühlt hat. Dann aber übertreibt er es, und sie drängt ihn ein wenig weg, und dafür könnte er sich ohrfeigen beziehungsweise, wie Toto es ausdrücken würde, in den Arsch beißen.

»Ich habe mir gedacht«, sagt sie, »dass ich dir hier über den Weg laufe.«

»Du hattest auf der Autobahn kein Netz.«

»Ach, das warst du? Ich habe die Nummer nicht erkannt.«

»Schlimm genug.«

Und bevor sie das vertiefen können, sind die anderen da, Frank und Karin, Thomas und Mandy, Frank und Thomas tragen Getränke, halten die Becher an den Innenseiten fest, sodass die Finger in das Bier hängen, aber wir sind hier beim Fußball, denkt Stefan, wir sind hier zu Hause, da wollen wir uns mal, wie Omma Luise immer sagt, *nich für anne Fott packen,* also nicht empfindlich sein. Hoch die Tassen, denkt Stefan, und Frank Tenholt sagt tatsächlich: »So jung kommen wir nie mehr zusammen!« Alle lachen, also setzt Karin noch einen drauf: »Wie kommen wir zusammen? Strahlenförmig!« Jetzt fehlt nur noch *zur Mitte, zur Titte, zum Sack – zack, zack!,* wie in der Szene in *Jede Menge Kohle,* wo Katlewski, noch püttschwarz, in diese Kneipe kommt, eine Szene wie aus einem Italo-Western. Leider fällt das keinem ein. Nur Charlie guckt ein bisschen so, als würde sie daran denken. Oder an die Geschichte mit der goldenen Schraube.

»Ja, leck mich anne Füße!«, brüllt dafür von hinten der plötzlich aufgetauchte Toto Starek. »Was ist das hier, Klassentreffen, oder was?« Obwohl er nie mit den anderen zur Schule gegangen ist, aber vielleicht meint er das auch gar nicht. Irgendwie ist es jetzt sehr gemütlich. Tagsüber, bei Sonnenschein, Alkohol trinken, und die Frauen trinken mit. Schönes Ding. Dazu passt nun gar nicht das erneut vibrierende Telefon in Stefans Hosentasche, aber im Ignorieren bekommt er langsam Übung.

Vater Tenholt steht plötzlich neben ihnen, wieder mit Dudek, Rogowski und Mehls im Schlepp, die auch gleich noch eine Runde Bier mitbringen, für Heinz Tenholt allerdings alkoholfrei, weil er hier das Sagen hat und sich nie die Blöße geben würde, sich in der Öffentlichkeit zu betrinken. Klaus Dudek und Karl-Heinz Rogowski haben damit sichtlich weniger Probleme. Ihre Blicke gehen zwischen Charlie und Karin Tenholt hin und her, entscheiden sich dann aber eindeutig für Karin, was Stefan innerlich auf die Palme bringt.

Toto Starek, der ein bisschen abgedrängt worden ist, macht auf sich aufmerksam, indem er darauf hinweist, dass das große Spiel gleich beginne, mit dem Murat, ey!

Die Spieler sind schon auf dem Platz und machen sich warm, also suchen sie sich alle einen guten Platz hinter der Barriere, in Höhe der Mittellinie. Der Spieler, der vorhin gegen Murat gestänkert hat, ist auch mit von der Partie, ein breitschultriger Einsneunzig-Mann, wie eigens für die Innenverteidigung gezüchtet, mit einem Gesichtsausdruck, gegen den man am liebsten einfach so fünf Jahre Haft ohne Bewährung verhängen würde.

»Ey, der Murat, ey …«, fängt Toto Starek wieder an, der offenbar auch schon ein wenig gebechert hat, »was für eine Granate, und er hat es echt nicht leicht gehabt, kann man nun wirklich nicht sagen.« Und dann erzählt er noch mal die Geschichte, die alle kennen. Über den kleinen Türkenjungen, der immer der Schwächste in der Klasse war, außerdem keine Mutter hatte, weil die starb, als er zwei war. Und der Vater hat seine Frau so sehr geliebt, dass er keine andere haben wollte, also hat er den Murat alleine großgezogen. Das war doppelt schwer, weil der Murat als Kind oft krank gewesen ist und dann in der Schule nicht so mitkam. Das hat er irgendwie nie aufgeholt, hatte auch auf der Hauptschule seine Schwierigkeiten, obwohl er immer klar im Kopf gewesen ist, ein anständiger Junge, der nie gesoffen und nie geraucht hat, sich von Drogen sowieso fernhielt und auch nie geklaut oder jemanden vermöbelt hat. Na gut, vermöbeln ging sowieso nicht, weil er ja nie so richtig Muckis hatte, bis er sich die auf dem Weg zum Profivertrag im Kraftraum antrainieren musste. Also ein richtig Töften ist der Murat, aber er kann auch von Glück sagen, dass er den Fußball hat, denn ohne den könnte er demnächst die Pommesbude von seinem Vater übernehmen, aber da muss er sich ja jetzt keine Gedanken mehr drüber machen. Der Murat ist jetzt an der Sonne. Er darf die Kohle, die er in den nächsten Jahren mit Schubkarre wird nach Hause karren müssen, nur nicht verprassen, dann hat der ausgesorgt, wenn er mit Mitte dreißig als fünffacher Deutscher Meister, Pokalsieger, Welt- und Europameister abtritt.

»Und ich hab den als Kind noch nass gemacht!« Und dafür wird der Murat ihm später mal ein wichtiges Tor widmen. Für Toto Starek, der Letzte, der mich nass gemacht hat!

Auf dem Spielfeld schießt Murat ein paar Bälle aufs Tor, macht aber kein Aufhebens darum. Einige gehen ins Netz, zwei an die Latte, was irgendwie noch cooler aussieht, und einige kann der Keeper halten, was diesen sichtlich stolz macht.

Der Schiedsrichter ist ein dicklicher Mann mit Glatze, in gelbem Oberteil und schwarzer Hose, und als er anpfeift, hat Thomas Jacobi noch eine frische Rutsche Bier geholt.

Zum Steuern eines Kfz mit Verbrennungsmotor der Klasse 3 ist Stefan definitiv nicht mehr in der Lage.

Die Spielvereinigung hat Anstoß. Keine Wolke am Himmel, die Sonne lacht. Die Mitspieler suchen gleich den Murat, der geht ein paar Meter mit dem Ball und spielt dann auf den Flügel, wo der rechte Mittelfeldspieler aber den Ball nicht unter Kontrolle kriegt, sodass er ins Aus rollt. Wie in der Bundesliga zeigt er Murat aber von Weitem den erhobenen Daumen, allerdings nicht senkrecht in die Höhe gestreckt, sondern so leicht schräg, wie sich das unter Fußballern in den letzten Jahren eingebürgert hat.

Der Torwart vom TuS schlägt den Ball ab, hoch und weit nach vorne. Versuchte Kopfballverlängerung, aber die Abwehr der Spielvereinigung fängt das Ding ab, spielt auf den rechten Flügel, wo ein junger Blonder einen Gegenspieler aussteigen lässt, nach innen auf Murat passt und weiter steil geht. Murat passt ihm den Ball genau in den Lauf. Vielleicht etwas zu steil, vielleicht ist Murat aus seiner Mannschaft auch nur gewohnt, dass der Außenspieler sehr schnell ist. Der Blonde erwischt den Ball kurz vor der Torauslinie und zieht ihn im Fallen nach innen, wo aber der Einsneunzig-Mann den Ball recht elegant mit der Brust stoppt und sich auf den Weg nach vorne macht. Seine Mitspieler fordern den Ball, aber der Hüne läuft weiter, bis er vor Murat steht, der sich, obwohl um einiges kleiner, nicht einfach überlaufen lässt und dem anderen den Ball praktisch vom Fuß nimmt. Der Große sieht ziemlich dämlich dabei aus, bleibt stehen und flucht, während Murat den Ball nach vorne treibt, wieder auf den Blonden passt, der nach innen zieht, wo jetzt viel Platz ist, weil einer fehlt. Der Blonde hat nur noch den Torwart vor sich und schiebt ihm den Ball durch die Beine. Jubel.

Stefan sieht, dass der Große irgendwas zu Murat sagt. Murat macht eine wegwerfende Handbewegung.

So geht das Spiel weiter. Die TuS rennt an, kommt aber nicht in den Strafraum der Spielvereinigung. Murat zieht die Fäden im Mittelfeld, übertreibt es aber nicht mit Dribblings, die den Gegner unnötig demütigen. Er erzielt ein Tor per direktem Freistoß, den er aus etwa fünfundzwanzig Metern über die Mauer ins rechte Eck schlenzt, und bereitet ein weiteres vor. Mit drei zu null geht man in die Pause.

Auf dem Weg in die Kabine gibt es wieder Ärger. Der Hüne hat irgendein Problem mit Murat, beschimpft ihn auf Türkisch und muss von Mannschaftskollegen beruhigt werden.

Thomas Jacobi steht schon wieder am Bierstand. Karin, Charlie und Frank Tenholt stehen neben Stefan, als Toto Starek dazukommt, der sich während des Spiels praktisch überall herumgetrieben hat. Einfach dastehen und zugucken, das ist nicht Toto Stareks Sache. Mehrmals muss der den Platz umrundet haben, denkt Stefan, um möglichst vielen Leuten auf die Nerven gehen zu können. Jetzt packt er Stefan am Handgelenk.

»Ey, Schauspieler«, sagt Toto, »komm mal mit, ich muss dir einen vorstellen.«

»Toto, ich warte eigentlich gerade auf mein Bier!«

»Bier kriegst du heute noch genug. Ich hab was Besseres für dich!«

»Was Besseres als Bier?«

»Leben, Alter, echtes Leben!«

Stefan will nicht, kann sich aber Toto Starek nicht entziehen und lässt sich schließlich zum echten Leben schleppen. Das echte Leben ist etwa sechzig Jahre alt und sitzt an einem der Tische unter dem Vordach an der langen Seitenfront des Vereinsheims und trinkt Bier. Vorhin hat es noch neben dem Eingang zum Vereinsheim Wertmarken verkauft.

»Das ist der Jürgen«, sagt Toto Starek.

Das echte Leben, das auf den Namen Jürgen hört, nickt und gibt Stefan die Hand. Toto und Stefan nehmen Platz.

»Der Jürgen kümmert sich hier um alles«, sagt Toto Starek. »Und wenn ich alles sage, dann meine ich alles. Der springt als Trainer ein, wenn mal einer krank ist. Bei den Kleinen macht der das wenigstens, die müssen sich doch bewegen und so, sonst hocken die doch nur vor der Glotze oder vor dem Computer. Ja, ist doch so! Jedenfalls macht der Jürgen hier auch sauber und repariert Sachen oder steht hinterm Tresen oder in der Küche, wenn sich mal wieder nicht genug Mütter melden. Ey, ich sag dir, gerade die von der F-Jugend, von der aktuellen, sind sich zu schade oder was weiß ich, jedenfalls funktioniert das hier nicht richtig, und auch da springt der Jürgen ein. Der fährt die Kinder von X nach Y, holt die von der Schule ab, fährt die zum Training und zu den Spielen, kümmert sich um die Blagen, wenn die mal Probleme haben und so was alles. Und was kriegt er dafür? Was meinst du, was er dafür kriegt? Ich kann dir sagen, was der Jürgen dafür kriegt: Ein müdes Arschgrinsen, das kriegt er dafür.«

»Toto, halt mal den Ball flach!«, brummt Jürgen in Stimmlage Schmirgelpapier.

»Ist doch so, Jürgen! Du reißt dir hier den Arsch auf, und keiner dankt es dir.«

»Das kannst du so nicht sagen, Toto!«

»Der Jürgen hat auch mal bessere Zeiten gesehen. Erzähl dem Stefan doch mal, was du früher gemacht hast, Jürgen!«

»Was soll ich dem denn erzählen?«

»Wie du noch auf der Henrichshütte warst. Was hast du da gemacht? Sag doch mal!«

»Controlling.«

»Controlling hat der gemacht!«, sagt Toto Starek, als wüsste er, was das ist. »Und wo genau?«

»In der Schmiedehütte, Toto.«

»Controlling in der Schmiedehütte! Das hat der Jürgen gemacht. Dann war die Hütte pleite und wurde aufgekauft von einem Schmiedekonsortium oder so. Richtig, Jürgen?«

»So ungefähr.«

Das Ganze wirkt fast wie eine einstudierte Nummer der beiden, denkt Stefan.

»Und die haben gesagt, die Zahlen sind scheiße, da müssen wir zu viel reinpumpen, das bringt uns nichts mehr, also machen wir die Hütte dicht. Von heute auf morgen, einfach so. Siebenhundert Leute arbeitslos. Also nicht sofort, jedenfalls nicht der Jürgen, oder?«

»Nee, nicht sofort.«

»Der Jürgen war da der Letzte, der gegangen ist. Weil er die ganzen Zahlen hatte. Wegen seinem Controlling. Und die Zahlen waren wichtig für wen, Jürgen?«

»Den Insolvenzverwalter.«

»Genau den. Und dann war der Jürgen irgendwann alleine in dem Laden. In der Verwaltung, ganz alleine. Was hast du da jeden Morgen gesagt, Jürgen? Hast du mir doch mal erzählt!«

»Ich hab mir jeden Tag selber Guten Morgen gesagt.«

»War ja sonst keiner da, verstehst du? So, und dann hatte der Jürgen die Wahl, entweder sofort arbeitslos oder … oder was noch mal, Jürgen?«

»Auffanggesellschaft.«

»In eine Auffanggesellschaft. Zwanzig Monate lang. Und was haben die gemacht, Jürgen?«

»Nichts.«

Toto ist begeistert. »Genau, nichts! Da ist der Jürgen hingefahren, und die haben gesagt, hier haben Sie ein paar Internetadressen, aber eigentlich haben wir nix zu tun für Sie, keinen Job, gar nix. Weil wieso? Weil der Jürgen schon zu alt war. Wie alt warst du da?«

»Sechsundfünfzig.«

»Sechsundfünfzig. Ein scheiß Alter, um den Job zu verlieren, oder Jürgen?«

»Auf jeden Fall, Toto.«

»Jobs kriegten dann nur die Jüngeren. Die Älteren haben sie in bescheuerte Kurse geschickt und so. Aber Geld kam rein. Sechzig Prozent vom letzten Nettolohn. Da hat der Jürgen dann selber die Zeitungen gewälzt und hat sich beworben bis zum Erbrechen, weil er nicht rumsitzen kann. Wie ein Mensch zweiter Kategorie hat er sich gefühlt, der Jürgen. Das ist doch allen scheißegal, was so ein Mann mit sechsundfünfzig macht. Nach vierzig Jahren in derselben Firma! Waren doch vierzig Jahre, oder, Jürgen?«

»Genau ein Monat fehlte mir bis vierzig Jahre.«

»So, er bewirbt sich also und wird überall abgelehnt. Und was ist dann passiert, Jürgen?«

»Dann bin ich die Treppe runtergefallen!«

»Dreizehn Stufen! Mitten in der Nacht! Als er aufs Klo gehen wollte. Der war nicht besoffen, hat nur 'nen falschen Schritt gemacht und macht den Abflug dreizehn Stufen runter. Zack, zwei Lendenwirbel glatt durchgebrochen! Und da hat er noch Glück gehabt, weil der Bruch glatt war und keine Nerven kaputtgegangen sind, sonst würde der Jürgen jetzt im Rollstuhl sitzen. Drei Monate lag er komplett flach, kam also von der Auffanggesellschaft nicht in die Arbeitslosigkeit, sondern gleich ins Krankengeld. Und das war dreihundert Euro mehr als das Arbeitslosengeld! Hammer, oder?«

»Hätte ich gerne drauf verzichtet«, sagt Jürgen.

»Dann aber doch Arbeitslosengeld. Und weil der Jürgen schon so alt war, kriegte der noch zweiunddreißig Monate. Und durfte sich hundertfünfundsechzig Euro dazuverdienen. Hundertfünfundsechzig! Panne, oder? Dann vorzeitig in Rente, und bis er fünfundsechzig ist, darf er auch nur vierhundert Euro dazuverdienen, danach wieder mehr. Und wie viel hättest du mehr, wenn du noch arbeiten würdest?«

»Netto zirka tausend Euro.«

»Tausend Euro! Zieh dir das mal rein! Und der kann nix dafür! Der hat nicht gesoffen oder gezockt oder geklaut oder was weiß ich. Vierzig Jahre in derselben Firma und dann von jetzt auf gleich das Oberarschloch. So sieht das aus!«

»Leben live«, sagt Jürgen.

»Storys, ehrlich, wo du hinguckst!«, meint Toto. »Ich sag immer: Die liegen praktisch auf der Straße, die musst du nur aufheben!«

Wo er recht hat, der Starek-Toto, hat er recht, denkt Stefan, und dann steht Thomas Jacobi da, drückt Stefan ein Bier in die Hand und sagt, dass das Spiel weitergehe, also stellen sie sich wieder hinter die Barriere, ungefähr Höhe Mittellinie, und Stefan denkt, dass er mehrere Dinge gleichzeitig tun möchte: Jürgen ein Bier ausgeben oder am besten gleich ein ganzes Theaterstück über ihn schreiben und nebenher Charlie umarmen und das Gesicht in ihren blonden Locken vergraben und die Hände auf ihre Hüften legen, dorthin, wo ihr Körper diese Kurve macht, die fast wirkt wie eine Griffmulde. Warum ist das alles so schön und so schwer?

Und auch ein bisschen lächerlich. Was mache ich hier, denkt Stefan? Ich gehöre hier nicht mehr hin, bin umgeben von Geschichten, die schon lange auserzählt sind, ohne Pointe, aber ganz rund, kein offenes Ende, keine offenen Fragen. Toto Starek, der Versager. Diggo Decker, sein Herrchen. Frank Tenholt, der Statthalter. Karin Tenholt, die Verwirrmaschine. Thomas Jacobi, Berufsjugendlicher. Mandy, Provinzsirene. Heinz Tenholt, Klaus Dudek, Karl-Heinz Rogowski, Dieter Mehls und all die anderen.

Und Omma Luise. Die Frau, die alles mitgemacht hat. Einen Mann, den sie nicht so sehr geliebt hat wie einen anderen, mit dem sie aber trotzdem fast fünfzig Jahre verheiratet war. Bis dass der Tod sie schied. Genauso wie von ihrer Tochter. Die Scheiße, die man Leben nennt.

Und Charlie. Charlotte Abromeit. Die Enkelin des *Masurischen Hammers*, des alten Kirmesboxers, der großen Liebe von Luise Borchardt, geborene Horstkämper. All diese Geschichten, die man eigentlich aufschreiben müsste, aber eigentlich ist ein großes Wort, das größte vielleicht überhaupt, weil es immer zwischen dem steht, was man tut, und dem, was man tun sollte. Aber das, was man tut, ist nun mal das, was einen am Leben erhält. Das, was man tun sollte, lenkt einen ab und bläst einem Wolken in den Kopf. Als Kind glaubt man, dass man aus einem Flugzeug springen könnte und die Wolken einen auffingen. Alles Quatsch. Du hast ein Haus zu verkaufen, denkt Stefan.

Das Haus.

Der Termin mit dem Makler.

Stefan nimmt sein Telefon aus der Hosentasche. Es war

natürlich der Makler, der vorhin versucht hat, ihn zu erreichen, nicht Anka.

Er steckt das Telefon wieder weg. Jetzt ist es auch egal, den Makler ruft er später noch mal an, auch wenn er nicht weiß, was das bringen soll, der wird sich nicht am Sonntag mit ihm treffen, der Makler, nicht für ein heruntergekommenes Bergarbeiterreihenhaus mit niedrigen Decken. Also muss er einen neuen Termin machen und wieder hierherkommen, dann aber heimlich, damit er niemandem über den Weg läuft, von niemandem verhaftet und verurteilt werden kann, zu Bier und Sprüchen und Erinnerungen. Wenn er am Montagmorgen nicht in München ist, ist er arbeitslos und dann kann er sich auch selber Guten Morgen sagen, wie das echte Leben.

Was tun?

Erst mal wieder auf das Spiel konzentrieren, beziehungsweise auf das Bier, das Dieter Mehls ihm völlig überraschend in die Hand drückt. Das wird jetzt aber ein bisschen viel, denkt Stefan, es ist ja nicht mal richtig Abend, wo soll das alles noch hinführen. Aber Dieter Mehls sagt »Auf unseren Murat«, und da muss natürlich mitgetrunken werden, denn der Murat ist einer von uns.

Und dieser Einervonuns hat jetzt wieder den Ball, kurz hinter der Mittellinie. Er wird nicht angegriffen, vielleicht, weil der Gegner meint, dass es ja eh keinen Sinn hat, also geht er ab, Richtung Strafraum, lässt den dann doch halbherzig auf ihn zustrebenden defensiven Mittelfeldmann der TuS stehen und zieht weiter Richtung Tor. Die anderen können stehen bleiben, das spürt man gleich, den hier wird er alleine machen. *Einen* wenigstens muss er raushauen. *Einmal* muss er zeigen, was wirklich Sache ist. Wenn er nicht so wäre, wäre er nicht da, wo er ist, der Murat. Er wird sie jetzt alle der Reihe nach stehen lassen und dann dem Torwart den Ball durch die sprichwörtlichen Hosenträger spielen oder ihn umkurven und lässig einschieben. Mal ehrlich, dafür sind die Leute doch gekommen, das wollen sie sehen, die kleinen Genialitäten, die Kabinettstückchen, damit sie sagen können: Als der vier war, da hab ich den noch nass gemacht, aber danach war Ende Gelände.

Und als die Menge schon raunt und den Geräuschpegel in einer schönen Kurve anschwellen lässt, rückt der Einsneunzig-Mann aus der Innenverteidigung heraus, nimmt Fahrt auf, mit einer Entschlossenheit, die nicht anders als wild zu nennen ist, und was dann kommt, sieht man sonst nur auf YouTube: Wie einer fast abhebt, das Bein gestreckt, kein Auge für den Ball, nur für den Gegner. Später werden sich alle an das Geräusch erinnern. Und froh sein, dass es niemand gefilmt hat, weil man es dann nicht noch mal sehen muss. Und sich ärgern, dass niemand es gefilmt hat, weil man dann vielleicht Material für einen Prozess hätte.

Murat schreit. Bleibt liegen. Blickt auf seinen Unterschenkel. Schreit. Schlägt mit der flachen Hand auf den Kunstrasen. Der Hüne steht auf und geht weg. Mission erfüllt. Ein, zwei Sekunden reagiert keiner. Dann ist es Heinz Tenholt, der auf den Platz läuft und neben Murat niederkniet. Jetzt Stimmengewirr. Heinz Tenholt ruft irgendwas. Karin läuft los. Sie ist Ärztin, Orthopädin sogar. Jetzt reagiert die Mannschaft. Drei, vier Mann sind bei dem Hünen. Rudelbildung. Man stößt sich gegenseitig vor die Brust. Die Lage wird unübersichtlich. Murat schreit noch immer, aber das geht unter.

Ein Krankenwagen, heißt es. Wir brauchen einen Krankenwagen.

Die Rudelbildung weitet sich zu einer handfesten Schlägerei aus. Blut auf Trikots. Zuschauer greifen ein. Jagd auf die Asseln vom TuS. Heinz Tenholt und ein paar andere stellen sich dazwischen.

Polizei und Krankenwagen treffen praktisch gleichzeitig ein. Murat wird auf einer Trage weggebracht. Die Polizei nimmt Personalien auf. Alles geht sehr schnell und gleichzeitig unendlich langsam. Dann wird der Bierstand gestürmt.

Stefan und Thomas und Mandy und Charlie und Frank Tenholt stehen die ganze Zeit wie festgenagelt, sprachlos und voller Blödheit. Richard und Oskar Tenholt, die angelaufen kamen, als die Schreierei losging, stehen dicht bei ihrem Vater. Karin kommt zurück, Tränen in den Augen. Glatter Bruch, sagt sie. Schien- und Wadenbein. Keiner sagt was, und das findet Stefan jetzt gut, denn man kann nur dummes Zeug labern in so einem Moment, also ist Maulhalten der Königsweg.

Dann steht Toto Starek da, und für Toto gibt es keine Königs-, sondern nur Holzwege, also labert er. Arschloch, Bein gebrochen, Karriere im Arsch, den Wichser töten. Aber Toto hat Tränen in den Augen, und das schwächt die Scheiße, die er labert, wieder ein wenig ab. Toto ist fertig mit den Nerven, praktisch fertig mit der ganzen Welt und ihrer Ungerechtigkeit, auch wenn ihm das jetzt vielleicht nicht so klar ist, vielleicht aber doch, unterschätzen sollte man einen wie Toto dann auch wieder nicht.

Gemeinsam gehen sie Richtung Vereinsheim. Was sollen sie hier an der Mittellinie weiter herumstehen. Frank Tenholt legt Toto Starek eine Hand auf die Schulter.

Vor dem Vereinsheim steht jetzt Diggo Decker und trinkt Bier und wirkt ganz gelassen und ganz ruhig, während sich um ihn herum alles aufregt. Toto läuft zu ihm hin und redet auf ihn ein, aber Diggo hebt nur eine Augenbraue und sagt dann: »Ein Türkenarsch hat 'nem anderen Türkenarsch das Bein gebrochen. Was interessiert mich der Scheiß!«

Und Charlie sagt, sie muss jetzt weg hier.

## 10

Die Tenholts bringen ihre Kinder zu Karins Eltern, die ganz in der Nähe wohnen und zu denen die Kinder auch allein hätten gehen können, aber da sie ein bisschen durcheinander sind von dem, was passiert ist, haben ihre Eltern gesagt, sie bringen sie eben um die Ecke, was dann doch für eine Art verzweifeltes Auflachen gesorgt hat, das ziemlich schnell abgesoffen ist, und jetzt sitzen Stefan, Charlie, Thomas Jacobi und Mandy in dem kleinen Park mit dem Spielplatz, von wo aus man den Förderturm des Bergbaumuseums sehen kann, und warten, da man den restlichen Abend auf jeden Fall gemeinsam verbringen will.

Stefan fragt Charlie, ob sie immer noch schwimmen gehe.

Charlie spielt mit dem Lederarmband an ihrem Handgelenk und sagt: »So oft wie möglich. Am liebsten morgens, wenn im Stadtbad noch nicht viel los ist. Ein paar Bahnen Freistil machen den Kopf frei.«

»Du siehst fit aus.«

»Ja, vom Schwimmen bekommt man schön breite Schultern. Sieht nur in Abendkleidern nicht so vorteilhaft aus.«

»Und wie viele Abendkleider hast du mittlerweile?«

Charlie grinst. »Gar keins.«

»Hab ich mir gedacht.«

Hand in Hand tauchen die Tenholts jetzt am Eingang des Parks auf, schweigend wartet der Rest, bis sie herangekommen sind.

»Das mit dem Fußballspielen kann er jetzt vergessen, oder?«, fragt Thomas Jacobi.

»So ein Bein wächst aber auch wieder zusammen«, sagt Mandy.

»Ob er wieder Leistungssport betreiben kann, hängt aber davon ab, ob es ein glatter Bruch war oder ob da was gesplittert ist«, sagt Karin Tenholt. »Sah aus wie ein glatter Bruch, aber Genaueres kann man erst nach dem Röntgen sagen.«

»Frage ist, ob er seinen Vertrag schon unterschrieben hat«, sagt Frank Tenholt.

»Heißt das, sie geben ihm keinen, wenn er noch keinen hat?«, will Charlie wissen.

»Na ja«, sagt Stefan, »der Verein könnte argumentieren, dass Murat fahrlässig gehandelt hat, weil er bei so einem Kreisligakick mitgemacht und damit eine Verletzung riskiert hat.«

»Er hätte auch vom Bus angefahren werden können«, sagt Charlie.

»Ist er aber nicht«, gibt Stefan zurück.

Mehr gibt es nicht zu sagen, also sagen sie nichts, sondern sitzen nur herum, und da ist es dann wieder: dieses uralte Gefühl eines Samstagabends im Sommer. Die Ahnung jugendlicher Trägheit, die Erinnerung an die damals nicht so wahrgenommene Offenheit des Lebens, die auch mal in Langeweile umschlagen konnte. Kein Beruf, keine Kinder, weit weg davon, die Großartigkeit eines solchen Momentes begreifen zu können. Das gibt's nur einmal, das kommt nie wieder. Stefan empfindet Neid gegenüber den Jungen, die das alles zum ersten Mal erleben. Auch Überlegenheit, weil sie nicht wissen, nicht wissen können, wie groß ihr Leben gerade ist und dass es, wahrscheinlich, danach immer kleiner wird.

Er muss an die Abende mit Charlie auf irgendwelchen Parkbänken denken, manchmal mit den anderen, eine Flasche Wein dabei, die man kreisen ließ wie einen Joint. Und an die Abende mit Diggo und Toto, mit Bier von der Tanke. Da wurde in die Büsche gepinkelt, da wurden Leute angepöbelt, da wurde in Hauseingänge gepisst, und Stefan wusste, dass das falsch war, aber er konnte sich nicht davon losreißen. Diggo, wie er Dinge zertrümmerte, einfach, weil er nicht wusste, wohin mit sich. Toto, der dazu lachte, weil er sowieso nichts wusste. Und Stefan, der sich das alles ansah, weil … Ja, weil *weil* ein fast so blödes Wort ist wie eigentlich, weil einen Grund für alles zu haben doch der erste Schritt ins Grab ist, denn so lange du alles einfach so machst, bist du ein Kind, und dein Leben ist unendlich.

Wahrscheinlich auch Blödsinn.

Nur wenn Diggo und Toto richtig krumme Dinger drehten, war er nie dabei. Da hielten sie ihn raus. Weil sie ihn nicht verderben wollten? Nein, weil sie ihm nicht vertrauten. Leute zusammenschlagen, ihnen das Geld abnehmen, Selterbuden und kleine Geschäfte in Essen, Gelsenkirchen oder Dortmund überfallen, in Schrebergärten einsteigen – das ging nur, wenn man einander vertraute. Diggo und Toto, Herr und Hund, Pech und Schwefel.

»Hast du mal wieder was von deiner Omma gehört?«, fragt Charlie, nachdem sie alle minutenlang geschwiegen haben.

Stefan meint in der Frage eine Spitze zu vernehmen, als wenn er sich zu wenig um Omma Luise kümmere. Weist er jetzt darauf hin, dass er zumindest regelmäßig mit Omma Luise telefoniert, ist das zu defensiv. Er will sich ja nicht in die Seile drängen lassen.

»Klar«, sagt er nur.

»Hat sie was über mich erzählt?«

»Was soll sie erzählt haben?«

»Mein ja nur.«

Jetzt sagen sie erst mal wieder nichts. Nein, denkt Stefan, er hat eigentlich nie länger mit Omma Luise über Charlie gesprochen. Was kann Omma Luise über Charlie schon wissen?, hat er sich immer gedacht. Wenn sie das Thema angesprochen hat, ist Stefan nicht groß darauf eingegangen. So was bespricht man nicht mit seiner Omma. Auch wenn er mal mit Frank Tenholt gesprochen hat, hat der zwar Charlies Namen ab und zu fallen lassen, aber das Thema ist jedes Mal ziemlich schnell durch gewesen. Wem war das Thema wohl unangenehmer, den anderen oder ihm selbst, fragt er sich.

Als Frank und Karin Tenholt ihn in München besucht haben, hat Anka mit am Tisch gesessen, und die hat ihn später am Abend gefragt, wieso er allen Bemerkungen über diese Charlie so konsequent ausweichen würde. Natürlich hat das Streit gegeben, weil Stefan das für Unsinn hielt, schließlich hatte er keinen Grund, diesem Thema auszuweichen, aber Anka hat gesagt, er sei da nicht ehrlich zu sich, was Stefan für einen so ausgemachten Quatsch gehalten hat, dass er vom Küchentisch, an dem sie ein letztes Glas Wein tranken, aufgestanden ist, um im Wohnzimmer den Fernseher anzumachen und dort sitzen zu bleiben, bis Anka ganz sicher eingeschlafen war.

Thomas Jacobi und Frank Tenholt reden jetzt, aber Stefan hört nicht zu, weil er gerade mal versucht, wirklich ganz ehrlich zu sich zu sein, und da muss er zugeben, dass Anka recht gehabt hat. Er hat über Charlie nichts hören wollen, nicht von Frank und Karin Tenholt und erst recht nicht von Omma Luise. Es ist, denkt er, wie wenn Kinder sich die Hände vor die Augen halten und glauben, das, was ihnen Angst gemacht hat, sei nicht mehr da, nur weil sie es nicht mehr sehen. Das mit Charlie, hat er sich immer wieder gesagt, ist vorbei, und vorbei muss vorbei bleiben, aber jetzt sitzt er hier und ist noch mal so richtig feste ehrlich zu sich, wie ein Kind, das die Hände von den Augen nimmt und dem Monster ins Gesicht sieht.

Das ist ihm jetzt aber ein bisschen zu viel Defensive, und deshalb sagt er: »Und du? Mal wieder mit deinem Oppa gesprochen?«

»Ich besuche ihn ständig. Ist schön da oben, wo er wohnt.«

»War er mal hier?«

»Kein einziges Mal, seit er weg ist.«

Männer, denkt Stefan. Wir sind doch alle gleich.

»Sollen wir noch was essen gehen?«, fragt Karin Tenholt.

»Bei Marek gibt es was«, sagt Thomas Jacobi.

Also gehen sie los, und langsam löst sich ihre bedrückte Stimmung auf. Stefan versucht, den Makler zu erreichen, kann ihm aber nur auf die Mailbox sprechen. Auch Makler haben mal Feierabend.

Weil sie nicht alle nebeneinandergehen können, bilden sich drei Zweiergruppen. Charlie und Karin vorneweg. Worüber sie reden, kann Stefan nicht verstehen. Thomas Jacobi und Frank Tenholt reden über die bevorstehende Zweitligasaison des VfL. Ein paar Meter dahinter Stefan und Mandy. Stefan fragt sie, was sie denn so singt.

»Wirst du später noch hören.«

»Moderne Sachen?«

»Nicht so.«

»Nein?«

»Bin mehr so retro, ganz allgemein.«

»Kann man jetzt von deinem Äußeren nicht so sagen.«

»Aber innen drin.«

»Also singst du Elvis, oder was? Oder Jazzstandards?«

Mandy seufzt. »Ich habe«, sagt sie, »eine Schwäche für Schnulzen aus den Siebzigern.«

»Echt jetzt?«

»Echt jetzt.«

»Mit den Siebzigern kenne ich mich aus. Da komme ich her.«

»Kannst ja mitsingen.«

»Ich kann nicht singen.«

»Ich denke, du bist Schauspieler.«

»Ich kann einigermaßen sprechen.«

»Ich dachte, ihr lernt auch singen.«

»Ich habe Fechten gelernt.«

»Echt jetzt?«

»Echt jetzt.«

»Cool.«

Mandy denkt nach.

»Bist du gerne Schauspieler?«

»Es ist das, was ich mache.«

»Hört sich toll an.«

»Ich denke da nicht so viel drüber nach.«

»Ich dachte immer, das ist nicht so ein Job wie jeder andere. Da muss man doch voll dahinterstehen, mit Leidenschaft und so.«

»Klar, am Anfang.«

»Und jetzt nicht mehr?«

Stefan weiß nicht, was er sagen soll. Klar hat er sich schon mal gefragt, wann ihm das Gefühl für das, was er tut, abhandengekommen ist.

»Und du? Wolltest du schon immer singen?«

»Es ist das, was ich mache.«

»Und du willst Karriere machen?«

»Ich will singen. Und wenn ich den ganzen Tag arbeite, komme ich nicht dazu. Also muss ich vom Singen leben können. Das ist alles.«

Stefan wünscht sich, er wäre sich seiner Sache auch mal wieder so sicher. So wie früher. Dass sie ihm den Vertrag nicht verlängern, ist nur die logische Folge. Er würde sich selbst auch nicht mehr engagieren.

Plötzlich fragt Mandy: »Was ist das mit dir und Charlie?«

»Was soll das sein?«

»Ihr seid irgendwie eine Riesengeschichte, habe ich den Eindruck. Vorher alle so: ey, der Stefan, ey, die Charlie, wie wird das, was machen die und überhaupt.«

»Man hat vorher über uns geredet?«

»Nicht ausschließlich. Aber schon so, dass ich gedacht

habe, das ist das Liebespaar des Jahrhunderts. Lady Di und Dodi oder was weiß ich.«

»Da wird übertrieben.«

»Ach ja? Erzähl mal. Du lässt so gar nichts raus.«

»Wir kennen uns ja nun auch erst seit zwei oder drei Stunden.«

»Gib es zu, du machst einen auf verschlossen. Aber dass das mit dir und Charlie was Großes ist, das sieht jeder.«

»Ihr Oppa war in meine Omma verliebt und umgekehrt, haben aber andere geheiratet. Charlie war meine Schwester. Und mein Bruder.«

»War?«

»Kannst dir ja denken, was dann passiert ist.«

»Tausendundeine Nacht und es hat Zoom gemacht.«

»Hab den Song immer gehasst.«

Das Problem ist, dass Stefan nicht blöd ist. Nicht blöd genug jedenfalls, denn sonst könnte er sich einreden, dass man das mit Charlie hinkriegen kann, indem man einfach Abstand hält, aber er weiß natürlich, dass sie eigentlich tot und begraben auf zwei unterschiedlichen Friedhöfen liegen müssten, um das Ding zwischen ihnen unter Kontrolle zu halten.

Warum also dem Druck nicht nachgeben?

Weil dir keiner die Sicherheit gibt, dass es funktioniert, denkt Stefan, also so richtig funktioniert. Klar, die Sicherheit hat man nie, aber lernt man eine Frau kennen, versucht es eine Zeit lang und trennt sich wieder, ist nichts Gravierendes passiert. Mit Charlie sieht das anders aus. Geht das endgültig den Bach runter, denkt Stefan, ist ein Teil meines Lebens kaputt. Aber das ist es doch sowieso, könnte man sagen, wenn man sich jahrelang nicht sieht und für andere Beziehungen verdorben ist. Aber dann steht das andere wenigstens noch als Möglichkeit im Raum – wogegen man natürlich auch wieder tausend Argumente ins Feld führen kann, genauso wie es tausend Argumente dafür gibt, und natürlich weiß ich, denkt Stefan, dass es so nicht ewig weitergehen kann, aber ein Junkie sagt dir auch, dass es so nicht weitergehen und dass er jederzeit aufhören könne. Morgen heißt das Land, in dem immer die tollsten Dinge passieren.

Stefan erzählt Mandy ein bisschen von dem, was er mit Charlie als Kind erlebt hat und wie sie sich später gegenseitig durch die jeweiligen Liebesgeschichten gebracht und sich kaputtgelacht haben, wenn Charlies aktueller Freund oder Stefans neue Freundin eifersüchtig wurden, bis sie dann beide auf die dreißig zugingen und plötzlich allein dastanden, der ganze Dreck mit Stefans Eltern passierte und sie dann endlich mal übers Küssen und Händchenhalten hinausgingen. Was dann ja auch keinen Deut weniger als sensationell war, sodass sie gedacht hatten, das ist es jetzt, aber dann hat es doch nicht funktioniert, Herrgott, dieser ganze Harry-und-Sally-Scheiß, und vielleicht ging es auch nur darum, dass er es hier nicht mehr ausgehalten hat, nachdem das mit seinen Eltern passiert war, dieses ewige Wassertreten im modrigen Tümpel von Kindheit und Jugend, mit Toto und Diggo und Frank und Karin und Thomas und den Ommas und Onkels und Tanten und all den anderen, die den Absprung nicht geschafft hatten. Von der Wiege bis zur Bahre, man kann auch alles übertreiben, echt jetzt.

*Echt jetzt* ist fast so schön wie *astrein,* denkt Stefan.

»Sag mal«, sagt Mandy, »dir ist aber schon klar, dass ihr, also Charlie und du, denselben Fehler macht wie deine Omma und ihr Oppa?«

So weit ist es gekommen. Er lässt sich das Leben von einer gepiercten Zwanzigjährigen erklären, die nach einer alten Schnulze benannt ist.

Und die natürlich recht hat.

Und die natürlich trotzdem nicht weiß, was Sache ist.

Genauso wenig wie er selbst.

Sie kommen an dem Kinderheim vorbei, wo es früher, auf dem Weg zur Grundschule, gerne mal Ärger mit den Heimkindern gab. Dann der kleine Marktplatz, auf dem schon lange kein Markt mehr stattfindet und auf dem sie auch die alte, frei stehende Selterbude mit den Toiletten im hinteren Bereich abgerissen haben. In der Toilette hat er Charlie zum ersten Mal geküsst. Also so richtig, mit Zunge und Aneinanderdrängen, in der Nase den Duft ihres Shampoos und mehr als einen verträglichen Hauch Urinstein. Der fiese Geruch hat der Beule, die sich sehr schnell unterhalb von Stefans Gürtellinie aufbaute, nichts anhaben können, und Charlie ist dieser Beule auch nicht, wie Stefan gedacht hatte, ausgewichen, im Gegenteil, und wie er da so dran denkt, meint er, es greife etwas nach ihm, ein merkwürdiges Gefühl, das mit Verlust zu tun hat. Es ist, denkt er, als erinnere man sich plötzlich, wohin man vor Jahren eine bestimmte Sache, die einem wichtig war, gelegt hat, nur um sofort zu vergessen, wo genau das war. Jahrelang hat man danach gesucht und dann die Hoffnung aufgegeben. Und plötzlich fällt es einem wieder ein.

Vielleicht geht es Charlie ähnlich, denn plötzlich bleibt sie stehen und dreht sich um. Die anderen gehen weiter, Mandy schließt auf, Stefan trifft auf Charlie und bleibt ebenfalls stehen.

Sie sagt jetzt nichts, und das ist auch richtig so, sie

wissen eh beide, woran sie denken, aber dass sie seine Hand nimmt und mit ihm stumm über den mit Autos vollgestellten alten Marktplatz geht, dorthin, wo früher die Selterbude gewesen ist, das ist wieder so eine typische Charlie-Unverschämtheit. Der Schock fährt ihm voll in die Füße, und seine Hand, mit ihrer Hand drinne, wird heiß, aber nur fast so heiß wie sein Kopf. *Drinne* haben sie früher immer gesagt. Das sind so Heimat-Wörter, wie es auch Heimat-Zeitformen gibt, und die typische Heimat-Zeitform in dieser Gegend ist immer das Plusquamperfekt gewesen. *Da war ich drinne gewesen. Kannze vergessen.*

Und dann stehen sie da, wo früher die Toiletten gewesen sind, was natürlich ein Moment von großer, grotesker, wunderbarer Blödheit ist, und dann stellt Charlie eine dieser Charlie-Fragen, also eine, die aus dem Munde jeder anderen Frau, jeden anderen Mannes einfach nur abgeschmackt und peinlich klingen würde, aus ihrem Munde aber direkt dorthin vordringt, wo du dein Innerstes vermutest, wenn er das jetzt mal so denken darf, und zwar: »Bist du glücklich?«

Darauf gibt es keine Antwort, keine einfache jedenfalls. Meistens wird so eine Frage gestellt, um den Gefragten in Schwierigkeiten zu bringen, aber das ist nicht Charlies Ding, sie will es wirklich wissen. Und sie hat eine ehrliche Antwort verdient. Stefan fällt auf, dass er sich am liebsten Fragen anhört, die man nicht ehrlich beantworten kann oder muss, was das Leben sehr viel entspannter macht. Aber das hier ist kein Café in Schwabing, sondern der ehemalige Standort einer öffentlichen Toilette in einer mittleren Großstadt im mittleren Ruhrgebiet, nebenbei der Stadt, die zu Bergbauzeiten die mit der höchsten Anzahl an

Schachtanlagen gewesen ist. Echt astrein jetzt. An so einen Mist denkt er gerade wirklich.

Weil er die Frage nicht sofort beantwortet hat, ist auch schon wieder klar, dass er nicht mehr Ja sagen kann.

## 11

Sie stehen auf dem Hof eines ehemaligen Sanitärfachbetriebes, vor einem Backsteinbau mit Laderampe, in dem früher die Werkstätten untergebracht waren, und blicken auf einen alten Fernseher, der vor der Rampe auf einem Sockel steht. Auf dem Bildschirm erzählt ein Mann mit langen, ihm ständig im Gesicht hängenden Haaren die Geschichte von Odysseus, und zwar als eine Art Science-Fiction, in dem der Held von Troja nicht auf einem Schiff durch den Mittelmeerraum odyssiert, sondern in einer Raumkapsel durch das All irrt, was zur Folge hat, dass, als er zu seiner Gattin Penelope zurückkehrt, für ihn nur zehn Jahre, für sie aber achtundvierzig vergangen sind und er auf eine Frau trifft, die seine Mutter sein könnte und längst mit ihm abgeschlossen hat. Das erzählt der Langhaarige in einer merkwürdigen, leicht irren, hypnotischen Sprechweise, garniert mit polnischem Akzent.

Der Bildschirm wird dunkel, und Stefan und die anderen, etwa achtzig Zuschauer, werden in die Werkstatt geführt, wo auf einem verwinkelten Laufsteg aus einfachen, schwarzen Bühnenelementen Odysseus nun live auf Penelope trifft. Penelope hat dunkles Haar mit grauen Strähnen, Odysseus ist ein junger blonder Mann in einem alten Ledermantel und kommt ziemlich martialisch rüber.

In wohlgesetzten Worten reden Penelope und Odysseus darüber, wie schwierig das jetzt alles sei, wo doch Odysseus' Sohn Telemach nun sechzehn Jahre älter als sein Vater ist. Die Witwe, die keine mehr ist, will ihrem Wiederaufgetauchten nicht verraten, wie viele Männer sie in seiner Abwesenheit hatte, was ja auch irgendwie albern wäre, findet Stefan, und am Ende sagt sie, Odysseus müsse nicht zurückgehen und dass er ganz müde ausschaue nach seinen Irrfahrten.

Die Frau, das wird deutlich, ruht ganz in sich, ist sich ihrer Rolle sicher, und Stefan kann nicht anders, er vergleicht sich mit ihr. So sicher hat er sich schon lange nicht mehr bei der Arbeit gefühlt. Der junge Mann, der den Odysseus spielt – ein Bengel im Grunde, aber Stefan kommt jetzt in das Alter, wo man sich von immer mehr Bengeln umgeben sieht –, der junge Mann glaubt nur, sich seiner Sache sicher zu sein, er spricht ein kleines bisschen zu gut, zu schön. Ohne Zweifel ist er begabt, aber noch umweht von dem arroganten Glauben, nicht scheitern zu können. Stefan beneidet auch ihn, und da geht es auch schon weiter.

Über eine wackelige Wendeltreppe, die kein TÜV, kein Ordnungsamt so genehmigt hätte, steigen sie alle in den ersten Stock, wo die Ausstellung hängt, die heute eröffnet und zu deren Feier dies alles veranstaltet wird, aber bevor sie sich die Bilder anschauen können, gibt es noch eine Lesung, diesmal mit dem langhaarigen Polen, der vorhin noch auf dem Video zu sehen gewesen ist.

Es ist von Cowboystiefeln, die in Weichteile traten, die Rede, aber Cowboystiefel, heißt es, müssen es gar nicht sein, denn auch Pantoffeln seien nur Menschen, sobald sie an Füßen steckten. Es geht um Nazifackeln, um brennende Scham, den brennenden Anus, den brennenden Darm, und dass man sich vorstellen solle, man sitze auf dem Klo, in den Händen einen Gedichtband von Goethe; mit schläfrigen Augen folge man den Zeilen, über den aufgestapelten Handtüchern herrsche Ruhe, auch Ruhe über den Zahnbürsten, in den Gedärmen gluckse es ein letztes Mal, und dann sei man vom Druck befreit. Der Schlaf sei eine Fackel, eine gottverdammte Nazifackel, und der letzte Satz heißt: »Ich bin eure Beute!«

Es ist bescheuert, denkt Stefan, es ist durchgeknallt und krank und abseitig und das Großartigste, was er seit Jahren gesehen und gespürt hat, weil es so eine arrogante Leidenschaft hat, eine unbedingte Selbstverliebtheit, eine überbordende Kraft, und als der lang anhaltende Applaus verebbt ist, muss er erst mal raus hier. Er gibt vor, zur Toilette zu müssen, stattdessen aber drängelt er sich zur Treppe hindurch, in die Werkstatt hinunter, wo Odysseus und Penelope mit Weingläsern in den Händen herumstehen und mit Leuten reden, und Stefan läuft nach draußen und rennt vom Hof und ein paar Meter die Straße hinunter.

Warum noch mal wollte er damals Schauspieler werden? Weil Charlie ihm gesagt hat, das sei das Richtige für ihn, weil er sich viel zu schnell verliebe. »Deine Gefühle«, hat sie gesagt, »fahren ständig Schlitten mit dir, ob Schnee liegt oder nicht. Es bringt dir nichts, wenn du Geschichte und Sozialkunde auf Lehramt studierst.« Dann hat sie noch gesagt, wie gut er ihr als Werther im Schultheater gefallen habe, und Stefan erinnerte sich daran, wie leicht ihm das gefallen war.

Er bleibt stehen und lehnt sich an eine raue, warme Hauswand. Charlie hat mich gemacht, denkt er, aber das ist natürlich viel zu theatralisch, nur, was bin ich für ein Schauspieler, wenn ich Theatralik misstraue? Eigentlich, denkt er, kann man die Frage auch beenden nach: Was bin ich für ein Schauspieler? Oder einfach nur: Was bin ich für einer? Auf jeden Fall einer, der ständig Angst hat, dass irgendwann mal einer rausfindet, dass er eigentlich nichts kann. Andererseits, denkt er, haben sie das doch schon. Die schlauen Kritiker, die ihm erst großes Talent und emotionale Wahrhaftigkeit bescheinigten, irgendwann aber meinten, man nehme ihm seine Rollen nicht mehr ab. Gut, das waren nur einzelne, aber man erinnert sich immer besonders gut an die, die einen mit Dreck beworfen, und nicht so gut an die, welche einem Lorbeerkränze geflochten haben. Beide, denkt er, haben letztlich keine Ahnung von dir und dem, was du tust.

Er hat die Schnauze so voll von alledem. Aber dass sie seinen Vertrag nicht verlängert haben, ist schon eine Sauerei.

Zehn Jahre hat er Charlie nicht gesehen, aber es fühlt sich gar nicht so an. Mit den Schultern stößt er sich von der Wand ab und geht zurück auf den Hof des stillgelegten Sanitärfachbetriebes, wo die anderen mit dem langhaarigen Polen zusammenstehen, der sich als Marek vorstellt, sich bückt und aus einem Kasten eine etwas zu warme Bügelflasche nimmt und sie Stefan in die Hand drückt. Marek redet nicht über das Stück oder seinen Text, sondern gibt gerade einen Abriss des Lebens von Gregorz Lato, dem polnischen Torschützenkönig der WM 1974, der das goldene Tor im Spiel um den dritten Platz erzielte, gegen Brasilien, und was war das für eine Mannschaft, die polnische damals!

»Boniek!«, sagt Stefan, aber Marek schüttelt den Kopf.

»Boniek hat sein erstes Länderspiel erst 1976 gemacht.«

Und dann kommen sie auf polnische Fußballer hier in der Gegend zu sprechen, Männer, die mit Mitte zwanzig schon wie Greise aussahen, weil sie vorher durch die Erde gekrochen sind, um schwarze Steine aus ihr rauszukloppen, und als Marek einen Arm um Stefan legt und ruft: »Ihr seid alle Polen!«, fragt sich Stefan, ob er jetzt Wodka aus Wassergläsern mit Marek trinken muss, oder ist der Pole nicht so wodkafixiert wie der Russe?

Im Kopf fahndet Stefan nach Polen, die er kennt. Das dürfte doch eigentlich nicht so schwer sein, die Polen gaben sich doch hier früher die Spitzhacke und den Presslufthammer in die Hand, aber als Erstes fallen ihm die ganzen westfälischen Namen ein, mit denen er aufgewachsen ist, also die Horstkämpers und Tenholts und Ellbringes, Borchardts und Zöllners, aber dann natürlich auch die Stareks und Rogowskis und Koslowskis und, vor allem, die Abromeits, die aus Masuren kamen, was Stefan nicht nur wieder zu Charlie bringt, sondern zu Siegfried Lenz und seinen masurischen Geschichten, mit denen Stefan in München mal eine Lesung gemacht hat, die granatenmäßig angekommen ist, weil es aber auch einen Riesenspaß machte, diese Sache vorzulesen, die Geschichten von dem Holzfäller, der *heimgesucht wurde von der Liebe,* oder dem Leseteufel Hamilkar Schaß, der mit seiner literarischen Leidenschaft den plündernd und brandschatzend durch Masuren ziehenden General Wawrila komplett entnervt. Die Gedanken sind so verdammt frei, denkt Stefan, die schießen herum wie Flipperkugeln.

Um mal wieder ein wenig Ordnung in die Geschichte zu bekommen, fragt er Marek, ob er ihm nicht ein bisschen von seinem Text erklären könne, aber das empfindet der polnische Dichter fast schon als Beleidigung, mindestens aber als eine Lächerlichkeit, womit er natürlich recht hat, weil solche VHS-Fragen immer richtig peinlich sind. Also fragt er Marek lieber, wo in Polen er denn herkomme, aber das will der nicht sagen, sondern fordert Stefan auf, möglichst bald mit ihm ins Stadion zu gehen. Ganz enttäuscht ist er, als er hört, dass Stefan in München wohnt, weil die dortige *Arena* nicht gerade eine besondere Anziehungskraft auf Marek ausübt, wie die ganze Stadt übrigens nicht: »Der Dialekt und diese ganze Zufriedenheit und dieses Leichte überall! Dafür aber: die Berge! Wir Polen lieben die Berge! Das Problem sind die Frauen und wie sie reden! Kein Pole könnte etwas mit einer Frau anfangen, die bayrisch redet! Es funktioniert nicht! Du bekommst keine Erektion bei dem Brei, der sich aus ihnen ergießt. Aber die Berge!« Stefan gibt ihm recht, geht los und sucht Charlie.

Er findet sie im oberen Stockwerk, bei den Bildern. Sie steht zusammen mit dem anderen Polen, dem Glatzkopf, Bier in der Hand. Herrje, was wird hier heute weggesoffen, denkt Stefan, und dann steht er neben ihr, sie lehnt sich an ihn, und Stefan dankt Gott für den Alkohol, obwohl es ja, laut Udo Jürgens, der Teufel war, der den Schnaps gemacht hat, und zwar, *um uns zu verderben,* aber das hier ist ja Bier, denkt er, und überhaupt ist alles, was Charlie dazu bringt, sich an mich anzulehnen, ja mich überhaupt zu berühren, von Gott gesandt, an den ich vielleicht gar nicht glaube, vielleicht aber doch, weil mir zu echtem, knallhartem Atheismus einfach der Mut fehlt. Vielleicht ist da doch jemand oder etwas, und wenn man nicht rechtzeitig geglaubt hat, steht man irgendwann da im kurzen Hemd und wird nicht reingelassen, wo auch immer.

Karol heißt der Glatzkopf, und er redet über seine Werke. Sie stehen vor zwei fast gleichen Bildern, auf denen ein Mann in einem langen, dunklen Mantel an einem Strand zu sehen ist, auf einer Düne ein Leuchtturm und eine Art Wachturm, außerdem eine Frau oder ein Mann auf einem Stuhl, davor ein sehr niedriger Tisch, auf dem vielleicht etwas zu essen liegt, aber das kann Stefan nicht so genau erkennen. Das eine, auf dem der Mann im dunklen Mantel, den man nur von hinten sieht, Richtung Leuchtturm blickt, ist in erdigem Ocker und Braunrot gehalten. Auf dem anderen ist die Düne mit Dünengras bewachsen und der Mann im dunklen Mantel im Halbprofil zu erkennen. Vielleicht betrachtet er den Mann oder die Frau auf dem Stuhl, aber Stefan hat den Eindruck, er hat etwas im Dünengras bemerkt, und irgendwie weiß Stefan, dass sich da etwas Gefährliches versteckt hat. Der Clou, so erzählt Karol gerade, sei, dass er als Untergrund Silber- und Goldpapier aus Zigarettenschachteln benutzt habe, was den Bildern, wenn man näher herangeht, tatsächlich eine besondere Struktur und Anmutung verleiht.

Von Karol stammt auch die Version der Odyssee, die sie unten gesehen haben, und Stefan fragt ihn, wieso Odysseus einen Ledermantel trägt. Karol meint, er sehe Odysseus als faschistoiden Charakter, und Stefan sieht ein, dass man dann um einen Ledermantel nicht herumkommt.

Karol ist bestimmt zehn, fünfzehn Jahre älter als Stefan, aber wie man ihn da so reden hört, denkt man dann schon wieder an sich selbst, als man Anfang zwanzig war, und fragt sich, wie man es hinkriegt, auch mit Mitte fünfzig noch immer so begeistert von dem zu sein, was man tut, und dann auch noch so begeistert darüber zu erzählen. Und die Begeisterung wird durch diesen absolut göttlichen Akzent noch unterstrichen, aber vielleicht ist Stefan da auch einfach dem Klischee auf den Leim gegangen, dass der Slawe an sich halt unheimlich melancholisch ist, der Pole vor allem, dessen Land ja immer wieder geteilt und hin- und hergeschoben worden ist zwischen Deutschland und Russland, beziehungsweise der Sowjetunion, aber sie haben sich nicht unterkriegen lassen und singen immer wieder *Noch ist Polen nicht verloren,* aber eben fast, und das macht einen immer auch ein bisschen traurig und wehmütig, und dann kommt der Wodka, und man wird noch wehmütiger, und Stefan fragt sich, wie er denn damit jetzt das mit der Begeisterung erklären will. Bis unter die Fontanelle ist er voll mit Halbwissen und Halbgefühlen, aber er findet es hier einfach großartig, und am großartigsten findet er diese kaum auszuhaltende Hitze, die sein Körper jetzt dort entwickelt, wo Charlies Körper ihn berührt.

Charlie macht eine Bemerkung, und Karol lacht und klatscht in die Hände. Sie gehen ein paar Meter weiter und stehen vor einem vielleicht zwei Meter hohen, aber mindestens fünf Meter breiten Wandgemälde, das entweder sehr viele Balletttänzer in unterschiedlichen Posen zeigt oder einen einzigen, dessen Bewegung in mehrere

Phasen unterteilt ist. Gesichter sind keine zu erkennen, die weißen Körper bewegen sich vor einem absolut schwarzen Hintergrund, der immer wieder durch das Weiß hindurchschimmert. Stefan fragt sich, ob das Absicht ist oder ob Karol da einfach die Farbe ausgegangen ist oder aber ob es daran liegt, dass Karol das Bild schon in den Achtzigern, noch in Polen, gemalt hat, wie er gerade erklärt. Stefan fragt sich, ob ihm das jetzt politisch etwas sagen soll oder ob schwarz für irgendetwas Seelisches steht, Solidarność, Lech Walesa, oder was Religiöses, *Die Schwarze Madonna von Tschenstochau,* was man halt so aufgeschnappt hat, als die damals noch hinter ihrem Vorhang hockten.

Oder da ist so viel Schwarz, weil das eben auch in Polen damals schick war.

Aber Stefan unterstellt anderen Künstlern immer eine höhere Absicht, eine Planhaftigkeit und Durchdringung ihrer Kunst, die er bei sich selbst nicht erkennen kann, weshalb er sich anderen Künstlern gegenüber erst mal unterlegen fühlt, außer denen, deren Talentlosigkeit so offensichtlich ist, dass nicht mal Stefan sie übersehen kann. Er hat keine sehr hohe Meinung von seiner Arbeit. Beziehungsweise, er hat sie nicht mehr. Das Eis, auf dem er geht, ist sehr dünn, findet er, und das stürzt ihn in eine kleine Depression. Er denkt darüber nach, Anka anzurufen, denn ihr hat er sich nie unterlegen gefühlt, was ja wohl im Umkehrschluss heißt, dass er nicht sonderlich viel von ihr als Schauspielerin hält, oder? Er denkt ein wenig darüber nach und stellt fest, dass er die Frage mit Ja beantworten muss, was ihn noch etwas mehr deprimiert, weil Anka das nun auch wieder nicht verdient hat, also dass Stefan aus dem Erdloch seines eigenen beschränkten Talentes versucht, auf sie herabzublicken. Sein Kopf ist eine Waschmaschine, in der Wäsche in komplett unterschiedlichen Farben viel zu heiß gewaschen wird. Am Ende ist alles viel zu klein, und die Farben sind ineinander verlaufen, und nichts ist mehr zu gebrauchen.

Dann stehen sie wiederum vor einer noch mal ganz anderen Art von Bildern, die von Karols Frau Agniezka stammen, Deko-Folie mit bunten Blumenmotiven kombiniert mit gemalten Figuren, eine nackte Frau und ein kleines Kind etwa, die mit einem Kahn durch ein grün-oranges Pflanzenmeer navigieren. Dann ist da der waagerecht liegende Kopf einer Frau, deren lange schwarze Haare schier aus dem Bild herauslaufen wollen, sich aber verbinden mit roten und weißen Rosen, und Stefan stellt sich Charlie vor, wie sie auf einem Bett liegt, ihr Haar verteilt auf dem Kissen, aber wenn es schwarz sein soll, dann müsste es wieder Anka sein, die Haare hat wie eine Zigeunerin, was man natürlich nicht sagen darf, die also Haare hat wie eine Sinti oder Roma, aber das Bild, das früher bei Uroppa Borchardt im Wohnzimmer gehangen hat, hieß »Die Zigeunerin«, ein kitschiger, sexistischer Schinken, der eine glutäugige, prallbusige dunkle Schönheit zeigte, welche den pubertierenden Stefan zunächst erotisch, später, mit wachsendem Bewusstsein, politisch erregte.

Immer noch ist alles miteinander verbunden, die bekloppten polnischen Künstler mit den vergessenen Urgroßvätern, ein Sommerfest der Zusammenhänge.

Dann hören sie drei Gongschläge, Karol sagt »Es geht los«, und sie machen sich wieder auf den Weg nach unten, wo die Fenster nun verhängt und ein paar Stehtische aufgebaut worden sind. Auf der Bühne, auf der vorhin noch Penelope und Odysseus ihr merkwürdiges Wiedersehen gefeiert haben, stehen nun ein Keyboard und ein Kontrabass, in der Mitte, am Bühnenrand ein Mikrofon. Dann wird das Licht im Raum gedimmt, während es auf der Bühne hochfährt, und dann kommen zwei Mittzwanziger in Jeans und T-Shirt, einer hockt sich ans Keyboard, der andere greift sich den Bass, und sie beginnen zu spielen, zu improvisieren, sodass man das Stück, auf das die Sache ja wohl irgendwann hinauslaufen wird, nicht erkennt.

Und dann kommt Mandy, in einem kurzen schwarzen Kleid und hohen Schuhen. Stefan findet sie jetzt nicht mehr ganz so schön wie vorhin, vielleicht weil sie nicht mehr so natürlich aussieht und eigentlich wie jemand anderes wirkt, vielleicht aber auch, weil sich mittlerweile Charlie ein paarmal an ihn angelehnt hat und endlich wieder alle Moleküle in ihm auf sie ausgerichtet sind. Obwohl das natürlich nicht gut ist, weil er morgen Abend wieder im Zug sitzen wird, um seinem Leben und seiner Arbeit im Voralpenland nachzugehen.

Als Mandy sagte, dass sie eine Schwäche für Schnulzen aus den Siebzigern habe, hat sie nicht übertrieben, denkt Stefan, jedoch nicht erwähnt, dass es dabei nicht nur um Schnulzen geht, denn aus der freien Improvisation ihrer Musikerkollegen schält sich bald ein Song, der Stefan sofort bekannt vorkommt, den er aber erst zuordnen kann, als Mandy zu singen beginnt: *So long boy, you can take my place / got my papers I've got my pay / So pack my bags and I'll be on my way to Yellow River.*

*Yellow River,* so ein typischer Seventies-One-Hit-Gassenhauer, von dem man sich immer fragt, wer den wohl geschrieben und gesungen hat. Wieder etwas, was Stefan dringend mal googeln muss.

So wie Mandy das Ding singt, erkennt man den Song,

will ihn aber nicht wirklich glauben, denn mit ihrer dunklen, sich mitten ins Herz bohrenden Stimme ist die Nummer Lichtjahre entfernt von dieser flotten Happy-Go-Lucky-Anmutung des Originals, obwohl es doch, das wird aber erst in Mandys Version so richtig klar, um einen Mann geht, der aus dem Krieg nach Hause kommt, nach Yellow River eben.

Charlies Hand streicht ihm über den Rücken.

Praktisch übergangslos folgt *Stuck in the middle with you,* dieser Song, den Gerry Rafferty mit seiner Band Stealers Wheel aufgenommen hat, Jahre bevor er mit *Baker Street* ganz groß rauskam, also das muss Stefan jedenfalls nicht googeln. Der Text passt natürlich wie die Faust in den Abend, von wegen, ich weiß gar nicht, wieso ich heute hierhergekommen bin, und habe das Gefühl, dass irgendwas nicht stimmt. Ich habe Angst, von meinem Stuhl zu fallen, und frage mich, wie ich die Treppen runterkommen soll. Da sind Clowns links von mir und Spaßmacher rechts, und mittendrin stecke ich mit dir fest.

Charlie hakt ihren Daumen in eine seiner Gürtelschlaufen.

Es folgt eine sehr langsame, absolut hypnotische Version von *Tie a yellow ribbon round the ole oak tree,* und zum ersten Mal begreift Stefan, dass es darin um einen Mann geht, der aus dem Gefängnis kommt und an dem gelben Band, das sein Mädchen um die Eiche binden soll, erkennen will, ob sie ihn noch liebt oder nichts mehr mit ihm zu tun haben will. Drei Jahre hat er im Knast gesessen, also kann er nichts allzu Schlimmes verbrochen haben, ist also ein netter Kerl, und das Mädchen ist eine natürliche Schönheit vom Lande, denn nur auf dem Land, also irgendwo in den Weiten von Idaho oder Wisconsin kann man mit einem Bus an einer Eiche vorbeifahren und hoffen, dass ein gelbes Band darum geknüpft ist. Wenn nicht, bleibt er im Bus sitzen, vergisst die Sache mit dem Mädchen und nimmt die Schuld dafür auf sich. Und der ganze Bus bricht in Jubel aus, als da nicht nur ein Band, sondern gleich hundert gelbe Bänder um die alte Eiche gebunden sind. Diesen Kitsch muss man eigentlich verachten, aber Stefan schafft das nicht, ihm treten Tränen in die Augen. In einer Vorabendserie ist er definitiv besser aufgehoben als am Theater. Gut, dass das mal jemand erkannt hat.

Und dann macht Mandy sogar aus einem flotten Schlager wie *Rosegarden* ein herzzerreißendes Meisterwerk. Ich habe dir nie einen Rosengarten versprochen, Liebe sollte nicht so melancholisch sein, lass uns die guten Zeiten genießen, so lange wir können. So wie Mandy es singt, reicht das Glück nur bis zur nächsten Leberzirrhose, bis zum nächsten Brustkrebs.

Charlies rechte Hand greift jetzt nach Stefans linker.

Als Nächstes singt Mandy *Jolene,* diese tieftraurige Selbsterniedrigung einer Frau, die eine andere, schönere, attraktivere Frau anfleht, ihr nicht den Mann wegzunehmen, nur weil diese es kann.

Tja, und dann natürlich noch *Mandy*. Und das ist jetzt wirklich verschärft merkwürdig. Oder empfindet das nur Stefan so, angetrunken, verwirrt und wurzellos wie er sich gerade fühlt? Für ihn tritt Mandy aus sich selbst heraus und singt sich an als den Mann, der sie nicht zu schätzen wusste und sie deshalb verlassen hat.

Als sie fertig ist, geht sie einfach von der Bühne.

Thomas Jacobi kommt mit frischem Bier. Seine Wangen sind gerötet wie die eines Schuljungen. Charlie lässt Stefans Hand los.

»Und?«, fragt Thoma Jacobi. »Ist sie nicht unglaublich?«

Stefan und Charlie stimmen ihm zu. Frank und Karin Tenholt, die während des Auftrittes weiter hinten gestanden haben, kommen zu ihnen und sagen Thomas, wie gut es ihnen gefallen habe.

Marek und Karol stehen jetzt auf der Bühne, Marek schlägt mit einem Ring an seiner rechten Hand gegen die Bierflasche in seiner linken und teilt den Anwesenden mit, dass der offizielle Teil nun beendet sei und sich jetzt alle gefälligst amüsieren und vor allem Bilder kaufen sollen. Karol dankt allen für ihr Kommen und weist auf eine Urne am Eingang hin, in die man Spenden werfen könne, wenn man die Künstler, die in diesem Haus arbeiten, unterstützen möchte.

Dann kommt Mandy, umgezogen, aber nicht komplett abgeschminkt. Ein paar Leute applaudieren noch mal, aber das scheint ihr gar nicht recht zu sein. Ihre Verlegenheit ist echt, denkt Stefan, sie will einfach nur singen. Charlie und die Tenholts sagen ihr, wie sehr es ihnen gefallen hat, und Stefan hat eigentlich vor, etwas viel Geistreicheres zu sagen, irgendwas, das Mandy beweist, dass er nun wirklich begriffen hat, was sie da macht, aber da berührt ihn jemand am Arm, und eine Stimme sagt: »Stefan?«

Er dreht sich um und sieht einen Mann vor sich, den er irgendwoher kennt, den er aber nicht einordnen kann. Er stellt sich als ein Schauspieler heraus, der vor Jahren an Stefans Münchener Theater als Gast engagiert war und mit dem er mal eine Nacht versackt ist. Netter Typ eigentlich, denkt Stefan, hat aber eigentlich keine Lust, sich mit ihm zu unterhalten, da er lieber mit Charlie da weitermachen will, wo sie vorhin aufgehört haben, obwohl das natürlich falsch wäre, denn er hat eine Freundin, ja sogar ein ganzes Leben, und irgendwie hofft man doch, dass sich so was richtiger anhört, wenn man es nur häufig genug denkt. Er ist aber noch nicht betrunken genug, um richtig unhöflich zu sein, also lässt er sich auf das Gespräch ein, wodurch er irgendwie von den anderen wegtreibt, also ganz konkret, die räumliche Entfernung zwischen Stefan und der Gruppe um Mandy nimmt zu, und als der Kollege, dessen Namen Stefan nicht einfällt, jemanden sieht, den er kennt, und Stefan daraufhin einfach stehen lässt, stehen die anderen schon draußen vor der Tür, nur beleuchtet von dem Licht, das aus der breiten, offenen Tür und den oberen Fenstern auf den Hof fällt. Sie sind ins Gespräch vertieft und sehen sich nicht nach ihm um. Die brauchen mich nicht, denkt er, ich gehöre nicht dazu. Die sind froh, wenn ich wieder weg bin, ich bringe doch nur alles durcheinander.

Er weiß, er steigert sich da in was hinein, aber das war schon immer eine seiner Stärken, sich in was reinsteigern. Einsam und allein bin ich, denkt er, ein Mann, ein Bier.

Jetzt heißt es aber auch konsequent sein. Stefan geht wieder über die Wendeltreppe ins obere Stockwerk, schlendert an den Bildern vorbei, ohne sie wirklich zu sehen, findet schließlich einen alten Lehnstuhl in einer Ecke und setzt sich hinein.

Er kommt sich plötzlich sehr fremd vor. Fehl am Platz. So eine Empfindung von Fremdheit hat er in München in den letzten Jahren nie gehabt, erst hier, wo er jeden Stein kennt, wo jeder Meter Asphalt mit Erinnerungen verbunden ist, steigt das in ihm auf. In München, da ist alles festgemauert in der Erden. München ist sich seiner selbst so sicher, dass das auch auf Zugewanderte abfärben kann, solange sie sich einigermaßen benehmen können. Woanders weiß er selber, wer er ist, hier wissen es die anderen, das ist Heimat. Da es doch immer am wichtigsten sein soll, dass man über sich Bescheid weiß, überkommt ihn plötzlich eine große Sympathie für das Leben, das er in den letzten zehn Jahren geführt hat. Und ein großer Teil dieses Lebens ist Anka.

Vier Jahre geht das jetzt mit Anka. Am Anfang war es großartig. Nach ein paar unglücklichen Geschichten mit mehr oder weniger neurotischen Kolleginnen und einer etwas längeren Sache mit einer Buchhändlerin, die nicht gerne ins Theater ging, was Stefan eine Zeit lang sehr erfrischend fand, bis ihm auffiel, dass er sich über kaum etwas anderes unterhalten konnte als Theater, war Anka ihm zunächst angenehm unkompliziert vorgekommen. Sie konnte sich begeistern, gab sich nicht so ostentativ abgeklärt wie andere und war manchmal ein bisschen verrückt, aber nicht so sehr, dass es unangenehm wurde. Sie konnte laut und befreiend lachen, also so befreiend, dass der Mitlachende sich gleich mit befreit fühlte. Sie half, nicht nur bildlich gesprochen, alten Leuten über die Straße, hach, wenn man so an die Anka der ersten zwei Jahre dachte, dann konnte einem richtig warm ums Herz werden.

Irgendwann jedoch kippte da was. Sie wirkte oft erschöpft und übellaunig, kritisierte Stefan nach seinen Premieren auf eine so destruktive Art und Weise, dass sie sich nicht wie sonst zwei, drei Stunden leidenschaftlich stritten, sondern das Gespräch nach zehn Minuten zum Erliegen kam, weil es eh keinen Sinn hatte. Wie viele Künstler will Stefan, besonders nach der Nervenprobe einer Premiere, vor allem Zustimmung, Lob, Liebe, wohl wissend, dass das nicht immer so geht und gerade die Menschen, die einem nahestehen, einem die Wahrheit sagen müssen. Auf undifferenziertes Lob kann man sich nichts einbilden. Das ist wie mit Menschen, die sich einem zu willig als Liebespartner anbieten. Mühelose Verfügbarkeit verliert schnell ihren Reiz.

Wenn Anka ihm in ihrer guten gemeinsamen Zeit genau auseinandersetzte, was sie an der Inszenierung im Allgemeinen und an Stefans Leistung im Besonderen gut und weniger gut fand, konnte das Lob fünfundneunzig Prozent ihrer Analyse ausmachen, er erinnerte sich aber nur an die fünf Prozent Kritik. Es war, als sei sie auch nur eine professionelle Kritikerin.

Die Gespräche mit Anka konnten früher Stunden dauern, und spätestens nach zwei, drei Glas Wein gab Stefan seinen Widerstand auf und beschäftigte sich ernsthaft mit dem, was sie sagte, um am Ende festzustellen, dass sie meistens richtiglag, was ihn dann wiederum beruflich weiterbrachte und darüber hinaus ihrer Beziehung guttat und auch noch, fast überflüssig zu erwähnen, in hervorragendem Beischlaf mündete, der seinen Namen dann auch zurecht trug, weil es meist schon tief in der Nacht war und sie gleich danach erschöpft und glücklich im Arm des jeweils anderen einschliefen.

Allmählich und schleichend änderte sich die Stimmung zwischen ihnen. Anka kam nicht mehr mit, wenn er sich mit ein, zwei Schauspielern und ein paar Jungs von der Haustechnik zum Fußballschauen verabredete. Dass sie früher oft dabeigesessen und sich auch nicht über die bisweilen deftigen Bemerkungen ereifert, sondern im Gegenteil laut darüber gelacht und dazu auch noch Bier getrunken hatte, hatte ihr viel Sympathie eingebracht. Irgendwann aber meinte sie, dass sie ohnehin lieber Wein trinke und sich mit einer Freundin treffe. Etwa ein halbes Jahr später tat sie Stefans neue Premiere mit einer Handbewegung und der Bemerkung ab, das sei wieder so ein Stück, das man auf dem Theater nicht brauche, eine aufgeblasene Nichtigkeit und noch dazu langweilig und bieder inszeniert. Stefans Frage, wie sie ihn denn gefunden habe, konterte sie mit der Bemerkung, dass er in so einem Nichts von einem Theaterstück auch nichts ausrichten könne und dass sie jetzt Hunger habe.

Von da an ging es bergab. Natürlich fragte sich Stefan, woran es lag und ob man die ganze Sache überhaupt fortsetzen sollte, aber er hatte noch nie eine Frau verlassen, war immer nur verlassen worden, das ewige, einsame Opfer des Geschlechterkrieges. Da er wusste, dass er kein Talent für die Entschlüsselung von Zwischentönen hatte, versuchte er in nächtelangen Fragerunden herauszubekommen, was bei ihnen schieflief. So jung war er nun auch nicht mehr, dass er einfach zur nächsten Blüte weiterschweben konnte, irgendwann musste man sich doch mal entscheiden, oder nicht? Und dann überraschte ihn Anka mit der Gegenfrage, ob ihm noch nie aufgefallen sei, dass sie beide niemals, also wirklich kein einziges Mal auch nur halb so intensiv über ihre Arbeit geredet hätten wie über seine. Das stritt Stefan rundweg ab, konnte zwar keine Gegenbeispiele liefern, schrieb das aber seinem mangelhaften Gedächtnis zu. Anka schüttelte dann nur den Kopf und sagte gar nichts mehr. Was Stefan nachdenklich machte, sodass er sich in der Folgezeit besonders viel Mühe mit ihr gab. Sie nicht nur fragte, wie es ihr ging, sondern sich auch auf ihre Inszenierungen vorbereitete, die Stücke und ein paar Kommentare las, damit er hinterher mit ihr darüber reden konnte – ein Manöver, das Anka bald durchschaute und sie zunächst frustrierte, weil alles, was er sagte, in ihren Ohren so bemüht klang. Dann aber beschloss sie, das »süß« zu finden und sein Bemühen, an ihrer *Beziehung* zu arbeiten, anzuerkennen. Als Stefan »an unserer Beziehung zu arbeiten« hörte, hätte er beinahe laut aufgelacht, weil es ihm wie eine alte Kabarettnummer vorkam, aber er schluckte das Lachen herunter, und eine Zeit lang lief es ganz ordentlich mit ihnen. Aber es ging nicht mehr voran, sie traten auf der Stelle, standen im Beziehungsstau, viel Stopp, kein Go.

Eigentlich wissen sie beide, dass es keinen Sinn mehr hat. Noch aber sind sie zu feige, wieder dort hinauszugehen und von vorne anzufangen, mit diesem ganzen Affentheater des Flirtens, Ausgehens und Anbahnens von *Beziehungen,* nur um nach dem Anbahnen ziemlich schnell in die *Arbeit* überzugehen.

Das Richtige, denkt Stefan, wäre jetzt, runter zu den anderen zu gehen und sich weiter an diesem Abend zu erfreuen, aber stattdessen nimmt er sein Telefon aus der Tasche und ruft Anka an.

Dreimal lässt sie es klingeln, dann nimmt sie den Anruf an. Im Hintergrund hört Stefan Musik und fragt sich, ob sie vielleicht nicht allein ist. Eifersucht. Auch nicht schlecht. Die Musik schaltet sie gleich aus und ist dann nur für ihn da.

»Das ist sehr schön, dass du anrufst!«

Das gefällt ihm schon wieder nicht so. Da ist etwas Devotes in ihrer Stimme, das er nicht mag.

»Ich sitze hier gerade so rum«, sagt er.

»Du hast also Langeweile.«

»So würde ich das nicht nennen.«

»Du wolltest also einfach meine Stimme hören. Oder hast mich vermisst.«

»Könnte man so sagen.«

»Dann versuch es doch mal.«

»Was denn?«

»Es zu sagen.«

»Was denn?«

»Das, was man so sagen könnte.«

»Ich wollte mal wieder deine Stimme hören und vermisse dich.«

»Klingt sehr überzeugend.«

Dann erzählt er ihr von den durchgeknallten Polen, mit denen er hier abhängt, und was die für ein durchgeknalltes Performance-Zeug machen, richtig abgefahren. Er erzählt ihr auch, wie er mit Toto den Schrank abgeholt hat, von den Jungs vor dem Haus und Jutta und dem Horrorfilm und dann von Diggo und den anderen im Schrebergarten und von Murat und seinem Bein und dass man nur hoffen könne, dass das ein glatter Bruch sei, sonst wär wohl Ende Gelände mit Fußball.

»Du fühlst dich wohl dort, oder?«, fragt sie.

»Was?«

»Es geht dir gut, das kann man hören.«

»Ich habe den Termin mit dem Makler verpennt.«

»Oh. Und jetzt?«

»Weiß nicht. Jetzt brauche ich wohl einen neuen Termin.«

»Willst du wissen, was ich hier so mache?«

»Ja, klar, was treibst du so?«

Während sie antwortet, sieht Stefan Frank Tenholt die Treppe heraufkommen. Er entdeckt Stefan in dem alten Lehnstuhl und kommt grinsend auf ihn zu.

»Stefan Zöllner, alter Freund und Kupferstecher! Man sucht dich schon überall! Wir machen jetzt 'ne kleine Spritztour. Will sagen, der Marek leiht uns seinen Wagen, und dann fahren wir los, besorgen irgendwo noch ein paar Humpen feinsten Bieres Pilsener Brauart und machen die Gegend unsicher und tun so, als wären wir wieder jung!«

»Sehr guter Plan!«, antwortet Stefan und drückt geistesabwesend auf den roten Knopf, der das Gespräch beendet, aber dann fällt ihm ein, dass er sich gar nicht von Anka verabschiedet und sie gerade noch was erzählt hat, was war das noch?

Frank Tenholt legt ihm einen Arm um die Schulter und führt ihn hinunter zu den anderen.

Charlie sieht ihn an. »Stress?«

»Nein, überhaupt nicht, wieso?«

»Okay«, ruft Frank Tenholt. »Es geht los! Mir nach!«

Draußen vor dem Gelände steht ein alter Mercedes Kombi. Frank Tenholt setzt sich hinters Steuer, Karin auf den Beifahrersitz, Charlie, Thomas und Stefan sitzen hinten, und Mandy hockt sich im Schneidersitz auf die Ladefläche. Sie biegen einmal rechts und einmal links ab und sind auf der Alleestraße. Nach zweihundert Metern halten sie an der Aral-Tankstelle, kaufen weitere Bügelflaschen, und zwar »sonder Zahl«, wie Frank Tenholt meint. Jeder kriegt eine in die Hand gedrückt. Charlie prostet ihm zu, und Stefan fällt wieder auf, wie sexy Frauen mit Bier in der Hand aussehen können, auch wenn er den Verdacht hat, dass das ein sehr exklusiver Fetisch ist.

»Also gut, Männer und Frauen!«, ruft Frank Tenholt. »Wohin des Wegs?«

# 12

Frank Tenholt wartet die Antwort nicht ab, sondern singt falsch, aber voller Leidenschaft (was zu einer alten Kraftwerk-Nummer nun gar nicht geht): »Fahr'n, fahr'n, fahr'n auf der Autobahn!«

»Die Autobahn ist gesperrt«, gibt Karin zu bedenken.

»Das ist doch erst morgen!«, entgegnet ihr Mann.

»Aber natürlich sperren sie schon heute Abend ab. Da stehen morgen Biertische auf sechzig Kilometern, die stellt man nicht mal eben eine halbe Stunde vorher dahin.«

»Dann fahr'n, fahr'n, fahr'n auf 'ner andern Autobahn! Wir haben doch genug hier!«

»Ich weiß gar nicht, ob du überhaupt fahren solltest, so blau wie du bist«, wendet Thomas Jacobi ein.

»Mein lieber Freund und Kupferstecher! In meiner Fahrerlaubnis prangt ein Stempel: Nicht unter null Komma acht!«

Karin lächelt. »Manchmal bist du sehr witzig, Schatz.«

»Danke, mein Engel.«

»Nur jetzt gerade nicht.«

»Hugh! Mama hat gesprochen!«

»Werd nicht albern.«

Mandy stöhnt auf. »Ihr seid beide albern, da vorne! Wir haben den Wagen voller Bier und stehen noch immer an der Tankstelle herum. Vielleicht ist das ein schönes Bild für *euer* Leben, für meins jedenfalls nicht. Hoffe ich.«

Das will sich Frank Tenholt nicht nachsagen lassen, also gibt er Gas und biegt nach links auf die Alleestraße ein. Sie rollen die alten Krupp-Bauten entlang, hinter denen früher Stahl zu Kanonen verarbeitet wurde, Waffenschmiede des Dritten Reiches und so. Heute ist da der »Westpark« mit der Jahrhunderthalle, wo sie, wie Omma Luise mal gesagt hat, »hüppen und zappeln«, also Kultur schmieden. Außerdem kann man auf der Anhöhe dahinter super Drachen steigen lassen, und da, wo früher eine eigene Bahnlinie das Eisenerz vom Rhein-Herne-Kanal zu den Hochöfen des Bochumer Vereins gekarrt hat, fährt die ganze Familie heute Fahrrad und freut sich darüber, dass es da, wo der Oppa sich früher die Knochen kaputt malocht hat, heute so schön grün ist. Ach ja, die gute alte Zeit, denkt Stefan, als roher Fisch einfach nur roher Fisch war und keine japanische Spezialität.

»Ich fahr jetzt erst mal Richtung Wattenscheid!«, sagt Frank.

»Was willst du in Wattenscheid?«, mischt sich Thomas Jacobi ein.

»Ich habe nicht gesagt, dass ich *nach* Wattenscheid

fahre, sondern nur *Richtung* Wattenscheid. Mal sehen. Wir lassen uns treiben. *American Graffiti, Dancing on a Saturday Night. Saturday Night's all right for fighting!* Die ganze Chose!«

Ja, ja, die mythische Samstagnacht, denkt Stefan, Nacht der Träume für die arbeitende Klasse, besungen von Howard Carpendale bis Bruce Springsteen: *Die Zeit, wo die Sehnsucht erwacht, kommt jede Samstagnacht. I take my hard earned money and meet my girl down on the block.* Und weil die Sehnsucht manchmal keine Richtung hat, sondern nur in einem vor sich hin brennt, rollen sie jetzt ziellos Richtung Wattenscheid, aber am neuen Depot der Bochum-Gelsenkirchener Straßenbahnen AG biegt Frank Tenholt nach links in die Engelsburger Straße. Sie lachen und trinken und reden Unsinn und plötzlich sind sie in Eppendorf, was auch wieder Wattenscheid ist, also fahren sie einmal um den Kreisverkehr und wieder zurück, folgen dann aber nicht der abknickenden Vorfahrt auf die Engelsburger, sondern fahren geradeaus in die Schützenstraße, sind plötzlich in Weitmar, wo es noch einen Stadtteil-Stadtteil gibt, der Bärendorf heißt, aber nichts mit Bären zu tun hat, wie Stefan sich erinnert, weil er das dann doch mal gegoogelt hat, sondern mit einem alten Bauernhof namens Bevinktorp, die Details sind ihm aber entfallen, was ja irgendwie auch ganz gut ist, so was muss man sich nicht merken, dann bleibt mehr Platz für wirklich Wichtiges, was auch immer.

Die Hattinger Straße runter, dann am Schauspielhaus links, an der Kneipenmeile vorbei, kurz auf den Ring und schon sind sie wieder auf der Alleestraße, die erste Runde Bier ist alle, Frank Tenholt rollt wieder Richtung Wattenscheid, die Gespräche kommen zum Erliegen. Diesmal fährt er gegenüber der alten Krupp-Hauptverwaltung nach rechts in die, jawohl: Wattenscheider Straße, heute führt kein Weg nach Rom, sondern alle Wege führen nach Wattenscheid. Kurz vor der Anschlussstelle Stahlhausen biegen sie auf ein braches Grundstück ein, auf dem mal eine Pommesbude gestanden hat, jetzt aber nix mehr ist, weil demnächst groß gebaut wird. Keine Kathedrale, kein Opernhaus, nicht mal ein Block Sozialwohnungen, sondern das, wovon die Gegend nicht genug bekommen kann: ein Autobahnkreuz.

»Aussteigen und mir nach!«, befiehlt Frank.

Alle nehmen sich eine neue Runde Bier, es ploppt und spritzt, und es wird Uääh gerufen, weil Hände, Hosen und T-Shirts was abbekommen haben. Sie gehen ein paar Schritte und stehen schließlich auf der Brücke über der Autobahn und sehen zu, wie Tische von Lastern geladen und aufgestellt werden. Alle sind sich einig, dass das eine gute Idee von Frank war und sie sich so schon mal auf morgen einstimmen können. Es ist still. Vergleichsweise. Auf der Wattenscheider Straße fahren zwar Autos vorbei, es fehlt aber das unablässige Rauschen der Autobahn.

»Habe ich euch schon mal«, sagt der sichtlich aufgedrehte Frank Tenholt, »von dem dämlichsten Stau erzählt, den ich persönlich hier erlebt habe?«

»Jeder Stau hier ist dämlich«, meint Thomas Jacobi.

»Aber manche sind dämlicher als dämlich, glaub mir. Also Obacht und die Ohren gespitzt, Freunde! Es war irgendwann Anfang der Neunziger. Nach Jahrzehnten des Darbens hatte uns der Herrgott das Privatfernsehen geschenkt, und dieses beglückte uns mit hochwertiger Unterhaltung in Form von Spielshows, in denen junge, nach Früchten benannte Frauen sekundäre Geschlechtsmerkmale herzeigten. Die Sendung trug den einprägsamen Namen *Tutti Frutti*. Und siehe, die jungen Frauen zeigten, was sie hatten, nicht nur auf dem Fernsehschirm her, nein, sie reisten auch durchs Land und zeigten es den Dürstenden dort draußen, die, so mochte man meinen, noch nie in ihrem Leben einer nackten Frauenbrust ansichtig geworden waren!«

Jetzt dreht er aber richtig auf, der Tenholt, denkt Stefan. Wehe, wenn sie losgelassen werden, die stillen Wasser. Das Bild ist schief, denkt er noch. Wie der ganze Abend.

»Und so begab es sich«, macht Frank Tenholt weiter, *unverdrossen,* wie er wahrscheinlich selbst gesagt hätte, »dass diese Frauen von einem Fachhandel für Autozubehör eingeladen wurden, der sich noch immer nicht weit von hier, dort drüben, auf der südlichen Seite unserer geliebten Autobahn befindet. Dort ward eine Bühne aufgebaut, auf der die Damen sich präsentieren durften. Vielköpfig war die Menge, die zusammenströmte, um dies kecke Schauspiel zu verfolgen. Und jene, welche nicht den Weg zur Bühne fanden und stattdessen in ihren Autos saßen und an dem Gelände vorbeifuhren, verlangsamten ihre Fahrt, um durch die Bäume zu spitzen, ob sie nicht einer dieser Brüste ansichtig werden könnten. Und wir wissen: bremst einer, bremsen alle! So entstand eine Wagenkolonne, die sich auf sechs Kilometern Länge Stoßstange an Stoßstange reihte. Und in diesem scheiß Stau stand ich! Und alles wegen ein paar Titten, die man von der Autobahn aus sowieso nicht gesehen hat!«

Alle sehen sich an, dann fängt Thomas Jacobi an zu klatschen und die anderen fallen ein, nachdem sie die Tatsache, dass Frank Tenholt schmutzige Wörter in den Mund genommen hat, einigermaßen verarbeitet haben.

»Was ist denn mit der los?«, unterbricht Mandy die

nachdenkliche Stille, die der Tenholt-Performance und dem anschließenden Applaus gefolgt ist und in der anscheinend alle in ihrer eigenen Erinnerung nach skurrilen Autobahngeschichten gesucht haben. Sie zeigt auf ein Mädchen, das auf sie zukommt, ein wenig schwankt und zum Gotterbarmen schluchzt. Es wundert Stefan nicht, dass es Charlie ist, die auf sie zugeht, sie am Arm fasst und fragt, ob alles in Ordnung sei – was natürlich eine etwas merkwürdige Frage ist, schließlich sieht man dem Mädchen, das höchstens siebzehn, achtzehn Jahre alt ist, sehr deutlich an, dass überhaupt nichts in Ordnung ist, zumal man jetzt auch sieht, dass ihre komplette linke Gesichtshälfte dunkelblau verfärbt ist. Sie ist geschlagen worden, das steht mal fest.

»In Dortmund? Was soll ich in Dortmund?« Das Ohr hat offenbar auch was abgekriegt.

»Geht es dir gut?«, will Charlie jetzt wissen.

»Ey, wie seh ich denn wohl aus?«

»Scheiße siehst du aus.«

»Und so geht es mir auch.«

»Hat dein Freund dich geschlagen?«

Das Mädchen zieht die Stirn in Falten und sieht Charlie an, als hätte diese sie dazu aufgefordert, bei voller Fahrt aus dem Kettenkarussell zu springen. »Wieso Freund? Ich bin verheiratet, du blöde Kuh!«

»Also hat dein Mann dich so zugerichtet?«

»Bescheuert? Der würde mich nicht anrühren, der Penner, dazu isser viel zu feige.«

»Herrgott, wer hat dich denn jetzt verprügelt?«, fragt Karin, die offensichtlich nicht viele Sympathien für das Mädchen aufbringt.

»Mein Scheißbruder war das.«

»Und warum hat er das getan?« Charlie klingt jetzt ein bisschen wie eine besorgte Vertrauenslehrerin.

»Weil ich versucht habe, ihm in die Eier zu treten.«

»Es geht doch nichts über Geschwisterliebe«, meint Karin.

»Du musst ins Krankenhaus«, sagt Charlie. »Du könntest eine Gehirnerschütterung haben.«

»Tja, mein Bruder meint, da kann man kaum was erschüttern«, sagt das Mädchen. »Deshalb kann man auch mal draufhauen. Gib mir mal lieber sonne Flasche!«

Frank Tenholt reicht ihr seine. »2009er Sonnenhopfen, südliche Hanglage, süffig im Abgang.«

»Erst gibt es auf die Fresse und dann obendrauf noch dummes Gelaber«, sagt das Mädchen. »Mir bleibt heute nichts erspart.«

»Wie heißt du eigentlich?«, fragt Charlie.

»Wie heißt *du* denn?«, fragt das Mädchen zurück.

»Ich heiße Charlotte.«

»Oh Mann, deine Eltern konnten dich nicht leiden, was?«

»Wir nennen sie Charlie«, sagt Stefan.

»Macht die Sache auch nicht besser.«

»Und deine Eltern konnten dich besser leiden?«, wirft Karin ein.

»Meine Eltern? Leck mich, ich hab Platz fünfzehn abbekommen.«

»Was soll das heißen?«

»Ich bin Baujahr '92, und was war da Nummer eins? Also der beliebteste Vorname für Mädchen? Genau: Sarah. Mit h hinten oder ohne. Und was kriege ich: Jessika! Mit k! Und der war nur Platz fünfzehn, das ist doch krank, so was!«

»Ich finde, du solltest dich im Krankenhaus untersuchen lassen. Oder dich wenigstens zu Hause hinlegen.«

Jessika mit k legt den Kopf schräg und macht große Augen: »Mammi sagt, Jessika soll Heia machen? Aber Jessika noch nicht müde! Bitte, Mammi, Jessika noch aufbleiben.«

»Langsam verstehe ich ihren Bruder«, sagt Karin.

»Wenn Mammi will, dass Jessi ins Bett geht, dann muss sie Jessi aber auch nach Hause bringen und ihr noch was vorlesen«, sagt Jessika.

Jetzt ist auch Charlies Geduld am Ende. »Pass mal auf, Mädchen! Ich bin wahrscheinlich der erste Mensch seit Jahren, der dich gefragt hat, wie es dir geht, und du redest nur Blödsinn! Und ja, ich werde dich jetzt nach Hause bringen, weil man in deinem Zustand nicht nachts draußen herumlaufen sollte. Entweder du sagst mir jetzt, wo du wohnst, oder ich schleppe dich ins Krankenhaus und ruf die Polizei!«

Stefan ist gespannt auf Jessikas Reaktion, aber die ist unspektakulär. Das Mädchen zieht nur ein wenig den Kopf ein, schiebt die Unterlippe vor und hebt die Hände. Charlie fragt sie erneut, wo sie wohnt, und Jessika zeigt die Straße rauf, und dann geht Charlie mit ihr los und sagt, die anderen sollen warten. Stefan ist ganz verdattert. Alle sehen ihn an, bis er begreift, was sie ihm sagen wollen, nämlich, dass er mitgehen soll, weil er sonst ein kompletter Idiot ist. Während Stefan zu Charlie und Jessika aufschließt, stellt er fest, dass er sich jetzt schon seit einigen Stunden in Charlies unmittelbarer Nähe aufhält, aber noch keine Sekunde wirklich mit ihr allein gewesen ist und dass er sich nach nichts mehr sehnt, als mit ihr irgendwo in aller Stille zusammenzusitzen.

Oder zu liegen. Bei ihr zu liegen. Aber das schlägt er sich gleich mal wieder aus dem Kopf, denn damit kam ja das ganze Schlechte in die Welt, das ist ihr Biss in den

Apfel gewesen, diese Nacht in der Gartenlaube seiner Eltern, die er genauso abwickeln musste wie das Haus. Hier wie dort musste er Sachen ausräumen, Persönlichstes seiner toten Eltern, Jacken, Hosen, Unterwäsche, Fotos und alles Mögliche aus dem Haus, in dem er aufgewachsen war und in das ein paar Wochen später Onkel Hermann einziehen sollte, sowie allerlei Nippes und alte Biergläser und halb leere Cognac-Flaschen aus der Gartenlaube. Die simpelsten, oft sehr hässlichen Gegenstände brachten ihn zum Heulen, und plötzlich hatten sie beide nichts mehr an.

Natürlich hatte er Charlie schon früher nackt gesehen. Schon als Kind, wenn Oppa Willy das aufblasbare Planschbecken hinterm Haus Rabe mit Wasser füllte und Stefan und Charlie darin herumsprangen, sich gegenseitig nass spritzten, aufeinander herumrutschten und sich Wasser aus Förmchen, mit denen sie sonst im Sand spielten, über den Kopf kippten. Später dann im Freibad, wenn Charlie im Bikini herumlief und sich ihre Brustwarzen abzeichneten. Oder in dieser kleinen Bucht in der Nähe von Nizza, wo sie einen Urlaub zu viert verbrachten. Charlie mit ihrem damaligen Freund, dessen Name Stefan jetzt nicht einfällt, und Stefan mit Dagmar, von der Charlie ihm abgeraten, mit der er aber trotzdem was angefangen hatte, wie aus Trotz, weil seine große, nicht-leibliche Schwester sich mal schön aus seinem Leben heraushalten sollte, was natürlich nur zu Streit und Schmerz und Herzbruch führte, weil Charlie in solchen Dingen immer recht behielt. Und in dieser kleinen Bucht bei Nizza haben sie nackt gebadet, und Charlies Freund raunte Stefan zu, dass er Dagmar auch nicht von der Bettkante schubsen würde und ob sie es nicht mal zu viert versuchen sollten. Stefan war einem solchen Abenteuer nicht prinzipiell abgeneigt, konnte es sich aber nicht mit Charlie vorstellen, weil er sich von ihr dann doch immer beobachtet und bewertet gefühlt hätte, mal abgesehen davon, dass so etwas für Charlie sowieso nicht infrage kam, wie sie ihm Jahre später entrüstet versicherte, nicht aus moralischen Gründen, sondern weil sie sich lieber auf einen einzelnen Menschen konzentriere.

In seinem ersten Jahr an der Schauspielschule bildeten sie sogar eine Wohngemeinschaft, wo sie sich gegenseitig ein paarmal im Bad überraschten, weil sie immer wieder »vergaßen«, die Tür abzuschließen, und ihnen beiden schon dämmerte, dass das keine echte Nachlässigkeit war, weshalb sie das mit der Wohngemeinschaft auch bald wieder aufgaben. Nicht zuletzt weil es ihnen peinlich war, den jeweils anderen beim Sex zuzuhören, auch oder gerade weil Stefan es nicht verhindern konnte, dass ihn das mehr erregte, als er zugeben wollte. Einmal ist es ihm nicht gelungen, das zu verbergen, was eine seiner Freundinnen, der er eine halbe Stunde vorher noch gesagt hatte, er sei heute nicht in Stimmung, mit einem sehr farbigen Eifersuchtsanfall quittierte.

Und dann dieser Abend in dieser fragilen Zeit nach dem Tod seines Vaters, zwei Jahre nachdem der alte Massenmörder Krebs seine Mutter geholt hatte, eine Zeit, in der Stefan sich, obwohl voll erwachsen, fühlte wie eine Vollwaise und er Charlie nach Strich und Faden ausnutzte, ihre Zuneigung und Unterstützung abzapfte, ohne ihr etwas zurückzugeben, obwohl sie gerade dabei war, sich von einem gewissen Martin zu trennen.

Es war im Frühling. Der Mai war gekommen, die Bäume schlugen aus, sehr schön, aber Leber- und Nierenversagen waren auch gekommen, die Schlingel, hatten noch eine

Spur härter ausgeschlagen und vollendet, was Herzklappenentzündungen und unfähige Ärzte schon vorbereitet hatten. Stefan blickte Toto Starek nach, der die alten Sofas in einem noch älteren Hanomag nach Dortmund brachte, wo er jemanden kannte, der damit angeblich noch was anfangen konnte, obwohl so manche Feier sich via Zigarettenbrandloch in ihnen verewigt hatte, aber Stefan war froh, dass ihm jemand die Arbeit abnahm. Sollte Toto doch ruhig ein paar Mark daran verdienen.

Solange Toto da gewesen war, hatte man es aushalten können. Lieber hörte man sich sein unaufhörliches Gelaber an, als von der Stille bespuckt zu werden, unterfüttert nur von diesem Grundrauschen, von dem man irgendwann nicht mehr wusste, ist es noch die Autobahn oder schon ein Hirnschaden.

Jetzt aber ging er möglichst langsam auf die Laube zu, wischte sich mit der flachen Hand über die Stirn und dachte an dieses Lied über den Mai, das er mal im Hinterzimmer von Haus Rabe gehört hatte, und zwar von dem Männergesangsverein, in dem Oppa Zöllner früher gesungen hatte und dem Erich Grothemann, der alte Kommunist, immer noch als Dirigent vorstand. Bruchstücke des Textes belegten noch freie Stellen auf Stefans interner Festplatte, und es war schon ein Scherz seines Schädels, dass er jetzt vor allem an den Anfang der zweiten Strophe denken musste, von wegen *Herr Vater, Frau Mutter, dass Gott euch behüt' / Wer weiß, wo in der Ferne mein Glück mir noch blüht*. So ist es, dachte er, in der Ferne, und nur da, kann mir noch was blühen, hier ist zu viel verwelkt, das hält man ja im Kopf nicht aus, im Herzen sowieso nicht, der ganze Körper weigert sich.

Während er sich so langsam wie möglich der Laube näherte, dachte er, dass es schön wäre, wenn hier auch so eine Hecke wüchse wie bei Diggo Decker, dessen Terrasse man vom Weg aus nicht erkennen konnte. Hier war freie Sicht aufs Mittelmeer, beziehungsweise die Laubenaußenwand und die sechs weißen Plastikstühle, die gestapelt davorstanden, neben dem ebenfalls weißen Plastiktisch. Seine Eltern hatten eben nichts zu verbergen gehabt, und wenn man es recht bedachte, schützte die Diggo-Decker'sche Hecke mehr die Passanten auf dem Weg als den Laubenherrn selbst, denn als halbwegs gesunder Mensch wollte man nicht sehen, was sich bei Deckers alles abspielte.

So langsam konnte er gar nicht gehen, dass er nicht doch noch an der Laube ankam, aber bevor er wieder reinging, blieb er stehen und starrte in die kleine Küche, in der der Kühlschrank vor sich hin summte. Der konnte drinbleiben, den übernahm der neue Pächter. Stefan konnte es gar nicht glauben, aber er bekam sogar noch Geld für die Laube, achttausend Mark, irgendwie war das widerlich.

Er ging durch die Küche. Hinten rechts war eine faltbare Tür aus Kunststoff und dahinter das winzige Bad, wo Toilettenschüssel, Waschbecken und Duschtasse in Lindgrün gehalten waren. Hier hatte sein Vater in seinem Blut gelegen, als er ausgerutscht und mit dem Kopf aufs Waschbecken aufgeschlagen war und nicht aufgehört hatte zu bluten, weil er nach seinen vier Herzklappenoperationen, von denen drei verpfuscht worden waren, Macumar schlucken musste, um das Blut zu verdünnen, sodass es aber auch nicht mehr gerann. Überlebt hatte er das nur, weil Nachbar Manni ihn suchte, nachdem Stefans Vater zu einem vereinbarten Treffen nicht aufgetaucht war.

In Bad und WC ist alles okay, dachte Stefan, kann so bleiben. Jetzt also ins Wohnzimmer, oder den Hauptraum, weil *Wohnzimmer* sich in so einer kleinen Laube ziemlich blöd anhörte. Unter dem Fenster stand aufrecht eine alte Matratze, noch mit einem Spannbetttuch bezogen, das am besten gleich mit entsorgt würde, wenn Stefan einen Wagen fand, in den das Ding reinpasste. Wahrscheinlich musste er noch mal Toto darum angehen. Jetzt aber musste erst mal das alte weiße Sideboard ausgeräumt werden, das früher auf der Diele seines Elternhauses gestanden hatte und irgendwann hier abgestellt worden war. Obendrauf stand ein Bierhumpen mit Zinndeckel, den sein Vater vor Urzeiten mal geschenkt bekommen hatte, und innen drin verstaubten Gläser und allerlei Killefit.

*Killefit.* Großartiges Wort. Bedrohte, schützenswerte Sprache.

Und dann saß er auf dem Boden, räumte längst vergessene Gegenstände in eine große Kiste und meinte, sich von keinem einzigen Teil trennen zu können, nicht von diesen Gläsern mit den Wappen der drei alten Bochumer Brauereien drauf, von denen es zwei schon lange nicht mehr gab, nicht von diesem gepunkteten Trinkbecher, aus dessen Rand schon seit Anfang der Siebziger ein Stück fehlte, aus dem seine Mutter aber immer weiter Suppe getrunken hatte, und auch nicht von dem Flaschenöffner mit der Aufschrift »Drei Tage war der Vater krank, jetzt säuft er wieder, Gott sei Dank!«. Und als er den hässlichstmöglichen Korkenzieher der Welt in den Händen hielt, ein Teil, das aussah wie eine Baumwurzel, brach er endlich in Tränen aus, und als er so richtig *am Heulen dranne* war, wie er als Kind gesagt hätte, stand Charlie in der Tür, die ihre Eltern in deren Garten besucht hatte und jetzt mal sehen wollte, wie Stefan so klarkam. Gar nicht, das stand mal fest.

Sie setzte sich neben ihn und nahm ihm den Korkenzieher aus der Hand. Stefan hörte schlagartig auf zu heulen und wischte sich die Tränen ab. Nicht dass er in Charlies Gegenwart nicht weinen wollte, von wegen harter Junge und so. Es war auch nicht das erste Mal, dass sie ihn so sah. Sie hatte ihn schon in allen möglichen Zuständen gesehen, himmelhoch schwebend und zu Tode besoffen. Damals, als sie ihn vor der Geschichte mit der vier Jahre älteren Frau gewarnt hatte, hatte er sie angeschrien und ihr angedroht, kein Wort mehr mit ihr zu reden, hatte das aber nur zwei Wochen durchgehalten, nicht zuletzt weil dann klar gewesen war, dass sie völlig recht gehabt hatte. Wie er da geheult hatte, weil er sich so abgrundtief schämte und so verdammt wütend auf sich selbst war, das war auf keine Kuhhaut gegangen, das war mit Spucken und Rotzen und Schreien und Vor-die-Wand-hauen gewesen, dagegen war das heute ja nun gar nichts.

Auch Charlie machte gerade eine schwere Zeit durch, wegen des Typen, mit dem sie zusammen war und von dem sie gedacht hatte, das könnte es jetzt sein, aber dann stellte sie fest, dass er den Hang hatte, in der Gegend herumzuvögeln, noch dazu ohne Anflug eines schlechten Gewissens, weil man das ja unter Erwachsenen wohl etwas lockerer sehen könne, aber Charlie fand das im Gegenteil sehr kindisch, hatte es aber noch nicht über sich gebracht, ihm den finalen Arschtritt zu verpassen. In dieser Angelegenheit war es mal Stefan gewesen, der dem Blender von Anfang an misstraut hatte. Du kannst keinem Maler vertrauen, hatte er gesagt, der seine Bilder mit dem Mädchennamen seiner Mutter signiert. Mal abgesehen davon, dass er nicht malen kann.

»Wie läuft es mit Markus?«

»Er heißt Martin«, sagte Charlie.

»Ich weiß.«

»Er ist ein Arschloch.«

»Was willst du machen?«

»Ich hätte da eine Idee, die mit seinem Schwanz und diesem Korkenzieher zu tun hat.«

»Dafür stelle ich das Ding gerne zur Verfügung.«

Sie musste lachen. Dann nahm sie seine Hand und sagte: »Scheiße, das alles hier, was?«

»Ich dachte, hier in der Laube wird es nicht so schlimm.«

Sie fuhr mit ihrem Daumen über seinen Handrücken. »Wir sind beide ganz schön am Ende. Du natürlich ein bisschen mehr.«

»Gewonnen!«, sagte Stefan und legte seinen Kopf auf ihre Schulter. Er spürte das kühle Leder ihrer Jacke. Ihr Haar roch ein wenig nach dem Nikotin, das es wohl in der Laube ihrer Eltern aufgenommen hatte. Sie hatte die gleiche Frisur, seitdem sie vierzehn war. Wenn etwas perfekt war, sollte man es nicht ändern.

Und weil es ihm ganz objektiv noch etwas schlechter ging als ihr, hatte er auch das Recht, sie auf den Hals zu küssen, also tat er das auch, und plötzlich ging alles sehr schnell. Er schälte sie aus der Jacke, sie fummelte an seiner Hose herum, dann war da die alte Matratze, und bald trug Charlie nur noch das Lederarmband, das er ihr in grauer Vorzeit geschenkt hatte, und das lederne Kehlbändchen, das sie mindestens genauso lange nicht abgelegt hatte.

Sie waren nicht betrunken, sie sahen sich in die Augen, sie hatten keine Ausreden, keiner von beiden konnte hinterher behaupten, sich nicht daran zu erinnern, mal abgesehen davon, dass es jeder Laubenpieper in fünfhundert Metern Umkreis hören musste. Was sie da taten, war besser als erlaubt, und hinterher fingen sie nicht an zu heulen, keiner von beiden lief weg, sie lagen einfach da, und Stefan dachte an seine Eltern und an sein Leben und was jetzt werden sollte, und zum ersten Mal seit Langem wusste er ganz genau, was jetzt zu tun war: Er musste hier weg, da gab es kein Vertun.

Endlich hat Stefan Charlie und Jessika eingeholt und kann hören, worüber sie reden, nämlich über die Schwierigkeiten, ein Kind großzuziehen, und genauso wie Stefan sich darüber wundert, dass ein junges Mädchen wie Jessika nicht nur verheiratet, sondern auch noch Mutter ist, findet er es bemerkenswert, wie Charlie auf sie eingehen kann, obwohl sie bei dem Thema völlig ohne Erfahrung ist. Jessika wirkt jetzt gar nicht mehr so angeschlagen und betrunken, ja nicht mal mehr so dumm wie noch vor ein paar Minuten, und als sie vor einem Haus stehen, an dem an fast allen Fenstern Satellitenschüsseln montiert sind, reicht Jessika Charlie die Hand und bedankt sich, aber Charlie sagt, nein, nein, sie komme jetzt noch mit nach oben, um sicher zu sein, dass wirklich alles in Ordnung ist. Jessika meint, das sei nicht nötig, das mit dem Auge, das sei ihr Bruder gewesen, Marcel würde ihr so etwas nie antun.

»Marcel, weißt du«, sagt Jessika, »der ist immerhin Platz sechs. Aber was so Liebe und so was angeht, also die Frau behandeln und so, da ist er eindeutig Platz eins, kein Thema.«

»Das freut mich zu hören«, sagt Charlie.

Stefan freut sich auch, denn das heißt, dass sie hier hoffentlich schnell wieder wegkommen. Die Traurigkeit der Lebensverhältnisse anderer Menschen ist für ihn wie Treibsand.

»Der kümmert sich, der Marcel, ehrlich. Der sitzt da oben und hat den Fernseher ganz leise, damit das Kind nicht aufwacht.«

»Und wie heißt dein Kind?«, will Stefan jetzt dann doch wissen.

»Leon!«, sagt Jessika stolz. »Klare Nummer eins, drei Jahre hintereinander. Wenn du dir die Jahre seit 2000 anguckst, ist er nur die Nummer zwei, hinter Lukas, aber Lukas, das hört sich irgendwie krank an. Gab es nicht in der Bibel einen Lukas? Oder soll er mit dem Namen Lokomotivführer werden, oder was?«

»Und was wird er mit Leon? Profikiller?«

»Würd er auf jeden Fall mehr mit verdienen«, sagt Jessika.

»Okay«, meint Charlie, »dann geh mal hoch zu deinem Mann und mach einen Bogen um deinen Bruder.«

»Ach, dem hau ich nächstes Mal selber wieder eine rein. Voll in die Klöten, wenn er nicht damit rechnet.«

»Guter Plan.«

Und dann verschwindet Jessika im Hausflur. Stefan und Charlie stehen da und betrachten das Licht, das durch das Strukturglas der Haustür fällt, und als es wieder dunkel wird, stellt Stefan fest, dass sie immer noch dastehen und nichts sagen und lieber die Tür anstarren, als sich gegenseitig anzusehen, denn jetzt sind sie allein miteinander, und genau das wird beiden geradezu schockartig klar. Gut, heute Nachmittag, als sie dort gestanden haben, wo früher die Bude gewesen ist, in deren Toilette sie sich geküsst haben, da waren sie auch ein bisschen allein, aber nicht so lange, und die anderen sind nur fünfzig Meter entfernt gewesen. Außerdem ist es jetzt dunkel, da fühlt man sich ja öfter mal ein bisschen allein, die anderen sind nicht zu sehen, und es ist still, und kein Auto fährt vorbei, näher kommt man in dieser Gegend an Romantik nicht ran.

»Du willst also dein Elternhaus verkaufen?«, sagt Charlie.

»Äh, ja, genau.«

»Sackst die Kohle ein und fährst wieder in die Alpen und machst Bussi hier und Bussi da und wirst demnächst noch Bayern-Fan, oder was?«

»Was soll ich denn sonst mit dem Haus machen? Ich kann es ja schlecht leer stehen lassen. Und Vermieter will ich nicht werden, da hat man doch nur Ärger. Und dann gibt es noch tausend Gründe.«

»Bla, bla, bla.«

»Mal ehrlich: Was weißt du denn über mich? Du weißt doch gar nicht, was ich mache. Ich lebe nicht mehr hier, ich habe keine Verwandten mehr außer Omma Luise, und die wird ja wohl kaum da einziehen wollen, die sitzt in ihrer Residenz wie Graf Koks von der Gasanstalt!«

Ha! Graf Koks hat er erst gestern aus den Tiefen seines Gedächtnisses gehoben. Und jetzt ist er schon wieder zur Stelle!

»Und Geld! Wenn ich das schon höre! So viel Geld kriege ich doch gar nicht dafür! Damit kann ich in München keine großen Sprünge machen. Hast du eine Vorstellung davon, was diese Stadt kostet? Kaum sind wir länger als zwei Sekunden alleine, stänkerst du mich an, als wäre ich der letzte Harry!«

Charlie muss lachen. »Der letzte *was?«*

»Ja nun, sagt man doch so.«

»Der letzte Harry! Klasse, ehrlich! Was ist das für einer, der letzte Harry? Noch besser: Was ist der vorletzte Harry für einer? Und erst recht der erste! Der erste Harry muss ein richtiger Knaller sein! Steckt wahrscheinlich ständig zusammen mit Graf Koks von der Gasanstalt.«

»Au Mann, gehst du mir auf den Sack!«, sagt Stefan und geht los, damit sie nicht sieht, dass er auch lachen muss. Der erste Harry und Graf Koks von der Gasanstalt. Die machen wahrscheinlich den Larry beim billigen Jakob, und der schräge Otto macht die Musik dazu. Herrgott, jetzt hat sie ihn zum Lachen gebracht, und gleichzeitig wird ihm ganz anders, wenn er ihre nackten Oberarme sieht, das Lederarmband an ihrem Handgelenk, das lederne Bändchen um ihren Hals, das Blitzen in ihren Augen und die ganze Frechheit, mit der sie so um sich wirft, das hält doch keiner aus, das ist ja wie im Planschbecken hier oder wie bei Rabes unterm Tisch, also ab vom Hof oder durch die Mitte vom Acker, aber da packt sie ihn von hinten am Arm und dreht ihn um wie einen rebellischen Sklaven, der sich unerlaubt vom Haus seines römischen Besitzers entfernen wollte. Den Bruchteil einer Sekunde denkt er, dass sie ihn jetzt herumdreht und einfach küsst, aber das tut sie natürlich nicht, das wäre ihr zu billig, sondern sie sagt etwas.

Sie sagt: »Ich weiß tatsächlich so gut wie nichts von dir. Und du weißt nichts über mich. Ich sage dir, du würdest dich wundern!«

»Du machst Webdesign. Ich dachte immer, du machst mal eine Kneipe auf.«

»Dafür ist es ja noch nicht zu spät. Wie gesagt, du würdest dich wundern.«

Jetzt geht es darum, nicht einzuknicken, also macht er sich los und geht die Straße hinunter. Charlie folgt ihm und macht sich ein bisschen über ihn lustig, weil er jetzt einen auf hart mache, aber dass er das bei ihr doch nicht brauche, obwohl das natürlich schon auch reizvoll sei, wenn Männer ihren eigenen Kopf hätten, obwohl sie ihn ja nie so als Mann gesehen habe, sondern eher als kleinen Bruder, und da bleibt er dann doch stehen und sieht sie an. Er will etwas sagen, aber in ihrem Blick sieht er, dass ihr klar ist, sie ist zu weit gegangen, und deshalb sagt er gar nichts, sondern geht einfach mal davon aus, dass sie an das Gleiche denkt wie er, und dann sind sie wieder bei den anderen, und Frank Tenholt sagt, er habe da einen Plan.

# 13

Frank Tenholt flucht und sagt was von einem Schlüssel, den er vergessen hat, aber das ist jetzt irgendwie auch egal, denn Stefan wird langsam müde. Er hat letzte Nacht nicht genug geschlafen und war jetzt den ganzen Tag unterwegs. Er ist auf einen Turm gestiegen, hat einen Schrank transportiert, Junkfood in sich hineingestopft, einem Fußballspiel mit tragischem Ausgang beigewohnt, Odysseus als faschistoiden Raumfahrer kennengelernt, eine junge Frau gerettet, viel geredet und viel getrunken. Jetzt sitzt er auf dem kalten Boden der Maschinenhalle einer stillgelegten Zeche, die heute natürlich ein Museum ist, Frank Tenholts Museum. Es ist Nacht, und es ist irgendwie Schluss mit lustig.

Früher hörte der Spaß nie auf, heute denkt man schon

im Moment des Trinkens an morgen und an den Kopf, den man dann haben wird, und die Kalorien und wie ungesund das alles ist. Nicht dass man es dann sein lässt, das Saufen und das Junkfoodfressen, denkt Stefan, im Gegenteil, man frisst auch noch das schlechte Gewissen mit, also praktisch in sich hinein, und fragt sich, was denn überhaupt noch Spaß machen soll.

Kinder zum Beispiel. Meint jedenfalls Karin Tenholt, die gerade auf ihn einredet, während ihr Mann am anderen Ende der Halle fast anfängt zu flennen, weil er diese gigantische Dampfmaschine nicht in Gang bringt. Karin kommt ihm sehr nahe, doch die anderen bekommen das nicht mit. Charlie versucht Frank zu beruhigen, und Thomas und Mandy sind irgendwo anders und knutschen herum, das ist ja hier auch der reinste Teenie-Ausflug, ausgebüxt bei der Klassenfahrt oder so was, Ringelpiez mit Zunge, Flaschendrehen mit Nackigmachen, und Stefan ist so unglaublich müde. Karins Kopf liegt jetzt endlich auf seiner Schulter. Minutenlang hat er sich angenähert, der Kopf mit den Haaren und dem Gesicht mit den Lippen und den Augen, und jetzt liegt er da und ist erstaunlich schwer. Stefan würde lieber Charlies Kopf da sehen, weil er sie kaum mehr aus den Gedanken kriegt, aber vor allem ist er müde, so müde wie Majestix in *Asterix und der Avernerschild,* bevor er in Kur fährt und dünn und spillerig wird und gar nicht mehr aussieht wie ein Gallierhäuptling. Aber war das überhaupt im *Avernerschild?*

In München hat er eine Kiste mit seinen alten Asterix-Heften. Das älteste ist vom Ende der Sechziger, *Asterix als Gladiator,* das hat er vom erwachsenen Sohn einer Nachbarin bekommen, kostete mal zwei Mark fünfzig. Früher hat er die rauf und runter und wieder zurück gelesen, jedenfalls die Klassiker, die entstanden sind, bevor der Texter starb, und noch heute blättert er manchmal darin und ist immer wieder baff, wie intelligent die sind. Legendäre Formulierungen hat er in seinen Sprachgebrauch übernommen, wie etwa »Reseda, bring Wein und Wurst, aber nicht von dem Zeug für die Gäste!«, aus *Asterix auf Korsika,* eine Formulierung, die er benutzt, wenn er gut gelaunt ist und die Bedienung gut kennt. Schön ist auch »Kein Mensch hat uns je gelesen, und uns wird auch keiner lesen!!!«, aus *Der Seher,* aber da kann er sich jetzt nicht erinnern, bei welcher Gelegenheit er das bringt, genauso wie »Ich werde Falbala wiedersehen, ich werde Falbala wiedersehen« und Obelix so: »Gnagnagnagna!«

Karin murmelt, wie toll es sei, Kinder zu haben, das könne man sich gar nicht vorstellen, wenn man selber keine habe, dieses Übermaß an Liebe, das man empfinde, ab der Sekunde, in der sie auf der Welt seien.

Plötzlich hebt sie den Kopf. »Obwohl, das stimmt nicht so ganz«, sagt sie. »In den ersten Tagen, also noch im Krankenhaus, habe ich gedacht: Wer ist das? Was will dieses Kind von mir? Es fühlte sich nicht an wie meins. Dabei wusste ich beim ersten ja gar nicht, wie sich das anfühlen sollte, ich hatte ja keinen Vergleich. Es war mir nur so fremd. Das ging dann bald weg, dieses Gefühl. Aber manchmal bekomme ich deswegen ein schlechtes Gewissen und denke, ich habe sie nicht genug geliebt in den ersten Tagen ihres Lebens. Das ist doch schrecklich, oder?«

»Du hast es danach bestimmt doppelt und dreifach wieder wettgemacht«, sagt Stefan.

»Aber die ersten Tage, die sind doch ein Schock für so ein Kind, raus aus dem Bauch, ab in die Welt. Ich hasse die Frau, die ich in diesen Tagen war. Ich weiß, man darf nicht so viel über so etwas nachdenken, aber manchmal kommt das hoch, vor allem natürlich, wenn ich was getrunken habe. Zum Glück mache ich das nicht so oft. Zum Beispiel, weil dann solche Sachen hochkommen. Kannst du dich eigentlich an unseren Kuss erinnern?«

Wie kommt sie jetzt plötzlich darauf? »Äh, ja, durchaus«, antwortet Stefan und ärgert sich, dass er ein bisschen stammelt. Er will mit Karin nicht über so etwas sprechen. Viel lieber mit Charlie.

»Hättest du es drauf angelegt, wäre ich damals noch viel weiter gegangen.«

»Ach ja?« Das wird jetzt richtig unangenehm, denkt Stefan.

Karin legt ihren Kopf wieder an seine Schulter. »Ich weiß eigentlich gar nicht, wieso. So gut siehst du nun auch nicht aus, wenn ich das mal so sagen darf.«

»Klar, kein Problem.«

»Frank auch nicht. Ich meine, wenn man sich dann mal für einen anderen interessiert, dann doch wohl für einen, der das Gegenteil von dem ist, den man zu Hause hat, oder nicht?«

»Ich bin da kein Experte.«

»Ach komm, du warst doch auch schon auf andere Frauen scharf als auf Charlie, oder?«

Die Wortwahl passt jetzt nicht ganz zu Karin, aber sie hat ja auch ganz schön geladen. Stefan will das Thema, für wen er sich interessiert und wen nicht, eigentlich nicht vertiefen, sagt aber trotzdem: »Ich bin ja auch nicht mit Charlie zusammen.«

»Stimmt, das vergesse ich immer. Du hast eine Freundin, da in München, oder?«

»Ja, ja, schon irgendwie.«

»Irgendwie? Bist du für irgendwie nicht langsam zu alt?«

»Irgendwie schon.«

»Was macht eigentlich deine Freundin? Wie hieß sie noch?«

»Anka.«

»Wie geht es ihr?«

»Gut. Wir haben vorhin noch telefoniert.«

»Lebst du eigentlich gern dort?«

»Irgendwie schon.«

»Ich wollte auch immer weg hier.«

»Wieso?«

»Einfach so. Es war nicht mein Traum, mein ganzes Leben am selben Ort zu verbringen. Schon gar nicht hier. Ich meine, das ist doch eine Stadt, aus der man wegzieht, solange man es kann. Hast du doch auch gemacht.«

»Und wieso bist du dann noch hier?«

»Na, wegen meinem Liebsten natürlich.« Karin lallt schon ein bisschen, reißt sich dann aber zusammen. »Wir haben beide immer gedacht, wenn wir mit dem Studium fertig sind, muss ich ihn durchschleppen, weil er keinen Job findet, als Geisteswissenschaftler. Taxifahren kann er überall. Oder sich um die Kinder kümmern oder so. Aber er war früher fertig, ich hatte noch die Doktorarbeit, und dann hat man ihm diesen Job hier angeboten, das Museum auf Vordermann zu bringen. Er hat es selbst nicht geglaubt, und so sind wir hier hängen geblieben, und ich denke immer, München, das wär schon interessant gewesen, wegen der Berge, oder Hamburg wegen der See oder Berlin … na ja, wegen Berlin eben. Der Therapeut hat gesagt, es wäre Gift für eine Ehe, wenn einer von beiden glaubt, er hätte dem anderen zu viel opfern müssen, was aufgegeben oder gar nicht erst angefangen. Wir haben da nicht weiter drüber geredet, aber ich habe oft daran denken müssen.«

»Ich denke, man geht in so eine Therapie, gerade weil man über solche Sachen reden will.«

»Man geht in so eine Therapie, weil man hofft, dass der andere in den Gesprächen erkennt, dass er im Unrecht ist, und der Therapeut dem auch noch zustimmt. Aber du kriegst nicht Recht, niemals. Was richtig ist, fällt immer in eine Ritze zwischen dir und dem anderen, und dann ist es weg. Es gibt vieles, worüber wir gar nicht geredet haben, in dieser Therapie.«

»Zum Beispiel?«

Karin zögert, denkt nach, dann hebt sie den Kopf und kommt ganz nah an Stefans Ohr heran. »Ich habe Frank betrogen«, flüstert sie, und ihr Atem verursacht bei ihm eine Gänsehaut, und ihre Lippen streifen sein Ohrläppchen, was die Sache nicht besser macht. Stefan ist plötzlich nicht mehr ganz so müde.

»Klingt das nicht grauenhaft? Betrogen? Dabei fühlt es sich gar nicht so an. Also nicht falsch, weißt du? Ich kann das nicht erklären. In Filmen sagen die Leute manchmal, dass es nichts bedeutet hat, und genauso ist es. Deshalb habe ich es ihm nicht erzählt und werde es auch nicht tun, sonst schleppt er mich wieder zur Eheberatung. Dieses ewige Gerede und entweder hat keiner recht oder alle beide, da wird sich nie für eine Seite entschieden, also ist deine ganze Ehe nur eine Kette von Kompromissen, das ist doch Irrsinn! Hast du deine Freundin schon mal … Also warst du mit einer anderen im Bett, obwohl du eine Freundin hattest?«

Betrogen ist irgendwie schon das richtige Wort, denkt Stefan, auch wenn er keinen auf Moralapostel machen will, aber wenn er ehrlich ist, dann hat er jedes Mal, wenn er mit einer Frau schläft, den Eindruck, er betrügt, und zwar Charlie. Womit wir wieder beim Thema wären, denkt er.

»Da ist mal was gewesen«, sagt er.

»Erzähl mir mehr!«

Was soll ich mit dir darüber reden, denkt er. Er weiß jetzt gar nicht, was er Karin erzählen soll, das geht sie doch alles gar nichts an, also schweigt er, und Karin hakt nicht nach. Dann stellt er fest, dass sie eingeschlafen ist. Auch gut, denkt er.

Frank und Charlie kommen jetzt herüber, und Frank grinst, als er seine schlafende Frau mit ihrem Kopf auf Stefans Schulter sieht. Dieses Grinsen lässt Frank Tenholt ungemein locker und souverän erscheinen, und darum beneidet Stefan ihn. Frank Tenholt ist ein Mann, der zu cool ist für Eifersucht, obwohl er auf den ersten Blick alles andere als cool wirkt. Viel mehr als der Zustand seiner Frau beschäftigt ihn die Tatsache, dass er die Dampffördermaschine nicht vorführen kann, weil er einen bestimmten Schlüssel nicht dabeihat.

»Dafür gehen wir jetzt auf den Turm und genießen die Aussicht«, verkündet er.

Frank Tenholt weckt ganz behutsam seine Frau, die sich von ihm beim Aufstehen helfen lässt, um dann Arm in Arm mit ihm vorauszugehen, quer durch die große Halle, wo er am anderen Ende eine große Tür öffnet, und zwar genau die, durch welche Thomas und Mandy vorhin verschwunden sind. Hinter der Tür ist ein Raum und dann noch einer, und da sitzen Thomas und Mandy auf dem Boden, aber sie knutschen gar nicht rum und sehen auch nicht aus, als hätten sie sonst irgendwas Schlimmes gemacht, von wegen hemmungslos und experimentierfreudig, das ist das neue Bedürfnis nach Geborgenheit und Romantik bei den jungen Leuten, egal, wie viel Metall sie im Gesicht haben. Damit hätten wir, denkt Stefan, in den Achtzigern mal kommen sollen, da hätte es aber saftig was hinter die Löffel gegeben!

»Das ist übrigens die Hängebank«, sagt Frank Tenholt, und dann erklärt er auch noch, was das ist und was die macht, aber da hört Stefan nicht mehr zu. Das geht ihm jetzt alles ein bisschen auf die Nerven, der ganze Bergbauscheiß und überhaupt die Vergangenheit und die Klugscheißerei von Frank Tenholt, der nicht weiß, dass seine Frau ihn betrogen hat – was er andererseits aber auch nicht verdient hat, schließlich ist er kein Arschloch, der Frank, nie gewesen, nur ein bisschen eingeschränkt in seiner Wahrnehmungsfähigkeit.

»Alles in Ordnung?«, fragt Charlie und fasst Stefan dabei am Arm, der an genau der Stelle natürlich auch gleich ganz warm wird. Das sind ja körperliche Reaktionen, die er etwa seit neunzehnhundertfünfundachtzig nicht mehr an sich beobachtet hat.

»Alles okay, wieso?«

»Du siehst blass aus.«

»Das kann man doch gar nicht erkennen, ist viel zu dunkel!«

Charlie grinst. »Irgendwas muss ich doch sagen.«

»Soll das eine Anmache sein?«

»Habe ich das bei dir noch nötig?«

Holla, denkt Stefan, beziehungsweise Holla die Waldfee, wie es ja korrekt heißt, was passiert denn hier? Aber da ist Charlie schon wieder zwei Schritte voraus und redet mit Karin. Sie steigen alle gemeinsam die Treppe im Malakowturm nach oben, vermeiden es, nach unten zu schauen, und lesen die Namen der Bergleute, die da auf Schildern angebracht sind. Wahrscheinlich welche, die hier ihr Leben gelassen haben, weil, im Bergbau, da sind sie früher gerne mal gestorben, also natürlich nicht gerne, aber schon oft, weil das ja so verdammt gefährlich war und die Arbeit so hart, man kann es ja schon gar nicht mehr hören.

Dann stehen sie oben auf dem Dach, und Stefan muss zugeben, dass der Ausblick nicht schlecht ist, aber das ist er ja irgendwie überall, denn komischerweise sieht jeder Ort der Welt von oben besser aus. Hier sieht man jetzt die ganzen Bäume und die Lichter dazwischen, und dann lässt man sich von Frank Tenholt erklären, dass da hinten der Förderturm der alten Zeche Carolinenglück ist, die auch noch arbeitet, aber keine Kohle mehr fördert, sondern Wasser, denn wenn das ganze Wasser nicht aus den Schächten gepumpt würde, wäre das hier eine Eins-a-Seenlandschaft, also praktisch Bodensee, nur ohne den bescheuerten Dialekt, und über diesen Witz lacht sich Frank Tenholt einigermaßen kaputt, und zwar als Einziger. Eigentlich sollte man das ja alles wissen, denkt Stefan, aber tatsächlich hat man sich da lange gar nicht für interessiert. Sein Vater war nicht auf Zeche, Oppa Fritz hat bei der Stadt gearbeitet, die hatten doch mit Bergbau alle nix am Hut, und Stefan denkt nur, dass die Sache mit dem Wasser einen schönen Katastrophenfilm fürs Privatfernsehen abgeben würde. Eine Frau zwischen zwei Männern, und dann kommt die Flut. Gab es das nicht schon? Wahrscheinlich mehr als einmal. Die schlimmsten Sachen passieren in Deutschland immer dann, wenn eine Frau sich gerade zwischen zwei Männern entscheiden soll.

Thomas Jacobi gibt jedem noch ein Bier und fragt, ob das nicht eine tolle Aussicht sei.

Alle nicken und verteilen sich in der folgenden Stille

über das Dach, um ihren Gedanken nachzuhängen. Stefan sieht Charlie an, die Richtung Dahlhausen blickt, bis er merkt, wie Frank Tenholt ihn mit einem leicht mitleidigen Blick fixiert.

»Ist nicht einfach, was?«, sagt Frank und trinkt.

»Einfach ist langweilig«, antwortet Stefan und trinkt auch.

»Ach, was erzähle ich«, seufzt Frank Tenholt. »Eigentlich ist es einfacher als einfach.«

»Ach ja?«

»Ihr seid beide nicht ganz richtig im Oberstübchen!«

»Bitte sag bekloppt oder so, aber nicht Oberstübchen, das ist Tenholt-Sprech. Da komme ich mir immer so vor, als müsste ich mir bald Kukident kaufen. Und überhaupt: Wenn es ein Oberstübchen gibt, was ist dann das Unterstübchen? Oberstübchen, der Verstand, Unterstübchen, das Verlangen oder was?«

»Interessant, wie du vom Thema ablenkst.«

»Man kann nicht von etwas ablenken, das es nicht gibt. Da ist kein Thema.«

»Ja, nee, ist klar.«

»Ernsthaft!«

»Ich glaube, du wirst eine interessante Nacht haben und Dinge erfahren, die du nicht wusstest, und dann reden wir noch mal.«

»Was soll das jetzt heißen?«

»Ich habe schon zu viel erzählt.«

»Mach mal hier nicht einen auf geheimnisvoll. Immer wieder kriege ich hier so merkwürdige Andeutungen reingedrückt. Rede doch mal Klartext!«

»Das ist nicht meine Aufgabe. Aber geh mal davon aus, dass in den letzten Jahren eine ganze Menge passiert ist.«

Stefan überlegt, ob er da weiter nachhaken soll, lässt es dann aber, weil er Frank nicht weiter bedrängen und es vielleicht auch gar nicht so genau wissen will.

»Und was ist mit dir und deiner Frau?«, fragt er.

»Hat sie dir doch bestimmt schon erzählt.« Oha, denkt Stefan. Weiß er etwa Bescheid? »Und du lenkst schon wieder ab.«

»Meinetwegen.«

»Du denkst vielleicht, es ist nicht leicht mit so einer Frau.«

»Was für einer Frau?«

»Du weißt schon, was ich meine. Aber ich sage dir jetzt mal was!«

»Oh ja, bitte!«

»Auch schöne Frauen haben Stuhlgang!«

»Echt jetzt?«

»Aber hallo!«

»Kein Scherz?«

»Ja, ja, mach dich nur lustig über mich. Aber die meisten können sich gar nicht vorstellen, dass eine Frau wie Karin auch Seiten hat, die ihr alle gar nicht kennen wollt. Ich meine, miese Seiten, richtig miese Seiten. Klar, sie ist charmant und offen und schön und intelligent und verdient Geld, und wenn es dann Probleme gibt, ist allen klar, das kann nur ihr dummer, dummer Mann verbockt haben, denn solche Frauen haben immer recht.«

»Du hast es nicht leicht, was?«

Frank Tenholt sieht Stefan für einen Moment so an, als wolle er sich mit ihm streiten, aber dann zuckt er nur mit den Schultern und sagt: »Ach, ich habe nur zu viel getrunken.«

»Kann vorkommen.«

»Ich weiß nicht, was Karin dir erzählt hat, aber, nun ja, wir haben da mal so eine Therapie gemacht. Weil ich es wichtig fand, dass wir ein paar Sachen unter professioneller Anleitung besprechen, bevor sie zu echten Problemen werden. Aber, was soll ich sagen, das war so eine Wischiwaschi-Sache. Nicht Fisch, nicht Fleisch, immer irgendwie was dazwischen. Entweder haben beide recht oder keiner von beiden. Das mag ja in der Theorie hinhauen, aber das hat doch mit Ehealltag nichts zu tun. Ich meine, ich bin nicht blöd. Ich weiß schon, dass Karin sich unser Leben vielleicht etwas anders vorgestellt hat, aber ich sage immer, es ist nie zu spät.«

»Wie meinst du das?«

»Auch ich muss nicht für immer hierbleiben.«

»Ach komm, du warst doch schon hier, bevor die ersten Einzeller aus der Ursuppe krochen.«

»Mein lieber Stefan, ich leite ein Museum auf der Zeche, auf der mein Vater noch eingefahren ist. Am Anfang fand ich das spannend, der gelebte scheiß Strukturwandel. Aber es ist auch unheimlich. Als würde ich in seinen Sachen rumkramen. Mal abgesehen davon, dass er mir ständig erklären will, wie das früher hier war und dass ich keine Ahnung habe, weil ich nie richtig gearbeitet hätte, und dann rückt er hier mit drei ehemaligen Arbeitskollegen an, und die norden mich ein, und wenn man die was Konkretes fragt, dann haben vier Leute fünf Lösungen für ein Problem, aber ich bin der Blödmann! Dieses Jahr, mit der Kulturhauptstadt, das ist schon so was wie ein Höhepunkt, aber danach? Vielleicht haue ich hier in den Sack, und wir gehen nach, keine Ahnung, wie wär's mit München?«

»Ja, klar, tolle Sache.«

»Oder wieso nicht ins Ausland? Karin wollte immer in die USA. Ich weiß nicht, ob das noch geht. Oder England. Ich meine, die suchen Ärzte. Manche deutsche Ärzte arbeiten da drei Tage die Woche, aber die Familie wohnt, keine Ahnung, in Mettmann oder so. Als Landarzt in England, der Doktor und das liebe Vieh, mit Tweedjackett zu Gummistiefeln, warum nicht!«

Das hört sich nicht wie ein Plan an, den er schon mit seiner Frau abgestimmt hat, denkt Stefan. Frank Tenholt wirkt wie ein Mann, der das Ausmaß der Probleme, die er hat oder noch bekommen wird, nicht einschätzen kann.

»Warst du schon am Grab?«, will dieser Mann jetzt wissen.

»Wieso fragst du mich das?«

»Nur so. Wir plaudern einfach.«

»Nein, war ich nicht.«

»Ich fahr dich morgen hin, wenn du willst.«

»Danke für das Angebot. Aber ich weiß nicht, ob ich es schaffe.«

»Was hast du denn morgen für Termine?«

»Ich weiß einfach nicht, ob ich es schaffe, okay?«

»Beruhige dich. Geht mich ja auch nichts an.«

Stefan nickt, und Frank nimmt einen tiefen Schluck von seinem Bier.

»Aber ich gebe meinen Senf trotzdem dazu. Wenn du wieder nach München fährst, ohne das Grab deiner Eltern besucht zu haben, wirst du dich schlecht fühlen.«

Natürlich hat Frank recht, aber Stefan will das nicht zugeben. Er ist auch nicht zu faul, zum Grab seiner Eltern zu gehen, nur zu feige.

Stefan gehört nicht zu den Schauspielern, die ein mieses Verhältnis zu ihrem Vater hatten. Sein Vater war Jahrgang fünfundvierzig, also musste Stefan ihn nicht fragen, ob er als Wachposten in Majdanek oder bei Massenerschießungen in der Ukraine dabei gewesen war. Herrje, nicht mal Oppa Borchardt hatte in der Hinsicht Dreck am Stecken, der ist nur ein bisschen U-Boot gefahren und kam dann in Italien in amerikanische Gefangenschaft, was, wenn man ihn so erzählen hörte, offenbar die beste Zeit seines Lebens gewesen ist, weil das Wetter prima war, er im offenen Jeep rumfahren konnte und es immer Kaugummi, Schokolade und Zigaretten satt gab, und Frauen wahrscheinlich auch. Jetzt liegt er neben seiner Tochter in der Gruft, die Omma Luise schon früh angemietet hat, und zwischen den beiden ist die Urne mit der Asche von Stefans Vater begraben. Da ist noch Platz für eine weitere Urne, also für die von Omma Luise, die immer einen auf robust macht und die nichts umhauen kann und zur Not über alles hinwegmosert, aber wenn sie am Grab ihrer Tochter steht, dann ist alles anders, und so geht es Stefan auch. Es ist ein Scheißdreck, der Tod, die blöde Sau, aber er muss dahin und sich wieder fragen, was denn schlimmer ist, die Trauer oder die Wut, und wann das mal komplett vorbei ist. Natürlich trauert er nicht ständig, und er ist auch nicht jede Sekunde des Tages wütend über den Tod seiner Eltern, aber andererseits vergeht auch kaum ein Tag, an dem er nicht an sie denkt.

Danke, Frank Tenholt, für diese Gedanken.

Stefan blickt hinüber zu Charlie. Er sieht sie nur im Halbprofil, aber es ist deutlich zu erkennen, dass sie ihre Unterlippe mit den Zähnen knetet. Sieht aus, als denke sie angestrengt nach. Er fragt sich, worüber. Und ob sie zu einem Ergebnis kommt. Und wie das aussieht. Und ob es mit ihm zu tun hat.

Stefan leert die noch zur Hälfte gefüllte Bierflasche in einem Zug.

»Hattest du nicht einen Termin mit einem Makler?«

Klugscheißer Tenholt hat wirklich ein bemerkenswertes Talent, einem die richtigen Fragen zum falschen Zeitpunkt zu stellen, denkt Stefan, auch wenn das jetzt unfair ist, denn für die richtig richtigen Fragen, also die, die immer so ein bisschen wehtun, gibt es keinen richtigen Zeitpunkt, besser gesagt keinen falschen, denn das Schlimmste ist, wenn einem diese Fragen gar nicht gestellt werden und man der ganzen Sache aus dem Weg geht, bis sie einen hinterrücks überfällt und einem mit einem dünnen Draht die Luft wegdrückt.

»Ich muss mich bei dem morgen noch mal melden«, sagt Stefan.

»Klar«, sagt Frank Tenholt. »Mach das.«

Und dann kommt Charlie herüber, fasst Stefan an der Hand und sagt: »Pass mal auf, Kollege, ich weiß nicht, wie du das siehst, aber ich finde, wir müssen reden.«

# 14

Wir hätten überall hingehen können, denkt Stefan, aber wir sind natürlich hier gelandet. Weil es auf dem Weg lag und Frank Tenholt mittlerweile so hinüber war, dass es nicht ratsam gewesen wäre, länger bei ihm mitzufahren als unbedingt nötig.

Zuerst kommen sie an Diggos kleinem Reich vorbei, in dessen Laube diese echt antike Schrankwand ein neues Zuhause gefunden hat. Die Hecke blockt nach wie vor jeden Blick ab, aber dahinter ist es still, Diggo und sein Gefolge sind in der Stadt unterwegs.

Es folgen ein paar Grundstücke, mit denen Stefan nichts verbindet, aber dann natürlich der alte Garten seiner Eltern. Stefan versucht, einfach nur geradeaus zu gucken, doch er spürt, dass Charlie ihn ansieht, also sieht er sie auch an, und da müssen sie beide lachen. Ganz am Ende des Weges liegt die Parzelle ihrer Eltern. Charlie schiebt das auch hier schmiedeeiserne Tor auf, und sie gehen den Weg hinauf, der durch gepflegte Rabatten führt. Vor der Laube steht eine Gartenbank, und Charlie sagt, Stefan soll einen Moment warten, also setzt er sich, weil er sich wieder sehr müde fühlt. Charlie geht um die Laube herum, man hört sie dahinter oder daneben mit irgendwas hantieren, und Stefan sieht plötzlich ihre Eltern vor sich, ihren großen, etwas bulligen Vater, der seine Statur vom *Masurischen Hammer* geerbt hat, und ihre Mutter, die im Abromeit'schen Genpool für die blonden Locken zuständig ist. Die Zöllners und die Abromeits konnten gut miteinander, man besuchte sich gegenseitig auf den Parzellen, und in den Schränken der jeweiligen Familien vergilben Fotos, die sie alle auf Partys in den Siebzigern zeigen, die Männer mit Kapitänsmützen auf dem Kopf, die Frauen mit Federboas und Stefans Mutter sogar mal in einem hautengen Lurex-Anzug, was ihm immer ein bisschen peinlich war, aber seine Mutter war nun mal jung und hatte eine gute Figur und, verdorrich noch mal, es waren die Siebziger, da war das Wetter gut und das Leben leicht.

Lurex. Müsste man auch mal googeln, denkt Stefan.

Und die Fotos muss er sichern, bevor er das Haus verkauft. Das wird noch mal eine harte Nummer, sich durch das durchzuarbeiten, was von seinen Eltern übrig geblieben ist. Vieles hat er nach dem Tod seines Vaters abholen lassen, aber längst nicht alles, einige Sachen hat er in den Keller geschafft, weil er es nicht über sich brachte, sie wegzuwerfen, obwohl er sie seitdem nicht mehr angesehen hat. Irgendwo muss auch noch dieser hässlichstmögliche Korkenzieher sein.

Er hatte immer den Eindruck, dass die Feiern, die bei Abromeits stattfanden, nicht ganz so schlimm aus dem Ruder liefen wie jene, welche die Zöllners veranstalteten, aber vielleicht sind einem die eigenen Eltern im Zustand der Entfesselung immer unangenehmer als fremde, und überhaupt ist es ja ungerecht, Eltern für ihre Lebenslust zu verurteilen, weil man als Kind so spießig und engstirnig ist, dass man ihnen ihr Leben nicht zugesteht, sondern sie auf die dienende Funktion reduziert, weil man sich sonst von ihnen wohl weniger beschützt fühlt. Dienen und beschützen aber ist doch ihr Job, wie die New Yorker Polizei, *to protect and to serve.* Wenn alles nach Plan läuft, dann hat man später ja genug Gelegenheit, sich bei ihnen, nun ja, nicht gerade zu entschuldigen, aber sich doch irgendwie zu revanchieren, aber da hatte bei den Zöllners ja jemand was dagegen, der Krebs in der Speiseröhre seiner Mutter und die Ärzte, die die Herzoperationen seines Vaters verpfuscht haben, sodass Stefan jetzt nicht weiß, wohin mit diesem ganzen Zeug, was ihm da durch den Kopf und die Brust geht, aber bevor er darin versinken kann, kommt Charlie zurück, mit einem Schlüssel in der Hand.

»Manche Leute«, sagt sie, »legen den unter einen Stein neben der Tür oder oben auf die Zarge, aber das ist doch Quatsch!«

Drinnen sieht es noch genauso aus wie früher. Warum auch nicht, denkt Stefan, so Lauben müssen sich nicht verändern, da stellt man ein paar alte Möbel rein, und dann kümmert man sich nicht mehr darum, weil es hier nicht schick und schicker zugehen muss, denn es ist ein Provisorium, nicht das Zuhause, sondern nur eine Zuflucht, aber was heißt schon »nur«, selig sind die, die eine Zuflucht haben, am besten ohne Internet, Telefon oder Mobilfunknetz, denn ihnen wird die ewige Ruhe gehören. Auch wenn im Hintergrund die Autobahn brummt und der Nachbar Schlager in Hardrocklautstärke hört.

Charlie fragt, ob er einen Tee möchte, und Stefan nickt. Charlie schaltet den alten Herd ein und setzt Wasser auf, nimmt zwei Beutel aus einer Packung Tee, die auf dem Kühlschrank steht, und, herrje, sogar die beiden Tassen, die sie jetzt aus dem Hängeschrank darüber nimmt, kennt er von früher. Große, grob gemusterte Ungetüme, die eine Menge über das ästhetische Empfinden von Charlies Eltern verraten, Herrn und Frau Abromeit, wie Stefan sie immer noch nennen würde, wenn er ihnen über den Weg liefe, obwohl man sich ein ganzes Leben kennt, jedenfalls Stefans ganzes Leben, aber fremde Eltern duzt man nicht, da könnte man ja auch gleich die Errichtung einer Räterepublik fordern.

Stefan schläft fast im Stehen, deshalb merkt er nicht, wie die Zeit vergeht. Plötzlich steht Charlie neben ihm und reicht ihm eine Tasse Ostfriesentee, dabei hat er es gar nicht pfeifen gehört, und er hätte schwören können, dass sie einen alten Kessel mit Pfeife benutzt hat, aber das ist ja streng genommen auch egal.

Charlie setzt sich auf das Sofa, von dem Stefan weiß, dass man es ausklappen kann. Er erinnert sich an die Party zu Charlies zwanzigstem Geburtstag, als ihr damaliger Freund von einem seiner Kumpel nach Hause gebracht worden war, weil er draußen in den Salat gekotzt hatte, während Stefan ohnehin gerade solo war und niemand ihn davon abhalten konnte, Charlie in den frühen Morgenstunden beim Aufräumen zu helfen. Am Ende waren sie zu müde, noch nach Hause zu laufen, also klappte Charlie das Sofa aus und nahm Bettzeug aus dem Kasten unter der Sitz-/

Liegefläche. Sie zogen sich bis auf T-Shirt und Unterhose aus und lagen dann beieinander, Löffelchenstellung, Charlie hinter Stefan, was Letzterem ganz recht war, denn mit zwanzig ist man vielleicht zu müde, nach Hause zu laufen, aber nicht zu müde, eine Erektion zu kriegen. Eigentlich hätte es da schon passieren müssen, dann wäre auch die Erinnerung daran nicht mit einem scheußlichen Korkenzieher verbunden, aber sie rissen sich zusammen und schliefen ein. Mittags wachten sie auf und hatten einen Kater, nicht schlimm, aber schlimm genug, um nicht auf dumme Gedanken zu kommen.

Weil es jetzt blöd aussehen würde, sich in den alten Kunstledersessel, der zirka im Hundertzehn-Grad-Winkel dazu steht, zu hocken, setzt Stefan sich auch aufs Sofa und muss vor sich selbst zugeben, dass er natürlich gehofft hat, sie würden hier landen.

»Ich wette, du hast keine Ahnung, was ich von dir will«, sagt Charlie, und da könnte sie recht haben. Stefan geht mal davon aus, dass sie sich hier nicht herumwälzen und keuchen wird: »Make me feel good!«, wie Halle Berry in *Monster's Ball,* aber Stefan hat auch nicht bei der Exekution ihres Mannes geholfen, von daher hinkt der Vergleich sowieso. Jetzt hör aber mal auf, Scherze zu denken, ermahnt er sich, das hier fühlt sich an wie eine recht ernste Situation, verhalte dich mal deinem Alter entsprechend und konzentriere dich, selbst wenn es dir schwerfällt, so müde wie du bist.

»Ich finde, da hängt die ganze Zeit schon etwas Unausgesprochenes zwischen uns, und das kann ich nicht ertragen«, sagt Charlie. Klar, so was konnte sie nie ertragen. Mit aktiver Aggression konnte Charlie umgehen, aber Leute, die, anstatt mal zu sagen, was Sache ist, wochenlang ein langes Gesicht machen, treiben sie in die Verzweiflung, bis sie es nicht mehr aushält und den Dingen auf den Grund geht, auch wenn es wehtut und es am Ende bedeutet, dass sie als die Verantwortliche für Zerwürfnis und Zwietracht dasteht, aber das ist ihr immer noch lieber als unklare Verhältnisse. Charlotte Abromeit, die Frau, bei der man weiß, woran man ist. Es gibt nichts Besseres im Leben, nein, wirklich nicht.

»Ich sag dir jetzt mal, wie ich das sehe«, sagt sie. »Du hast dich damals aus dem Staub gemacht, als es gerade interessant wurde, und jetzt sitzt du hier mit einem schlechten Gewissen und weißt nicht, wie du mich ansehen sollst. Manchmal ziehst du mich mit den Augen aus, dann habe ich das Gefühl, du gehst mir aus dem Weg oder du willst dich an meiner Schulter ausweinen wegen irgendwas, was dich die ganze Zeit bedrückt, und damit komme ich nicht klar, weil es in mir ja nun mal auch ein bisschen unordentlich ist, wenn ich dich sehe, und ich dachte, da sollten wir mal drüber reden.«

»Äh«, macht Stefan, als müsse er nachdenken, »ich kann mich nur an die Blicke erinnern, mit denen ich dich ausziehen wollte.«

»Eins nach dem anderen, Junge!«

»Wollen Sie mich verführen, Mrs Robinson?«

»Bin ich doppelt so alt wie du?«

»Dann wäre das hier *Harold und Maude.«*

Charlie lehnt sich zurück und trinkt von ihrem Tee. Sie denkt nach, das kann man sehen, und Stefan wird mal wieder klar, dass nichts in seinem Leben sich richtiger anfühlt, als mit ihr in einem Raum zu sein. Meine Güte, wie kann er nur immer wieder so viel Energie darauf verwenden, das zu leugnen?

»Und du willst wirklich das Haus verkaufen?«, wechselt

Charlie jetzt das Thema. Aber eigentlich auch wieder nicht, denkt Stefan.

»Was soll ich sonst damit machen?«

»Drin wohnen zum Beispiel.«

»Was soll ich denn hier?«

»Was sollst du woanders?«

»Ich muss am Montagmorgen in München sein, da habe ich ein Casting für eine Fernsehserie.«

»Ich denke, du bist am Theater?«

»Die haben mir den Vertrag nicht verlängert.«

»Und was ist das für eine Fernsehserie?«

»Keine Ahnung.«

»Hört sich interessant an.«

»Mach dich nicht über mich lustig! Ich habe ein Leben da unten!«

»Was denn? Frau und Kind und Hund und Eigenheim, oder was?«

»Du hast doch keine Ahnung!«

»Aber ich habe einen Plan.«

»Schön für dich.«

»Willst du ihn hören?«

»Spielt das eine Rolle?«

»Nein. Haus Rabe steht leer. Oppa Willy lebt in Norddeutschland, an der See, wegen seiner Bronchien, das hast du ja noch mitgekriegt, und die Pächter, die nach ihm den Laden geführt haben, sind alle gescheitert. Zum Glück haben sie fast alles beim Alten gelassen. Es ist ein bisschen heruntergekommen, aber da kann man was draus machen. Und genau das habe ich vor. Ich bin schon in die Wohnung obendrüber eingezogen.«

Stefan nickt. Irgendwann musste Charlie in einer Kneipe enden.

»Ich habe ein bisschen was auf der hohen Kante, den Rest leihe ich mir, aber ich will das Ganze nicht alleine machen, zumal ich das ein bisschen anders aufziehen will. Also es soll schon so eine typische alte Eckkneipe bleiben, obwohl sie ja nicht an einer Ecke liegt, aber du weißt, was ich meine. Kannst du dich an das Hinterzimmer erinnern? Natürlich kannst du das, blöde Frage. Das ist ziemlich groß, und da will ich eine kleine Bühne reinbauen und dann Lesungen und Kabarett und so was veranstalten. Und genau da kommst du ins Spiel.«

»Ich? Was soll ich da machen, vorlesen, oder was?«

»Nee, aber du sollst das organisieren. Du rufst die Leute an, die da auftreten, beziehungsweise ihre Agenturen, und dann treten die bei uns auf. Wir machen auch Seniorentanz und Jazzabende. Volles Programm. Weißt du noch, dass wir mal gedacht haben, wir übernehmen irgendwann so ein soziokulturelles Zentrum oder so? Mit Rockmusik und Theater und Lesungen und Kabarett? Das könnten wir jetzt machen, nur eine Nummer kleiner. Was hältst du davon?«

»Äh, ich weiß nicht, also ...«

»Aber eigentlich willst du wissen, was mit UNS ist und ob du mich nicht nur mit Blicken ausziehen darfst. Du kannst darauf wetten, dass ich darüber mindestens so oft nachdenke wie du.«

»Wer sagt denn, dass ich oft darüber nachdenke?«

»Ich sage das. Und wenn du was anderes behauptest, lügst du, und du konntest nie gut lügen, jedenfalls nicht mir gegenüber. Es ist doch so: Wir finden sowieso niemanden, der besser zu uns passt als der jeweils andere. Deine Unentschlossenheit ist mir zwar früher schon öfter mal auf die Nerven gegangen, aber wer ist schon perfekt. Wir haben auch nur einmal richtig gevögelt, aber da war er nun mal gar nicht unentschlossen, der Zöllner, da wusste er genau, was er wollte, da saß jeder Handgriff, das muss man schon sagen, und da fragt man sich doch, warum man davor immer wieder wegläuft. Zum Haus Rabe gehört übrigens eine Wohnung, die wäre groß genug für uns beide.«

»Ich dachte, ich soll in mein altes Zuhause einziehen.«

»Das habe ich nur so gesagt.«

Stefan hebt die Augenbrauen.

»Beziehungsweise: Fürs Erste sollst du in das Haus einziehen, und dann sehen wir mal weiter.«

So, Stefan ist jetzt nicht mehr müde. In seiner Brust passiert was, das ihn an die Zeit erinnert, als er sechzehn war oder siebzehn oder achtzehn. Da hockt also Charlotte Abromeit auf diesem durchgesessenen Sofa, fährt sich mit der Hand, deren Gelenk von diesem Lederarmband umschlossen wird, durch das engelsgelockte Goldhaar, pustet in ihren Tee und bietet ihm ein Leben an, nach dem Motto: Nimm hin, Junge, aber teil es dir ein! Alles, was ich mir wünsche, denkt er, und das auf einem Tablett aus reinem Silber. Aber was weiß sie denn, was ich mir wünsche? Ich weiß es ja selber nicht.

»Manchmal«, sagt Charlie jetzt, und sie sagt es, ohne zu grinsen, »manchmal möchte ich dir links und rechts eine runterhauen. Nicht nur bildlich gesprochen. Man muss dir in den Hintern treten, bis einem der Fuß wehtut. Aber du warst für mich da, wenn ich dich brauchte. Immer. Du bist aus deinem Saufurlaub aus Dänemark zurückgekommen, als Martin mich sitzen gelassen hat. Du hast mich davon abgehalten, Georg bis nach Johannesburg hinterherzulaufen, was mich unweigerlich in den Ruin getrieben hätte, finanziell wie emotional. Und du warst bei mir, als ich die Fehlgeburt hatte. Du hast mich festgehalten, als ich vor Wut gezittert habe, und du hast die Sachen zusammengefegt, die ich an die Wand geworfen habe. Du hast immer den richtigen Ton getroffen. Na ja, fast immer. Aber wenn es mir schlecht geht, denke ich noch heute zuerst daran, dich anzurufen, und dann fällt mir ein, dass du ja nicht da bist. Also nicht nur ein paar Hundert Kilometer entfernt, sondern tatsächlich nicht da. Ich hätte nie gedacht, dass ich das mal sagen würde, aber wir sind nicht mehr die Jüngsten, falls dir das nicht aufgefallen ist, und deshalb finde ich, du solltest das mit der Fernsehserie vergessen, hierbleiben und mit mir diese Kneipe aufmachen. Du hast früher meistens auf mich gehört, und es hat dir nicht geschadet, eher umgekehrt, wenn du mal nicht auf mich gehört hast, bist du im Dreck gelandet, wie damals, als du dich mit dieser Schlampe verlobt hast und alle sich an den Kopf gefasst haben, deine Mutter, dein Vater, Omma Luise, sogar Oppa Fritz, der sich ja nun nie für andere interessiert hat. Da wäre dir einiges erspart geblieben, wenn du auf mich gehört hättest. Man hat diesem miesen Stück angesehen, dass sie nicht ehrlich ist, dass sie dir das Herz brechen wird, aber du musstest dich ja mit dem Gesicht voran in diesen Busch Brennnesseln stürzen. Na gut, jetzt kann man sagen, das war eine wertvolle Erfahrung, aber mal ehrlich, was hast du daraus gelernt? Hast du überhaupt aus irgendwas gelernt? Das mag jetzt ungerecht sein, aber irgendwann ist auch mal gut, irgendwann gehen auch mir die schlauen Antworten aus.«

»Wieso ausgerechnet jetzt? Ist irgendwas passiert?«

Charlie schüttelt den Kopf. »Es passiert doch ständig alles und nichts. Ich bin nicht aus einer schweren Ohnmacht aufgewacht und dachte: Ich muss die Sache mit dem Zöllner klären. Na ja, das mit der Kneipe hatte einen konkreten Auslöser, die sollte nämlich neu verpachtet werden. So etwas ganz Modernes sollte da rein, spanische Tapas und ein bisschen Lounge. Wäre natürlich gerade in der Gegend zum Scheitern verurteilt gewesen, aber das alte Flair wäre unwiederbringlich weg gewesen. Und bei mir lagen gerade nicht so viele Aufträge an, ich hatte ein bisschen was gespart, also dachte ich: Mach was draus, bevor es zu spät ist. Es war eine spontane Entscheidung. Und am Tag, als ich den Vertrag unterzeichnet hatte, bin ich durch die ganzen Räume gegangen und habe an früher gedacht. Das war kaum auszuhalten, also habe ich mir ein oder zwei Flaschen Bier getrunken, bis ich irgendwann unter dem alten Stammtisch saß und an den Tag gedacht habe, an dem wir erst Höhle gespielt haben und dann Küssen.«

»Als die Erde sich auftat.«

»Bis zu der Idee, die Sache mit dir zusammen anzugehen, war es dann nicht mehr weit. Ich habe mir natürlich schon gedacht, dass es eigentlich eine Schnapsidee ist. Mir war klar, dass du kaum dein festes Engagement aufgeben würdest, um dich in dieses Abenteuer zu stürzen, vor allem nachdem wir uns all die Jahre nicht gesehen haben. Aber dann sind wir uns über den Weg gelaufen, und ich dachte, wenn ich dich nicht wenigstens frage, werde ich es ewig bereuen.«

»Und das mit dem festen Engagement hat sich ja nun auch erledigt.«

»Darauf wollte ich nicht anspielen. Und jetzt hilf mir, das Bett zu machen.«

Stefan zögert kurz, dann steht er auf, und Charlie klappt die Couch auf und nimmt Kissen und Decken aus dem Bettkasten. Déjà-vu. Dann kippen sie die Rückenlehne nach hinten, und Stefan sieht zu, wie Charlie die Liegefläche bezieht, und fragt sich, wohin das führen soll. Sie macht es ihm so leicht, und das ist doch nicht richtig, oder? Das sind ja hammermäßige Entscheidungen, die sie hier verlangt, und das soll alles so einfach sein? Da muss irgendwo ein Haken sein, ein verborgener Knaller, eine verbuddelte Mine, auf die einer von ihnen gleich treten wird, sodass es ihn auseinanderreißt.

Charlie zieht sich aus, aber natürlich nicht ganz, so blöd ist sie nicht, sie lässt T-Shirt und Slip an, beides in schlichtem Weiß gehalten, sodass das Lederarmband und das lederne Bändchen um ihren Hals noch mehr zur Geltung kommen, was Stefan jetzt daran erinnert, dass er immer Frauen, die etwas um den Hals trugen, besonders attraktiv fand, also nicht eine Kette oder so, sondern so ein Kehlband, und jetzt weiß er auch wieder, woher das kommt, was ihm aber nicht weiterhilft, und er fragt sich, ob es wohl einen Nachtzug nach München gibt, oder nach Marseille oder Minsk, aber er weiß ja nicht mal, wie spät es ist, irgendwie geht alles durcheinander. Es ist Nacht, das ist das Einzige, was feststeht, und außerdem, dass Charlie sich jetzt hinlegt und sich umdreht und die Decke hochhält, damit er sich ebenfalls drunterlegt, also gehorcht er und zieht sich ebenfalls aus, genau wie sie bis auf Unterhose und T-Shirt, Erstere dunkelblau, Letzteres schwarz, was nicht so ganz zusammenpasst, aber das scheint jetzt nicht so wichtig zu sein. Er legt seine Sachen auf einen Stuhl und sich selbst zu Charlie, was sich augenblicklich als die beste Idee herausstellt, die er seit Jahren hatte. Er fragt sich, wohin mit seinem rechten Arm, den kann er doch nicht einfach so um Charlie legen, das wäre ja praktisch die Vorstufe zu Gott weiß was, aber da greift Charlie auch schon nach seiner Hand und legt sie sich auf den Bauch.

Wohl nie in Stefans Leben war alles so genau am richtigen

Platz. Sie hat doch mit allem recht, denkt er, so wie immer. Er muss ihr sagen, dass er dabei ist. Bei der Sache mit der Kneipe und allem anderen auch. Wenn er das Haus seiner Eltern verkauft, kann er auch noch etwas Geld in die ganze Sache einbringen.

Aber bevor er das sagt, fängt er an, sie zu küssen, hinters Ohr und mitten in die Haare hinein, was ein bisschen merkwürdig ist, weil man in diesem Haarhaufen so versinken kann, dass man keine Luft mehr bekommt. Gleichzeitig fängt er an, sie zu streicheln, was ihr offenbar gefällt, also macht er weiter und schiebt ihr T-Shirt hoch, aber da packt sie sein Handgelenk und meint, sie müsse ihm noch was sagen.

Der Vorteil, wenn man jemanden sein ganzes Leben kennt, ist, dass man sofort weiß, wann es ernst wird, und das hier ist ernst, das hört er an ihrer Stimmlage, an der Entschlossenheit, die darin liegt, die aber eine Entschlossenheit ist, die erst einen inneren Widerstand überwinden musste und deshalb einen Hauch heftiger daherkommt als nötig, eine Nuance, die ein Fremder nicht bemerken würde, die aber jemandem, mit dem man schon vor vier Jahrzehnten unter einem Tisch gehockt hat, sofort ins Ohr springt.

»Ich muss dir noch was sagen«, wiederholt sie, und jetzt muss sie Tränen unterdrücken, was ihn zutiefst beunruhigt und seine Erregung innerhalb von Sekunden abebben lässt, damit genug Platz ist, für ein neues Gefühlsgemisch aus Angst und Panik und Unbedingt-Wegwollen.

Und dann sagt sie, dass in den letzten zehn Jahren sehr viel passiert sei, auch wenn es sich jetzt so anfühle, als hätten sie sich erst letzte Woche gesehen, aber so ein Leben stehe ja nicht still, das müsse sie ihm nicht sagen, er habe ja sicher auch so seine größeren und kleineren Geschichten da unten in München, Geschichten, von denen er beizeiten auch mal erzählen solle, aber jetzt gelte es erst mal zu erzählen, dass sie vor sechs Jahren einen Mann kennengelernt habe, mit dem es eine Zeit lang sehr ernst gewesen sei, auch wenn es viel zu schnell gegangen sei, aber es sei eben auch niemand da gewesen, der ihr die Augen hätte öffnen können, womit sie aber nicht sagen wolle, dass sie Stefan die Schuld für das gebe, was dann passiert sei.

Ich habe sie im Stich gelassen, denkt Stefan und spürt dann, dass sie das alles nur erzählt, um das, was sie sagen will, noch ein paar Sekunden vor sich herzuschieben.

Also jedenfalls habe sie gedacht, das könnte es sein, vielleicht auch deshalb, weil sie in das Alter kam, wo man über bestimmte Dinge häufiger nachdenkt als über andere, und so sei es dann dazu gekommen, dass sie, nun ja, wieder schwanger geworden und diesmal alles gut gegangen sei, jedenfalls mit dem Kind, nicht aber mit dem Kindsvater, der, mal abgesehen davon, dass er auch viel zu jung, nämlich zehn Jahre jünger als Charlie gewesen sei, sich sofort als Arschloch herausgestellt habe und wieder dorthin zurückgegangen sei, wo er herkomme, also nicht gerade in das kleine Kaff im Mittleren Westen der Vereinigten Staaten, in dem er geboren wurde, aber schon nach New York, wo er wohl immer noch auf seinen Durchbruch als Musiker warte. Jedenfalls habe sie einen Sohn, und der sei jetzt fünf Jahre alt. Heute Abend sei er bei ihren Eltern, aber normalerweise lebe er natürlich bei ihr.

»Das heißt, wenn du mich willst, kriegst du mich nicht alleine.«

Da ist er also, der Haken. Und er bohrt sich rein, und zwar ziemlich tief. Stefan fühlt sich wie eine Schweinehälfte im Schlachthaus, an der ein Amateurboxer seine Schläge trainiert. Hier zu liegen fühlt sich nicht mehr richtig an. Er bleibt aber erst mal liegen, weil man ja jetzt auch nicht sofort aufspringen und abhauen kann. Aber wieso willst du denn überhaupt abhauen, fragt er sich und kommt zu dem Schluss, dass so ein Kind schon eine Tatsache ist, über die man nicht hinwegsehen kann, und was man sich damit einhandelt, ist gar nicht abzusehen. Karriere abbrechen, Beziehung beenden, sich mit der großen Liebe zusammentun, Kneipe eröffnen – das ist schon mehr als genug. Vater beziehungsweise Stiefvater werden, das ist dann doch ein bisschen happig. Wie viel zu viel ist, merkt man immer zu spät. Und da Stefan schon vor zehn Minuten nicht mehr wusste, was er sagen sollte, weiß er es jetzt erst recht nicht, und deshalb hat er wohl keine Wahl. Er steht auf und zieht sich an und geht raus und sieht nicht nach, ob sie weint oder was sie macht, sondern er geht den Weg hinunter, durch das schmiedeeiserne Tor, an den Lauben mit und ohne Erinnerung vorbei, am Sportplatz entlang, dann zur Straße und ganz lange geradeaus.

Hätte ihm das nicht irgendjemand mal sagen können? Frank Tenholt? Omma Luise? Hätte es nicht in der Zeitung stehen müssen?

Er braucht fast eine Stunde, bis er im Haus seiner Eltern ist. Er schleppt sich die Treppe hinauf, lässt sich ins Bett fallen und kommt gar nicht mehr dazu, sich darüber zu freuen, dass er endlich mal in einem Zustand ist, den er sich seit Jahren wünscht, nämlich jenem, in dem man wirklich absolut überhaupt nichts mehr denkt und endlich ganz leer und frei ist.

# 15

Als er aufwacht, hat er einen schlechten Geschmack im Mund. Leichte Kopfschmerzen und Unwohlsein sowie ein allgemeines Gefühl der Mattigkeit bezeugen die Tatsache, dass er Alkoholkonsum nicht mehr so locker wegsteckt wie noch vor zwanzig Jahren. Am liebsten würde er sich umdrehen und weiterschlafen, aber das wird nicht hinhauen, das kennt er schon, wach ist wach, zumal es schon hell ist und die Blase um Entleerung fleht.

Er schwingt die Füße aus dem Bett, steht aber nicht gleich auf, bleibt auf der Bettkante sitzen und vergleicht das Gefühl, das er hat, mit dem von gestern Morgen. Es ist anders. Das Zimmer kommt ihm nicht mehr so klein vor, wirkt vertrauter, obwohl er sich hier seit gestern Morgen gar nicht aufgehalten hat. Er kann sich nicht daran erinnern, heute

Nacht am Fußende angestoßen zu sein. Er stemmt sich hoch, ihm schwindelt kurz, und er tapert wieder rüber ins fensterlose Badezimmer und setzt sich auf die Schüssel, obwohl er auch im Stehen pinkeln könnte, aber dazu ist er jetzt zu schwach, mal abgesehen davon, dass ihm das Argument, im Sitzen zu pinkeln sei hygienischer, immer eingeleuchtet hat, ganz im Gegensatz zu irgendwelchen feministischen Begründungen.

Auch als er mit dem Wasserlassen fertig ist, sieht er zunächst keinen Grund, gleich aufzustehen, also bleibt er erst mal sitzen und versucht, die Träume der letzten Nacht wieder zusammenzusetzen, aber das ist ein hoffnungsloses Unterfangen. Er kann sich nie an seine Träume erinnern. Anka hat alles jeden Morgen vor dem Auge wie einen Film, den sie selbst inszeniert hat, und kann es so detailliert nacherzählen, dass Stefan schon oft dachte: wieder ein Braten, dem ich nicht traue. Er selbst kann sich nur ganz selten an Einzelheiten erinnern, er erwacht nur mit dem dunklen Gefühl, wieder einen absolut wirren Bockmist zusammengeträumt zu haben.

Er steht auf und spült, wäscht sich die Hände und geht nach unten, setzt Kaffee auf, hockt sich aufs Sofa und schaltet den Fernseher ein. Da er einfach nur auf das Plus unter dem P auf der Fernbedienung gedrückt hat, weiß er jetzt, dass Onkel Hermann zuletzt ZDF gesehen hat. So etwas macht einen ja dann doch immer sehr wehmütig, ganz konkret zu wissen, was jemand gemacht hat, kurz bevor er gestorben ist.

Im ZDF läuft jetzt der Fernsehgarten mit dieser Moderatorin, die mal Schleichwerbung für Weight Watchers gemacht hat und ihren Job aufgeben musste, dann aber zurückkommen durfte, und der Fernsehgarten ist natürlich nichts, was man als halbwegs denkender Mensch unter sechzig auch nur zehn Sekunden gucken darf, aber Stefan ist gerade ganz matt und wund und gleichzeitig sehr offen für Blödsinn.

Nach einiger Zeit schafft er es schließlich doch, sich loszureißen, und schaltet weiter durch die Programme, findet mal wieder, dass der Sonntagmorgen das beste Argument ist, entweder ein Buch zu lesen oder sich ein Aufzeichnungsgerät anzuschaffen, das einen unabhängig vom aktuellen TV-Programm macht, und ehe er sich's versieht, ist er einmal durch und in der ARD angekommen, wo gerade die Sendung mit der Maus anfängt. Er pfeift die bekannte Musik mit, und als der Vorspann wiederholt wird und die kommenden Attraktionen der Sendung in einer fremden Sprache aufgezählt werden, steigen ihm Tränen in die Augen, weil er daran denken muss, dass gerade jetzt vielleicht Charlie mit ihrem Sohn vor einem anderen Fernseher sitzt und dasselbe sieht, also schaltet er den Fernseher wieder aus und ärgert sich noch mal, dass ihn niemand von seinen sogenannten Freunden auf diese Geschichte vorbereitet, ihm nicht einmal einen Tipp gegeben hat, aber vielleicht hat er es auch einfach nicht hören wollen.

Zum Glück ist jetzt der Kaffee fertig.

Er nimmt eine der geblümten Tassen, die Onkel Hermann von Stefans Eltern übernommen hat, aus dem Schrank, obwohl er eigentlich Bechertassen den Vorzug gibt bei schwarzem Frühstückskaffee. Eine solche ist auch vorhanden, in den Farben Schwarz-Rot-Gold. Die hat Onkel Hermann zur letzten Weltmeisterschaft geschenkt bekommen, aber Stefan ist jetzt in der Stimmung, etwas in der Hand zu halten, das auch sein Vater und seine Mutter Millionen Male berührt haben. Er stellt sich vor, wie seine

Mutter im Winter vielleicht die Hände um die mit heißem Kaffee gefüllte Tasse gelegt hat, um sich zu wärmen. Dann geht er wieder rüber ins Wohnzimmer, an der Schrankwand entlang und inspiziert die wenigen, zum Teil sehr alten Bücher, die dort stehen, und sein Blick bleibt an einem hängen, das recht neu aussieht. Es ist ein Fotoband mit alten Schwarz-Weiß-Aufnahmen aus dem Ruhrgebiet, und in Stefan graben sich Erinnerungen durch die Gedächtnis-Schlacke der Jahrzehnte, Erinnerungen an Schornsteine, deren Rauch vom Wind abgetrieben wird wie ein langer, dicker Zopf, an Kühltürme und Männer mit Hüten, fegende Frauen vor niedrigen Backsteinhäusern, Kopfsteinpflaster und Mülltonnen aus Metall, mit einem Knubbel auf dem Deckel, der dem Müllmann erlaubt, das Ding drehend fortzubewegen.

Stefan blättert das Buch durch und bleibt ganz hinten an einer bestimmten Seite hängen. Da ist nämlich ein Bild mit der Unterzeile »Sonntagsidylle an der Ruhr bei Bochum, Mitte der Fünfzigerjahre«. Man sieht eine Gruppe von Leuten im Gras sitzen, im Vordergrund ein Motorrad, im Hintergrund die Ruhr, wahrscheinlich in der Nähe des Wasserschlosses Kemnade, der Fluss noch nicht zum Naherholungsgebiets-See aufgestaut, die jungen Leute mit den Frisuren und Kleidern der Fünfziger, wie aus einem Film. Stefan muss sich setzen, weil ihm die Knie weich werden, was jetzt nicht an der letzten Nacht liegt, sondern daran, dass er die Menschen auf dem Bild alle kennt. Da sind Tante Edith und Onkel Hermann, sein bester Kumpel Wolfgang Mehls mit seiner Frau Lieselotte, Omma Luise und Oppa Fritz, der *Masurische Hammer* Willy Abromeit, der auch im Sitzen alle überragte, seine Frau Paula, geborene Mehls, die Schwester von Wolfgang und die beste Freundin von Omma Luise. Außerdem spielen da zwei Kinder im hohen Gras, das eine ist Manfred Abromeit, Charlies Vater, und das Mädchen daneben niemand anderes als Marianne Borchardt, Stefans Mutter. Alle lachen in die Kamera, denken ein paar Stunden nicht an unerfüllte Liebe, und das kleine Mädchen, das angeblich schon mit acht Monaten laufen und laut Omma Luise »aufrecht unterm Tisch« durchspazieren konnte, hat das Wort »Speiseröhrenkrebs« noch nicht einmal gehört.

Das ist jetzt alles ein bisschen zu viel, denkt Stefan und stellt die Kaffeetasse ab, damit sie ihm nicht runterfällt, denn jetzt muss er heulen, jedenfalls ein paar Minuten. Dann trinkt er den Kaffee aus und macht sich auf den Weg, das Fotobuch unterm Arm.

Er braucht nur knapp eine halbe Stunde bis zum Friedhof, was einem mal wieder beweist, dass man viel zu oft ein Auto benutzt. Nicht mal Bus und Bahn bräuchte man ständig, man kann doch viel mehr zu Fuß erledigen, als man so glaubt, was besser für die Umwelt wäre und natürlich auch für die eigene Gesundheit, auch die geistige, weil man schon ein bisschen zum Nachdenken kommt, wenn man so durch die Straßen läuft, vor allem am Sonntag, weil da weniger los ist, der Lärmpegel etwas geringer und alles weniger hektisch, also letztlich menschlicher.

Auf der Brücke am Lohring bleibt er stehen, blickt auf die drittklassige Skyline seiner Heimatstadt und ruft Anka an, obwohl er nicht weiß, wieso er das tut, höchstens ahnt er, dass es mit dem zu tun hat, was letzte Nacht in der Abromeit'schen Laube passiert ist, aber das will er sich gar nicht ausmalen, also weder, was da geschehen ist, noch, aus welchem Grund ein Teil von ihm mit Anka sprechen möchte, während der andere raunzt, du hast doch wohl ein

Rad ab. Es klingelt elend lange, aber sie geht nicht ran, es meldet sich auch nicht die Mailbox, und Stefan stellt sich vor, sie sitzt da und starrt auf das Display und ist wütend auf ihn, und als das Klingeln endlich aufhört, ist sie wahrscheinlich stolz, dass sie nicht rangegangen ist.

Um sich auf das Thema Friedhof quasi einzustimmen, geht er erst mal zu Onkel Hermanns Grab, dessen Lage ihm Omma Luise gestern beschrieben hat. Es ist noch ganz frisch. Ein einfaches, kleines Holzkreuz steckt im Erdhügel. In Gedanken bedankt er sich bei Onkel Hermann, dass er auf das Haus aufgepasst hat, und bereut, dass er sich nicht mehr gekümmert, sich nicht noch mal mit Onkel Hermann über seine Eltern unterhalten hat und das ganze Gestern.

Das Grab seiner Eltern und seines Großvaters ist nicht weit entfernt. Einen Grabstein gibt es hier nicht, weil der einerseits wohl zu teuer gewesen wäre, andererseits die Mutter keinen haben wollte. Stefan erinnert sich daran, dass auch das Grab von Oppa Zöllner, zu dem sie früher an hohen Feiertagen stets pilgerten, steinlos ist, dafür aber von einer dunklen Umrandung eingefasst. Am Ende jedes Besuches, wenn sie mit dem Schweigen und dem Beten und dem An-den-Toten-Denken fertig waren, trat Stefans Vater zweimal leicht gegen diese Umrandung, um sich von seinem Vater zu verabschieden. Omma Zöllner übrigens hatte nicht nur keinen Grabstein gewünscht, sondern gleich gar kein Grab, das heißt, sie ließ sich anonym bestatten, unter einer dieser Freiflächen hier auf diesem Friedhof, was ihren Tod zu einer sehr merkwürdigen Sache machte, gab es doch keine Trauerfreier, keine Beerdigung und kein Hinterher-Kaffeetrinken mit Torte, das in ein Hinterher-Biertrinken mit Mettbrötchen überging, sondern nur ein bedrückendes Gespräch in der Küche der Zöllners. Gerne hätte er Jahre später seinen Vater mal gefragt, wie das für ihn gewesen ist, die Mutter tot und keine Beerdigung, und warum sie das wohl so gewollt hatte, aber dann war die ganze Krebsscheiße dazwischengekommen und der Herzklappen-Dreck. Heute mündet das in Anfälle von Selbsthass, denkt Stefan, weil man unzählige dämliche Fragen in seinem Leben gestellt hat, aber viel zu wenig wichtige und richtige.

Jetzt steht er hier und stellt fest, dass das Grab, oder besser die Gruft, sehr gut gepflegt ist. Da steht eine Schale mit Blumen, und alles ist sauber geharkt, weil Omma Luise einen Friedhofsgärtner dafür bezahlt, obwohl es doch eigentlich, denkt Stefan, meine Aufgabe wäre, wenigstens diese Rechnungen zu bezahlen, die doch auch nicht so wahnsinnig hoch sein können, aber wenn man sich nicht interessiert und nicht kümmert, dann steht man eben manchmal da wie der letzte Idiot und fragt sich, wie man jetzt aus diesem Gedanken- und Gefühlsknäuel wieder herauskommt.

Seine Eltern waren sehr jung, als sie sich über den Weg liefen, in einer traditionsreichen Tanzschule, und sie waren immer noch jung, als Stefan auf die Welt kam, ja sie waren auch noch jung, als seine Mutter diese Fehlgeburt hatte, nach der sie keine Kinder mehr bekommen konnte, weshalb Stefan als Einzelkind aufwuchs, was er damals prima fand, weil es die Beute an Geburtstagen und zu Weihnachten deutlich erhöhte. Später litt er darunter, niemanden zu haben, der beim Tod der Eltern das Gleiche verloren hatte, denn da endete das geschwisterähnliche Verhältnis zu Charlie dann doch. Sie war für ihn da, hielt ihn fest und ertrug ihn, und im Angesicht des hässlichstmöglichen Korkenziehers ging sie sogar noch ein paar Schritte weiter, aber sie hatte eben ihre Eltern noch und hat sie bis heute.

Manchmal fragt er sich, ob es Leute, die ein mieses Verhältnis zu ihren Eltern haben oder hatten, leichter haben, aber wahrscheinlich nicht, die arbeiten sich genauso daran ab, man schleppt sie eben mit sich herum, die Eltern, ob man will oder nicht.

Ihm gehen ein paar Bilder durch den Kopf, die Mutter am Küchentisch, einen Heftroman der »Bianca«-Reihe lesend, der Vater in einem Liegestuhl im Schrebergarten, mit freiem Oberkörper, die Narbe der Magen-OP deutlich sichtbar; der Vater angetrunken auf der Nachtspeicherheizung tanzend und dazu lief »Griechischer Wein«, weshalb der kleine Stefan nicht schlafen konnte und ins Wohnzimmer kam, wo kräftig gefeiert wurde; beide zusammen auf der Terrasse eines Hotels in Lloret de Mar, wo sie eigentlich gar nicht hingewollt hatten, sondern nach Marbella, wo aber etwas mit der Hotelbuchung schiefgelaufen war, sodass man sie in dieses Fünf-Sterne-Hotel verfrachtet hatte, in dessen Pool Stefan schwimmen lernte und wo er von einem freundlichen Engländer beigebracht bekam, wie man auf Englisch bis hundert zählte. Ohne dass sie es wussten, war das ihr letzter Urlaub für fast zwanzig Jahre, weil sich der Vater dann selbstständig machte, anstatt den Job bei der Stadtverwaltung anzunehmen, den Omma Luise ihm vermittelt hatte. Einmal falsch abgebogen und dafür ewig und drei Tage auf die Fresse gekriegt. Wäre er bei der Stadt gelandet, würde er noch leben, weil ein geplatztes Magengeschwür und eine halb verpfuschte Operation besser auszukurieren sind, wenn der Arbeitsplatz sicher ist und man nicht ein paar Wochen später wieder selbst auf der Leiter stehen muss, um sich einen Schraubenzieher so gründlich durch die Hand zu jagen, dass er auf der anderen Seite wieder herauskommt, glücklicherweise ohne einen Knochen zu verletzen.

Er denkt an das Hochzeitsbild seiner Eltern. Sie waren so verdammt jung. So jung, dass man ihnen ihre Träume nicht verdenken konnte, Träume vom besseren Leben und einer offenen Welt, weil doch um sie herum auch alle davon redeten und danach handelten: flotte Musik und freie Liebe. Irgendwann dämmerte ihnen, dass es so doch nicht kommen würde, und dem Sohnemann dämmerte irgendwann, dass nicht jede Flasche Mariacron, die er von der Selterbude holen musste, wirklich verschenkt werden sollte, wobei es natürlich ein Unding ist, dass man ihm das Zeug überhaupt verkauft hat.

Eines Tages sagte seine Mutter, dass sie jetzt für zwei Wochen nach Wattenscheid ins Krankenhaus gehe, um davon wegzukommen. Dann hatte sie es tatsächlich für den Rest ihres Lebens im Griff. Nicht mal in dieser katastrophalen Zeit nach den Herzoperationen seines Vaters, als er wochenlang wie ein Kind brabbelte und danach nicht mehr richtig sehen konnte, hat sie wieder angefangen, und das gehört zu den großen Leistungen seiner Mutter, die Stefan nie gewürdigt hat. Das ist der dunkelste Fleck in seinem Leben, weil er das nie richtig gutmachen konnte, selbst wenn er ihr kurz vor ihrem Tod zumindest noch gesagt hat, dass er wisse, wie komplett er da versagt habe. Natürlich fängt er, als er daran denkt, wieder an zu flennen, aber heute ist eben Flenntag, da kommt es raus und kann nicht anders.

Er würde jetzt auch gern mit dem Fuß grüßend irgendwo gegentreten, aber stattdessen sagt er »Tschüss« und hebt die Hand, obwohl man das natürlich als denkender Mensch, Künstler noch dazu, nur ein paar Quadratmetern geharkter und bestellter Erde sagt, aber auf die ganze Rationalität ist jetzt einfach mal geschissen.

Dann geht er, ohne sich umzudrehen, in Richtung Stadt, und plötzlich wird ihm klar, dass ihn hier nichts mehr hält. Das Haus seiner Eltern? Das sind nur Steine. Was wirklich zählt, hat er im Kopf und woanders, im Herzen will man ja nicht sagen, weil es sich nach Schlagersender anhört, auf jeden Fall hat man es tief drin, das kriegt man nicht raus, egal, wo man sich aufhält, also muss man sich auch nicht zwingend da aufhalten, wo einem das alles eingebrannt worden ist, wie einem Rind im Wilden Westen das Brandzeichen, damit man immer weiß, zu welcher Herde es gehört. Der Rest ist Ballast, den es abzuwerfen gilt, schließlich hat er hier nur Vergangenheit, während da, wo er sich die letzten zehn Jahre meistens aufgehalten hat, wenigstens seine Gegenwart ist, wenn nicht sogar seine Zukunft. Die mag wenig glamourös sein, aber sie ist realer als alles, was er sich hier ausmalen kann.

Und Charlie hält ihn auch nicht mehr hier, aber das hat sie nie getan, da alles, was mit ihr zusammenhängt, ihn nur von hier wegtreibt. Man steigt nicht mit seiner Schwester ins Bett, und wenn man es doch tut, kann man hinterher nicht so tun, als sei nichts passiert. Nicht mit ihr zu schlafen wäre natürlich auch keine Lösung gewesen, weil es permanent im Raum gestanden hätte, wie Billy Crystal es in *Harry und Sally* ja schon auf den Punkt gebracht hat, einem Film, den Charlie und Stefan unabhängig voneinander so toll fanden, dass sie einander lange nicht davon erzählten, weil die Parallelen zwischen den Charakteren im Film und ihnen selbst zu frappierend waren. Nur läuft es bei ihnen nicht darauf hinaus, dass sie irgendwann wie die anderen Paare auf dem Sofa sitzen und die witzige

Geschichte erzählen, auf welch verschlungenen Wegen sie zueinandergefunden haben. Das, was Charlie und ihn miteinander verbunden hat, ist etwas für die Kindheit und die Jugend. Im frühen Erwachsenenalter wurde es schon schwierig, und heute ist es unmöglich, nicht zuletzt nachdem Charlie lebendige Fakten geschaffen hat.

Plötzlich fühlt er sich leicht, plötzlich ist alles klar. Die ganze Sache mit Anka ist auch nur so dumm gelaufen, weil er sich tief drinnen immer noch an die Vorstellung geklammert hat, irgendwann mit Charlie Nägel mit Köpfen zu machen, also praktisch Fleisch und Blut zusammenzutun und dann Halleluja und immerwährendes Glück. Ankas Bemühungen in den letzten Monaten hat er im Keim erstickt, und das tut ihm jetzt leid. Im Gehen wählt er ihre Nummer, aber sie geht nicht ran, doch das macht nichts, Stefan hat endlich Klarheit. Am liebsten würde er jetzt gleich zum Bahnhof gehen und nach München, nein, *nach Hause* zurückfahren, aber zum einen hat er eine Fahrkarte mit Zugbindung gebucht, und zum anderen hat er Omma Luise versprochen, mit ihr zu dieser beknackten Autobahnsperrung zu gehen. Die Aktion ist ja ähnlich hirnrissig wie diese ganze Verklärung der Vergangenheit, der sie sich jetzt hier hingeben, diese Vergottung von Arbeit und Engstirnigkeit, dieses ganze Heimatgedöns. Da sollen sie doch mal froh sein, dass sie nicht so arrogant und selbstverliebt daherkommen wie die Münchener oder die Berliner oder die Kölner, aber nein, sie wollen sein wie alle anderen, was nichts anderes ist als ein offensiv ausgestellter Minderwertigkeitskomplex, und so was ist nie besonders attraktiv.

Wie klar der Blick auf einmal wird, denkt er, und das beschleunigt auch seinen Schritt, sodass er viel schneller als gedacht bei Omma Luises Residenz ankommt. Okay, denkt er, führe ich also die Omma einmal den Asphalt ein paar Hundert Meter hoch und ein paar wieder runter, dann treffe ich mich mit dem Makler, packe meine Sachen, und zur Not hänge ich mich vor die Glotze, bis mein Zug fährt.

Während Stefan vor dem Haus auf und ab geht, telefoniert er mit dem Makler, der ein großes Gewese darum macht, dass Stefan ihn gestern versetzt hat und dass er eigentlich keine Zeit habe, schon gar nicht am Sonntag, aber der Kerl scheint ein junger Schnösel zu sein, für den auch der Verkauf einer heruntergekommenen Bergarbeiterbude ein Schritt vorwärts in der Karriere ist, also siegt wie immer im Leben die Geldgier, und er lässt sich dazu herab, Stefan einen neuen Termin zu geben, ja, heute am Sonntag, am späten Nachmittag, vorher müsse er nämlich noch auf die Autobahn, das müsse man schließlich gesehen haben, er sei jetzt schon ganz begeistert.

Omma Luise sitzt im Eingangsbereich mit einer anderen Frau an einem Tisch, sie trinken Kaffee und lachen ein Lachen, für das der Ausdruck »kaputtlachen« erfunden worden ist.

»Ach, da ist mein Enkel!«, ruft Omma Luise und versucht, sich zu beruhigen, aber dann sieht sie ihre Tischnachbarin an, und beide müssen wieder lachen.

Stefan setzt sich dazu, muss grinsen und fragt, was denn so lustig sei.

»Das ist die Frau Winnowski«, sagt Omma Luise, »das ist so eine ganz verrückte Nudel.«

»Stimmt«, sagt Frau Winnowski und lacht wieder.

»Sing das noch mal!«, sagt Omma Luise.

»Ach nee«, wiegelt Frau Winnowski ab.

»Stell dich nich so an!«

»Na gut!«

Was Frau Winnowski dann singt, singt sie eigentlich nicht, es ist mehr so eine Art Sprechgesang: »Chamberlain, das alte Schwein, fuhr mit'm Pisspott übern Rhein. Kam er dann zum Deutschen Eck, schoss die Flak den Pisspott weg!«

Kaputtlachen. Und Stefan lacht mit.

»So, Frau Winnowski, jetzt ist aber mal Schluss mit lustig, mein Enkel holt mich ab, wir gehen ein bisschen auf der Autobahn spazieren.«

»Wenn Sie da mal keiner mit dem Pisspott überfährt!«, sagt Frau Winnowski und fängt wieder an zu lachen, für Omma Luise ist Showtime aber jetzt vorbei, also verzieht sie nur ein bisschen den Mund, nickt und zieht Stefan zum Fahrstuhl.

»Die weiß auch nicht, wann Schluss ist«, brummt sie.

Oben in der Wohnung nötigt Omma Luise Stefan noch einen Kaffee auf, der allerdings seit gut einer Stunde auf der Warmhalteplatte vor sich hin gedämmert hat, weshalb er jetzt bitter ist wie ein Winter in Russland. Stefan kippt besonders viel Milch in das Gebräu, nippt davon und gibt vor, der Kaffee schmecke. Dann sagt er, sie sollten sich doch noch kurz aufs Sofa setzen, er wolle ihr was zeigen.

»Ach du Schande!«, entfährt es Omma Luise, als sie das Foto sieht. »Da sind wir ja alle drauf. Der Willy und der Fritz und die Lieselotte, die Edith und der Hermann.« Sie macht eine Pause. »Und die Blagen«, fügt sie hinzu. Ihre Stimme stolpert. »Ich erinnere mich«, sagt sie weiter. »Das war ein Sonntag, wir waren alle zusammen unterwegs. Den ganzen Tag hat die Sonne geschienen, das war heiß wie nix, aber unten an der Ruhr ging es. Wir haben eine Decke dabeigehabt und Thermoskannen mit Kaffee, und dann kam so einer vorbei und sagte, er will uns fotografieren, aber die Decke sollen wir wegmachen. Dann hat der gesagt, du setzt dich dahin und du dahin, das hat bestimmt eine halbe Stunde gedauert. Aber wir hatten unsern Spass.« Spass spricht sie mit kurzem a, was das Beschriebene irgendwie kerniger macht. *Spaahß* ist was für Kinder. Spass für Erwachsene von hier.

»Wann war denn das ungefähr?«

»Gib noch mal her«, sagt Omma Luise, greift nach dem Buch und hält es sich dichter vor die Augen. »Die Marianne sieht aus, als wär sie acht oder neun, also muss das dreiundfünfzig oder vierundfünfzig gewesen sein. Der Willy, der Manfred und ich, wir sind noch da. Die andern ...«

Stefan legt ihr eine Hand auf die Schulter.

»Komm, Junge«, sagt Omma Luise, »jetzt ist mal gut. Lass uns gehen.«

# 16

Das geht ja schon mal gut los. Beziehungsweise überhaupt nicht, sondern Stefan hat den Kaffee auf, bevor sie auch nur einen Fuß auf diese Asphaltwurst gesetzt haben, die sich da platt gekloppt durch die Gegend zieht und noch nie etwas anderes gebracht hat als Stress und Dreck. »Also wenn ihr auf der Brücke steht«, hat Frank Tenholt gesagt, »dann guckt ihr Richtung Essen. Da seht ihr einen gelben Ballon, und genau da drunter sitzen wir.«

Jetzt steht Stefan mit Omma Luise auf der Brücke und guckt erst mal Richtung Dortmund, weil sie ganz ordentlich die Spur gewählt haben, die man üblicherweise für die Auffahrt mit dem Wagen benutzt, Richtung Essen kann man aber nur gucken, wenn man die Spur nimmt, die für die Ausfahrt vorgesehen ist. Dass man hier heute Dinge tun kann und darf, die sonst verboten sind, haben sie noch nicht verinnerlicht.

Richtung Dortmund verschwindet die Autobahn erst mal in diesem Tunnel, den es früher nicht gab, aber dann hat man einfach einen Deckel auf die Autobahn gemacht, um die Anwohner vor dem Lärm zu schützen, was obendrauf den ganzen Stadtteil verändert hat, weil man Leute, die einem gegenüberwohnten, plötzlich besuchen konnte, ohne durch die halbe Stadt gurken zu müssen, was ja praktisch eine Art Mauerfall gewesen ist, denkt Stefan, auch wenn das keiner so gesehen hat, ist halt einfach ein Deckel auf einer Autobahn, was soll die Aufregung.

Obwohl es natürlich schon so ist, dass die Leute einen Begriff von ihren Vierteln haben. Da ist die Geschichte, die Stefan vor fast zwanzig Jahren mal beim Friseur gehört hat. Der Friseur hat von seiner Großmutter und ihrer Schwester erzählt, die beide im Stadtteil Grumme aufgewachsen sind, genauer gesagt im, sagen wir mal *Unterstadtteil* Vöde. Und da muss Stefan kurz innehalten, weil er sich freut, dass er dieses Wort nicht googeln muss, denn Vöde ist das alte Wort für Viehweide. Der weiß Bescheid, der Stefan Zöllner, das ist so ein ganz Heimatverbundener. Jedenfalls ist die Schwester der Großmutter irgendwann von Vöde tiefer nach Grumme reingezogen, auf die andere Seite der damals noch nicht gedeckelten Autobahn, und da sagte die Großmutter irgendwann zu ihrer Schwester, sie könne jetzt nicht mehr so viel mit ihr anfangen, denn: »Du wohnst ja jetzt bei *denen*!«

»Die tun ja, als würde es hier was umsonst geben«, sagt Omma Luise und fragt: »Wo müssen wir denn jetzt hin?«

»Moment!«, sagt Stefan, klettert über die Leitplanke, geht bis zum Geländer und blickt endlich Richtung Essen, und da sieht er auch den gelben Ballon. Auf den Spuren Richtung Essen stehen Bierzeltgarnituren, an denen Menschen sitzen, die unterschiedliche Aktivitäten entfalten, die alle zusammen etwas Kulturelles bilden sollen. Die Fahrspuren Richtung Dortmund sind für Fußgänger und Radfahrer. In weiten Bögen führen Aus- und Auffahrt von der Autobahn weg, beziehungsweise zu ihr hin. Eine schon jetzt erstaunliche Anzahl von Menschen ist zu Fuß unterwegs. Das verspricht so ein Karnevals- oder Vatertagsding zu werden, also eine Ausrede, mal wieder richtig auf die Pauke zu hauen, weil man sich ja sonst nichts gönnt, und das Leben und überhaupt, ach, was will man machen. Stefan erinnert sich daran, dass er nur hier ist, weil er im Wort steht und weil er Zeit totschlagen muss. In einem Buch, das er kürzlich gelesen hat und das während eines Volksfestes im Hessischen spielt, hat eine Figur gedacht, dass Zeit *totschlagen* eigentlich die falsche Formulierung sei, gehe es doch hier eher um ein langsames Strangulieren, und das war der Punkt, an dem ihn das Buch gepackt hat, weil das ja nun mal unwiderlegbar richtig ist.

Aber egal jetzt, er ist hier, er muss da durch, in ein paar Stunden sitzt er im Zug, und heute Nacht steht er bei Anka auf der Matte und erklärt ihr, was er für ein Idiot gewesen ist. Morgen dann das Casting, und wenn er die Rolle bekommt, muss man es ja auch mal so sehen: Das ist ein regelmäßiger Job, der nicht mal schlecht bezahlt ist und vielleicht ein Sprungbrett sein kann. Er wird sich einen Agenten zulegen und eine Mappe mit Bildern erstellen lassen, beziehungsweise eine Internetseite, so läuft das bestimmt heute, dann ist er da im Pool und wird demnächst auch mal für einen *Tatort* engagiert oder den Fernsehfilm am Montag im ZDF oder, wieso nicht, mal für so ein Eventmovie auf ProSieben oder sonst wo, dann erübrigt sich auch die Frage *Muss man dich kennen?*, beziehungsweise die ist dann ganz klar zu beantworten, und zwar mit einem kernigen *Ja muss man!* Von da zur Prominenten-Ausgabe von *Wer wird Millionär?* ist es ja dann nicht mehr weit, aber da wollen wir jetzt mal nicht übermütig werden, denkt Stefan, es ist nur einfach so, dass die Welt voller Möglichkeiten ist, wenn man erst mal durchblickt.

Bleibt das Problem mit der falschen Fahrspur. Für Stefan ist es kein Problem, über die Leitplanke zu klettern, seiner sechsundachtzigjährigen Omma will er das nicht zumuten, also geht er wieder zu ihr und meint, sie müssten nun noch mal zurück und dann die richtige Spur nehmen, aber das sieht Omma Luise nicht ein.

»Können wir nicht einfach hier drüberklettern?«

»Ja, schon, aber ich dachte, für dich wäre es einfacher ...«

»Ach, ich latsch doch da jetzt nicht zurück bis Pusemuckel, wenn ich hier nur drüberklettern muss. He, Sie da!« Omma Luise wendet sich an einen hochgewachsenen Mann in einem blauen T-Shirt, auf dem das Autobahnsymbol von den einschlägigen Verkehrsschildern gedruckt ist, dazu die Nummer der Autobahn und ein lustiger Spruch, was ja nun den Gipfel der Albernheit darstellt, findet Stefan.

»Sie sind doch ein starker Mann, Sie helfen mir jetzt mal da rüber!«

»Kein Ding!«, sagt der Mann, dann packen er und Stefan die Omma an den Ellenbogen und heben sie mühelos über die Leitplanke. Stefan wundert sich, wie leicht Omma Luise ist, die hätte er ja fast allein drübergekriegt, und er fragt sich, ob sie schon immer so wenig gewogen hat, denn eigentlich wirkt sie einigermaßen kräftig, aber na gut, sie ist halt ziemlich klein, keine einssechzig, jetzt, wo sie auf die neunzig zugeht, vielleicht noch zwei, drei Zentimeter weniger, und dieser Umstand rührt ihn plötzlich, weil sie ihm für einen Moment nicht nur klein und leicht, sondern auch verletzlich erscheint. Sie hat immer so getan, als würde ihr das Leben nichts ausmachen, der Krieg, der sprachlose Mann, der manchmal nachts, im Dunkeln, Beschimpfungen gemurmelt hat, oder auch die unerfüllte Liebe zu einem Kirmesboxer. Augen zu und durch, was einen nicht umbringt, bringt einen nicht um, und überhaupt soll man sich nicht so anstellen.

Nur als ihre Tochter, Stefans Mutter, gestorben ist, da bekam das ganze Universum Risse.

Unter dem milchig sonnigen Himmel und zehn Meter über der Autobahn muss er an die Geschichte denken, wie Omma Luise am vierten November 1944 hochschwanger in den Keller musste, weil die Engländer kamen, um die Stadt in Schutt und Asche zu legen, und dass alle Häuser in der Straße zerstört wurden und alle Bewohner umkamen, nur die Familie Horstkämper nicht, weil ihre Kellerdecke gewölbt war und deshalb dem Druck standhalten konnte. Man ist immer nur einen Gedanken von solchen Sachen entfernt.

Sie gehen die richtige Fahrspur hinunter und stehen wenig später vor dem Tisch, an dem Frank Tenholt mit seiner Karin sitzt. Ach, aber die sitzen nicht nur da, nein, sie hat sich bei ihm eingehakt und ihren Kopf an seine Schulter gelegt, während er mit einer älteren Dame auf der anderen Seite des Tisches Fotos in einem Album ansieht. Sie sieht gar nicht verkatert aus. Ihr Mann trägt eine Sonnenbrille, und das wahrscheinlich nicht nur wegen des schönen Wetters.

Man begrüßt sich mit Hallo und Wie geht's, macht die eine oder andere Bemerkung über den letzten Abend, die letzte Nacht, und allen dreien ist anzumerken, dass sie das Thema Charlie und Stefan aussparen, was auch das Beste ist, sonst müsste Stefan sie nämlich fragen, wieso verdammt noch mal sie ihm nichts von diesem Kind erzählt haben, sondern ihn in das berühmte offene Messer laufen ließen, aber das wäre der Stimmung und dem schönen Wetter abträglich, also Klappe halten. Er ist hier sowieso nur noch auf Abruf, morgen früh sieht alles ganz anders aus, ist die Welt endlich in Ordnung und nur noch der Himmel die Grenze und wenn nicht, ist auch egal, Hauptsache es herrscht Richtung und Klarheit.

Karin bietet Omma Luise ihren Platz an, aber die meint, Karin solle nur sitzen bleiben, sie, Omma Luise, stehe hier ganz gut.

»Du fragst dich sicher, was der Ballon soll«, sagt Frank Tenholt.

»Ehrlich gesagt nein«, antwortet Stefan.

»Der stammt noch von der Aktion, als wir überall, wo früher eine Schachtanlage gewesen ist, einen gelben Ballon haben aufsteigen lassen. Mehr als dreihundert Stück. Unglaubliches Bild.«

Ja, nee, ist klar, denkt Stefan, vom Erinnern kriegen sie hier ja nie genug, das hat doch schon pathologische Züge. Ja, gut, er selbst stolpert auch ständig über die Vergangenheit, aber über seine persönliche, die schleppt man eben mit sich herum, da muss man doch nicht noch so ein Kollektivgedächtnis obendrauf packen, wer soll das denn alles schleppen! Mal abgesehen davon, dass doch alle froh sein können, dass der Himmel jetzt so schön blau ist und die Bäume so schön grün und dass man den Kindern so einen Begriff wie *Staublunge* schon gar nicht mehr erklären kann.

Die ältere Dame, die registriert hat, dass sie nicht mehr beachtet wird, steht auf und geht weiter. Omma Luise nimmt ihren Platz ein, wahrscheinlich weil mit dem guten Stehen jetzt auch mal gut ist.

»Gibt's hier eigentlich auch was zu trinken?«, fragt Omma Luise.

»Sie haben die Wahl zwischen Kaffee, Wasser und Bier«, antwortet Frank Tenholt.

»Bei dem schönen Wetter nehme ich mal ein Bier.«

Frank Tenholt holt eine Flasche, die aussieht wie frisch aus der Werbung, so schön wie die Tropfen außen abperlen, aus der Kühlbox zu seinen Füßen und reicht sie ihr. »Einen Becher dazu?«

»Muss nicht.«

Omma Luise trinkt aus der Flasche und lässt sich dann von Frank Tenholt erklären, was er hier macht, schließlich ist das hier nicht nur ein Picknick, sondern eine kulturelle Aktion, also setzt er ihr auseinander, dass er alte Fotos aus seinem Museum mitgebracht hat und dazu gerne die entsprechenden Geschichten erzählt, was sich ein wenig alibimäßig anhört und es wohl auch ist. Omma Luise findet das gut und fängt an, das Album durchzublättern, das die ältere Dame aufgeschlagen liegen gelassen hat.

»Riesenstimmung«, sagt Frank Tenholt. »Es ist wirklich unglaublich! So friedlich und fröhlich! Wir müssen unbedingt nachher losziehen und uns ein bisschen was ansehen, da wird ja so viel geboten! Und das Wetter spielt auch mit, ich bin ganz entzückt!«

Was Frank Tenholt sagt, zieht irgendwo in der Ferne an Stefan vorbei. Das Strangulieren der Zeit ist eine noch härtere Aufgabe, als er dachte. Wie schön wäre es, jetzt im Zug zu sitzen, mit einem Krimi aus der Bahnhofsbuchhandlung, den man bis kurz vor München durchhätte, um dann, nach einer höchstens zwanzigminütigen Taxifahrt in Ankas Arme zu sinken, sie wortlos ins Schlafzimmer zu drängen und auszuziehen. Er bemüht sich, diesen Gedanken nicht zu vertiefen, da Karin und Frank Tenholt heute eine Innigkeit ausstrahlen, die Stefan mehr berührt, als er zugeben möchte, ihn vor allem aber neidisch macht.

Plötzlich fährt auf der Fahrradspur ein Tandem vorbei, auf dem eine Frau und ein Mann in Fußballtrikots sitzen, die Frau in einem von Schalke 04 und der Mann in einem von Borussia Dortmund, und Stefan fragt sich, ob das nicht ein bisschen viel Verbrüderung ist und ob das überhaupt echt ist oder die beiden sich eigentlich gar nicht für Fußball interessieren, heute aber mal ein Zeichen der Einigkeit setzen wollen, was ja nun der Gipfel der Albernheit wäre, aber wenn Stefan ehrlich ist, weiß er gar nicht, wieso er diesen Leuten erst mal das denkbar Schlechteste unterstellt.

Frank Tenholt sagt: »Also wir sollten uns auf jeden Fall ein bisschen was angucken, hier ist jede Menge los, das kann man sich nicht entgehen lassen.«

Dann kommen Mandy und Thomas Jacobi angeschlendert, sie in einem kurzen Rock und einem roten Tank-Top, er in Jeans und schwarzem AC/DC-T-Shirt, beide tragen Sonnenbrillen, es ist ein herrlicher Tag. Man begrüßt sich, und Frank beschwert sich, dass Mandy und Thomas nach der langen Nacht so beneidenswert frisch aussehen.

»Wir sind von Wattenscheid hier rübergelaufen«, sagt Thomas Jacobi, »und da hinten läuft einer rum, der sucht eine Frau, in die er sich heute Morgen verliebt hat, aber jetzt findet er sie nicht mehr. Der ist völlig verzweifelt, wird hier bestimmt gleich aufschlagen.«

»Wir haben gerade überlegt«, sagt Frank Tenholt, »dass man mal los sollte, um sich ein bisschen was anzugucken.«

»Lohnt sich«, sagt Thomas Jacobi.

»Ich muss mich erst mal hinsetzen«, sagt Mandy und setzt sich erst mal hin, unter den aufgespannten Sonnenschirm, gleich neben Omma Luise.

»Hallo, ich bin die Mandy.«

»Ich bin die Luise, die Omma vom Stefan.«

»Freut mich.«

Die beiden kommen ins Gespräch, und Stefan fühlt sich überflüssig. Ich gehöre hier nicht hin, denkt er, das sind zwar meine Freunde, aber keiner hat es für nötig befunden, mir mal Bescheid zu geben wegen Charlie und dem Kind. Wegen *des* Kindes, denkt er, aber eigentlich ist das kein grammatischer Fehler, sondern Dialekt.

Wäre es so schwer gewesen, ihm einen Hinweis zu geben, einen winzigen nur? Aber stopp, vielleicht haben sie das. Er denkt an die Gespräche, die er gestern geführt hat, auch an die seltenen Telefonate der letzten Jahre, zu Geburtstagen oder einfach zwischendurch. Klar, wenn man es genau nimmt, dann wurden sie alle immer ganz komisch, wenn es um Charlie ging, aber das hat er der Gesamtsituation in die Schuhe geschoben. Hatte nicht Frank Tenholt gestern gesagt, er, Stefan, wisse ja, was mit Charlie sei, und dass es das Leben für sie nicht einfach mache? Als Stefan nachhaken wollte, ist Frank ausgewichen, und dann sind sie davon abgekommen.

»Was wird denn da nebenan geboten?«, fragt Stefan.

»Da kannst du Bier testen«, antwortet Frank. »Mit verbundenen Augen.«

»Und auf der anderen Seite?«

»Das ist eine Afrika-Hilfsorganisation.«

»Wieso tragen die alle Pink?«

»Keine Ahnung. Frag sie doch.«

Aber dafür müsste Stefan aufstehen, und ihm ist gerade nicht danach. Vielleicht geht er gleich mal rüber und testet Bier.

Etwa fünfzig Meter weiter Richtung Essen spricht einer eine Begrüßung, und dann fängt er an zu singen. Jetzt steht Stefan doch mal auf, um sich das anzusehen. Da steht ein junger Mann mit wirrem Haar, einer Gitarre um den Hals und einer Mundharmonika vor dem Mund wie Robert Zimmermanns Wiedergänger, aber der junge Robert Zimmerman, Greenwich Village, 61, 62, Geschichte wiederholt sich, wenn nicht als Farce, dann als Zitat.

*Deine Füße auf dem Boden / in deiner viel zu kleinen Welt,* singt der Junge, und mit der Stimme würde er eine gute Figur in einer Britpop-Band machen, außerdem geht Stefan durch den Kopf, dass er, Stefan, alt genug wäre, der Vater dieses ungewaschenen Phänomens zu sein, obwohl man gar nicht behaupten kann, dass der Junge ungewaschen ist, nur geht Stefan diese Joan-Baez-Zeile durch den Kopf, dieser Spottvers auf ihren Ex-Lover Bob Dylan: *You burst on the scene, already a legend / the unwashed phenomenon, the original vagabond.*

Der Original-Vagabund singt jetzt: *Deine Füße auf dem Boden / in deiner viel zu kleinen Welt / bist du der Poet der Affen / und das ist alles, was noch zählt / Ja, du redest für die Leute / obwohl dich keiner mehr versteht.*

Schatz, sagt Stefan zu sich selbst, sie spielen dein Lied.

Es folgt ein Lied über ein schwieriges Mädchen: *Borderline Betty / Bitte küss mich nicht / Borderline Betty / da ist was Besseres in Sicht*. Dieser Typ wirkt traurig, und seine Verse sitzen. Ein bisschen November an diesem lächerlich fröhlichen Tag mit seinem lächerlich fröhlichen Wetter. *Borderline Betty / sind wir wirklich, wer wir sind / Borderline Betty / hast du zu Hause nicht ein Kind?*

Wieder so eine Erinnerung an ein fast vergessenes Ich, das mal mit Unbedingtheit in Trauer und Leidenschaft seiner Kunst nachgegangen ist. Ist ja wie bei den Polen gestern Abend, denkt Stefan. Es ist ein Jammer, wie gut die anderen oft sind und wie schlecht man sich selber dann findet. Oder besser: wie begrenzt. Wobei es eigentlich kein Fehler ist, seine Grenzen zu kennen, im Gegenteil, es gibt nichts Schlimmeres als Leute, die sich permanent selbst überschätzen. Stefan kennt seine Grenzen, und er hat sie erreicht. Final Frontier. Dahinter keine Neue Welt, die mit fruchtbarem Ackerland lockt, aber auch gern mit tödlichen Gefahren überrascht, sondern einfach nur ein großes, beruhigendes Nichts. Beziehungsweise die Vorabendserie.

Stefan geht die paar Schritte zu den anderen zurück, aber die sind gerade in Gespräche vertieft und sehen ihn nicht mal an, also geht er noch ein paar Schritte weiter und testet Bier. Wie beim Blindekuh legt man ihm ein Geschirrtuch über die Augen und knotet es notdürftig hinterm Kopf zusammen, und dann darf er trinken. Das erste Bier erkennt er, das ist das heimische, das hier alle trinken, mit dem man praktisch aufwächst, das ist ja keine Kunst, das zu erschmecken. Als er das zweite Glas ansetzt, verrutscht das Geschirrtuch ein wenig, aber niemand reagiert. Stefan erkennt eine Flasche mit einem französischen Etikett, aber da die Franzosen mit Bier nichts am Hut haben, wohl aber die Belgier, tippt er, vorgeblich wegen der Süße des Gebräus, auf Belgien als Herkunftsland, was ihm den

Beifall der Umsitzenden einbringt. Das dritte identifiziert er als süddeutsch, und es gibt einen kleinen Applaus und obendrauf eine Urkunde. Jetzt hat er auch noch ein Bierdiplom. Stefan Zöllner – einer, der es geschafft hat. Einer, den man kennen muss. Grenzenkenner, Biergourmet, Nutzer einer Fahrkarte mit Zugbindung. *A Lover, not a fighter.*

Als er sich umdreht, stößt er fast mit einer Gruppe von sechs Frauen zusammen, die einen Bollerwagen hinter sich herziehen. Darauf steht eine kleine Wanne voller Eis und darin liegen unzählige Flaschen »Kleiner Feigling«. Mit großem Hallo wird Stefan umarmt.

»Schöner junger Mann!«, sagt eine, die mindestens fünfzehn Jahre jünger ist als Stefan.

»Stößchen!«, ruft die andere und drückt ihm einen schon geöffneten Feigling in die Hand.

»Uuuuund EX!«, ruft die erste.

Alle drei legen sie den Kopp in den Nacken. Sauzeug, denkt Stefan. Schmeckt nicht, wirkt nur. Die vier anderen Frauen applaudieren. Stefan will wissen, wie die Spenderinnen heißen.

»Sabine«, sagt die erste.

»Sabine«, sagt die zweite.

Obwohl die anderen das schon längst wissen müssen, lachen sie sich halb tot. Grund genug, noch einen zu stürzen.

Die beiden Sabines sind, wie die anderen vier, sehr schön und dem warmen Wetter entsprechend gekleidet, weshalb Stefan am liebsten mit ihnen ziehen möchte, um zu sehen, was der Tag noch bringt. Weiter könnte man ziehen, über Dortmund hinaus, nach Norden dann, an die See, in einem reetgedeckten Friesenhaus eine Kommune eröffnen, Stefan Zöllner und sechs Frauen, die von Ackerbau und Viehzucht leben und nebenher einen kleinen Hofladen für

Ökoprodukte betreiben, aber da haben sie ein weiteres Opfer gefunden, und Stefan denkt, dass es so wohl auch am besten ist.

Als Stefan diesmal zum Tenholt-Tisch zurückkommt, blickt Karin gerade auf und lächelt ihn an, also setzt er sich hin und befragt seine Uhr, wie lange er hier noch absitzen muss.

»Wir müssen jetzt echt mal los«, sagt Frank Tenholt, »und uns ein bisschen was angucken. Es wird unglaublich was geboten.«

Omma Luise sagt, sie sitze hier sehr gut und es sei doch schön, sich anzugucken, wer so alles an einem vorbeilaufe, da kriege man genug zu sehen.

Jetzt ziehen ein paar Fußballfans vorbei und singen ein Lied auf den VfL, obwohl der doch gerade abgestiegen ist, aber wenn man nur singt, wenn es einem gut geht, ist man wohl kein Fußballfan. *You only sing when you're winning* soll ja in England ein beliebter Schmähgesang gegen gegnerische Fans sein, wenn denen ein Rückstand die Lust am Singen versaut hat.

Stefan denkt, dass er zu den Menschen um sich herum ein Verhältnis hat wie ein Fan zu seinem Fußballverein. Wegen der Charlie-Sache ist er sauer auf sie, aber er kommt nicht von ihnen los, die hat er am Hacken, bis er stirbt, zumindest sind sie so tief eingelagert in sein Leben, in seinen Erinnerungen, dass er sie nicht vergessen könnte, selbst wenn er sie von heute an nie wiedersehen würde.

»Ja, leck mich fett, guck mal, wer hier so faul auf seinem Arsch sitzt und in die Sonne blinzelt!«

Die imposante Gestalt von Diggo Decker wirft einen breiten Schatten auf den Asphalt, und Diggo hat sein Äffchen Toto dabei. Hinter ihnen Diddi aus Dortmund. Diddi trägt zusätzlich zum weißen Trainingsanzug heute eine verspiegelte Pilotenbrille. Besser gelaunt als gestern, als Stefan und Toto den Schrank aus Diddis Nachbarwohnung geholt haben, wirkt er nicht.

»Ich kenn den!«, sagt Diddi und zeigt auf Stefan. »Irgendwoher kenn ich den!«

»Der hat gestern den Schrank bei euch abgeholt«, sagt Diggo. »Zusammen mit El Spacko dem Dritten hier!«

»Das ist der Stefan«, meint Toto beziehungsweise El Spacko der Dritte. »Der ist Schauspieler!«

»Echt jetzt?«, fragt Diddi. »Muss man den kennen?«

»Du kanntest ihn jedenfalls nicht, Superhirn!«, sagt Diggo.

Diddi ist verwundert. »Ein Schauspieler, der nach Dortmund kommt und 'nen Schrank abholt? Karriere würde ich das nicht nennen.«

»Mach meinen Kumpel nich an«, sagt Diggo. »Wenn du dich an einem abreagieren willst, dann nimm El Spacko, dafür ist er auf der Welt.«

Toto lacht meckernd. Stefan vermutet, dass sie alle nicht mehr nüchtern sind.

»Ey, Schauspieler«, greift Diddi den Faden auf, »kannst du mir mal sagen, was hier abgeht? Ich meine, was soll da dran Kultur sein? Paar Millionen Bekloppte laufen an 'nem Sonntag auf der Autobahn rum. Wahnsinn, ich kann mich kaum halten.«

Diggo, der die ganze Zeit Stefan angesehen hat, dreht sich jetzt um. »Was bist du denn für 'ne Blitzbirne? Das ist ein Gemeinschaftserlebnis! Alle sind auf den Beinen und feiern sich, dafür ist Kultur erfunden worden, du bildungsfernes Arschloch!«

Stefan fällt auf, dass Diggo an seinem Wortschatz arbeitet. Richtig dumm ist er ja auch nie gewesen. Nur irgendwie blöd.

»Ey, Gemeinschaftserlebnis, ich kotz gleich! Da kann ich doch auch ins Stadion gehen.«

»Da regst du dich doch nur auf! Das ist nicht gut für deinen Blutdruck, Diddi. Auch du wirst nicht jünger!«

»Da sagst du was. Den ganzen Tag könnte ich den Typen in die Fresse hauen für die Scheiße, die die spielen!«

»Was sollen *wir* denn sagen!«, mischt Toto sich ein. »Wir sind gerade abgestiegen!«

»Halt dich da raus«, schnauzt Diggo ihn an, »hier reden Erwachsene.« Und zu Diddi: »Was sollen *wir* denn sagen? Wir sind gerade abgestiegen!«

»Halt mal die Füße still, du Zauberer!«, entgegnet Diddi. »Ihr seid jetzt nur da, wo ihr hingehört.«

»Wenn wir in 'ner Kneipe wären, würd ich sagen, lass uns vor die Tür gehen.«

Stefan fragt sich, ob Diggo wirklich sauer ist oder ob er das hier für einen Kurzfilm hält.

»Ach nee, Entschuldigung«, sagt Diddi und hebt abwehrend die Hände, »ihr gehört ganz woandershin. In die Kreisliga! Oder in eine Grube voll Scheiße. Da könnt ihr dann den Ücken den Arsch küssen.«

Stefan ist durchaus daran interessiert, zu erfahren, wo das alles hinführen soll, aber da zerfetzt ein Harfen-Glissando die nicht vorhandene Stille zwischen ihnen. Diddi greift in die Tasche seiner Trainingshose und holt ein iPhone hervor. »Die bescheuerte Schlampe hat wieder am Klingelton herumgefummelt, ich geh kaputt, ey!« Er hält sich das Gerät ans Ohr und brüllt: »Was? – Ist *mir* doch egal! – Ich hab gesagt, du sollst mich anrufen, wenn ihr das verdammte Vieh eingefangen habt! Was soll ich mit so nutzlosen Infos wie *im Keller ist sie auch nicht*! – Ja, du mich auch, du Penner!«

Diesmal wirft Diddi das Telefon nicht durch die Gegend, sondern lässt es wieder in seine Hosentasche gleiten.

»Diddi hat ein kleines Problem«, sagt Toto. Für die unverlangt eingesandte Wortmeldung haut Diggo ihm auf den Hinterkopf.

»Ich hab kein Problem«, sagt Diddi. »Ich bin der scheißglücklichste Mensch der Welt, Mister Happy persönlich. Um mich rum haben alle Probleme.«

Stefan versucht sich auszumalen, wie Diddi wirkt, wenn er *nicht* glücklich ist.

»Okay, also wenn du es genau wissen willst«, fährt Diddi fort, obwohl Stefan nicht mal aufgeblickt hat, »Jutta, der beschränkte Eisenfresser, ist heute Morgen durchgedreht und hat sein Terrarium aus dem Fenster geschmissen. Dummerweise war die Schlange noch drin. Und die kriecht jetzt durch Dortmund auf der Suche nach blöden Ziegen, die sie sich reinziehen kann.«

»Blöde Ziegen laufen jedenfalls bei euch genug rum«, meint Diggo. Toto lacht. Da das die richtige Reaktion war, gibt es diesmal nichts auf den Hinterkopf.

»Sagt der Mann, der zum Ficken nach Eving fährt!«, grunzt Diddi.

»Lass mein Privatleben aus dem Spiel«, grinst Diggo.

»Aber Diggo, das musst du doch eigentlich erzählen, wie du die Kleine kennengelernt hast! Passt doch voll zum Tag heute!«, meint Toto und ist ganz aufgeregt.

»Da gibt es nichts zu erzählen.«

»Voll die Autobahngeschichte! Praktisch Kultur!« Toto ist kaum zu halten. »Also pass auf! Diggo ist auf dem Weg nach Duisburg …«

»Nach Krefeld.«

»Krefeld, Duisburg, alles eine Soße. Also Diggo fährt los, und kaum ist er auf der Autobahn, geht die Lampe an. Tank auf Reserve!«

»Weil Bernd, das Brot, die Karre praktisch leer gefahren hatte!« Diggo ist immer noch sauer.

»Bernd, das Brot«, erklärt Toto, »heißt eigentlich einfach nur Bernd, aber der hat manchmal 'ne Gesichtsfarbe wie ein vier Tage altes Kasseler, meint Diggo.«

»Fünf Tage! Minimum!« Diggo braucht es ganz genau, ein Mann der Sorgfalt.

»Jedenfalls, Diggo sofort Stahlhausen an der kleinen Tanke raus, die mit der winzigen Raststätte! Und was kommt ihm in der Ausfahrt entgegen? So eine richtig geile Schnitte.«

Zack, für die geile Schnitte gibt es eine kurze Hinterkopfbehandlung.

»Nenn sie nicht Schnitte!«

»Diggo guckt jedenfalls und denkt: Mächtig attraktive Frau. Und logisch guckt er in den Rückspiegel. Und sagen wir mal so: Von hinten ist die nicht hässlicher.«

Vorsichtshalber duckt Toto sich weg, aber Diggo hält still. Wo er recht hat, hat er recht, der Toto.

»Ja, und da kann der Diggo seinen Blick nicht abwenden, wie man so sagt, und zack hängt er bei so einem beschissenen Kadett auf der hinteren Stoßstange.«

»Tiefergelegt, breite Schlappen, voll die Proll-Karre.«

»Diggo steigt aus. In dem Moment kommt der Typ, dem die Karre gehört, vom Bezahlen. Und regt sich auf!«

»Hackfresse hoch vier. Böse, kleine Augen, richtige Schweinsschlitze!«

»Die Hackfresse schnauzt Diggo an, der schnauzt zurück, da wird der andere richtig frech, also muss Diggo ihm bisschen die Futterluke zurechtrücken. Der andere liegt da rum, blutet wie Sau, Diggo dreht sich um, und wer steht da? Die Olle von der Ausfahrt! Stellt sich raus: Der am Boden ist ihr Typ, aber sie hat die Schnauze voll von dem. Sie so zu Diggo: Warst du das? Diggo so: Ist meine Handschrift. Sie wieder: Gefällt mir. Diggo ganz cool: Brauchst du 'ne Mitfahrgelegenheit? Sie: Wär nicht schlecht. Und steigt bei ihm ein. Beim Zurücksetzen reißt Diggo dem Kadett noch die Stoßstange ab, aber dann fahren sie weg und werden glücklich. Riesenstory, oder? So Schoten erlebst du hier nur! Fliegen durch die Luft wie früher die Briketts.«

»Ich dachte, die liegen auf der Straße?«

Toto ist verwirrt. »Die Briketts?«

»Die Storys. Die Schoten, die Geschichten.«

»Ja, sicher, muss man nur aufheben. Macht nur keiner.«

»Außer dir, Toto.«

»Außer mir.«

»Aber was mich noch interessiert: Hat Diggo jetzt noch getankt?«, fragt Stefan.

»Darum geht es zwar nicht«, zeigt sich Toto ein wenig pikiert, »aber er ist dann zwei Kilometer weiter zu der Shell gefahren und hat die Frau mit nach Duisburg genommen.«

Manche träumen von Paris und L. A., andere sind mit Duisburg zufrieden.

»Cool«, sagt Stefan und nickt.

Diggo ist sichtlich zufrieden. »Hier wachsen die Weiber nicht auf Bäumen, man pflückt sie einfach von der Autobahn. Aber genug geflachst. Wir wollen uns noch bisschen was angucken. Wird ja 'ne Menge geboten hier.«

Diggo beugt sich zu Stefan runter. »Ich würde mal sagen, du hältst dich zur Verfügung. Für später.«

»Wieso das?«

»Du glaubst doch nicht im Ernst, du kommst hier wieder raus, ohne mit deinen besten Kumpels noch einen Zug durch die Gemeinde gemacht zu haben?«

»Diggo, ich muss meinen Zug kriegen.«

»Wir holen dich hier ab, wenn die zusammenpacken. Bleib sauber!«

Und dann gehen die drei Richtung Essen. Diddi schreit schon wieder in sein Telefon, und Toto dreht sich noch mal um, kneift ein Auge zu und zeigt mit dem Finger auf Stefan.

Der erst jetzt bemerkt, dass die Tenholts, Thomas Jacobi, Mandy und Omma Luise, ja eigentlich alle, ihn anstarren.

Mandy sieht ihn an und hebt eine Augenbraue. »Freunde von dir?«

Ich muss weg hier, denkt Stefan, sofort, irgendwo abhängen, bis der Zug fährt, oder einfach einsteigen, neue Fahrkarte lösen. Oder wenigstens ein bisschen herumlaufen, es wird doch so viel geboten. Er dreht sich weg von den anderen, die sich auch gleich wieder in ein Gespräch vertiefen, wie um ihm zu zeigen, dass er nun wirklich nicht mehr dazugehört. So wollen sie mir den Abschied leichter machen, denkt er, auch wenn sich irgendwo in ihm drin eine Stimme regt, die flüstert, dass er doch wohl jetzt ein bisschen übertreibe, und weil er mal was anderes sehen will, guckt er sich jetzt die Leute auf der Fahrradspur an, ist überrascht, dass es da in massenpaniktauglichem Gewusel brechend voll geworden ist, und weil nur noch zwei Menschen fehlen, die das Sahnehäubchen auf der Elsässischen Tomatensuppe dieses Tages bilden könnten, und das Schicksal sich solche Gelegenheiten selten entgehen lässt, kommen jetzt eine schmerzhaft schöne Blonde mit einem

Lederarmband und ein dunkelblondes Kind in einem Trikot des VfL Bochum angeradelt. Charlie und das Kind, der Tag ist mein Freund, denkt Stefan, ein Freund, der mir mit Wonne in den Arsch tritt, aber wenn ich ehrlich bin, habe ich selbigen natürlich auch hingehalten, warum hocke ich hier, anstatt mich unters Volk zu mischen, es wird doch so viel geboten.

Ihre Blicke begegnen sich, da ist Charlie noch gut fünfzig Meter entfernt. Sie bringt ein Lächeln zustande, und das fährt ihm ein wie ein Nagel aus Zucker. Das Kind hat ein paar Meter Vorsprung, stellt sein Rad ab und begrüßt Frank Tenholt und die anderen, klatscht Thomas Jacobi sogar ab. Charlie grüßt in die Runde, und wieder hat Stefan das Gefühl, alle starren ihn an. Er blickt sich um. Er hat recht. Man kommt sich vor wie der Elefantenmensch. Dieses ewige Gestarre muss doch irgendwann mal wehtun, die holen sich doch alle Augapfelverspannungen.

Charlie klettert über die Mittelstreifenbegrenzung, oder wie immer man das nennen mag, jedenfalls diesen hüfthohen Betonwall, der Stefan plötzlich ungemein interessant vorkommt und von dem er auch den Blick nicht lässt, als Charlie sich direkt vor ihn auf die Bierbank setzt, rittlings, ihm zugewandt ohne Gnade.

»Ich habe mir gedacht, dass du hier bist«, sagt sie.

Sie trägt ein schwarzes ärmelloses Top, und das trägt sie mit Absicht, nicht nur weil sie weiß, dass sie toll darin aussieht mit ihren schönen, nackten, leicht gebräunten Armen, sondern weil sie weiß, dass er genau das mag, und sie weiß es, weil er es ihr erzählt hat. Pferde stehlen, denkt er, mit Charlie kann man Pferde stehlen, hat Omma Luise immer anerkennend gesagt, und Stefan würde anfügen, dass man wilde Pferde mit ihr stehlen könnte, denn Charlie würde die Viecher auch noch einfangen, zähmen, zureiten und versorgen, und man würde nur mit offenem Mund danebenstehen.

»Ich kann nicht behaupten«, sagt Charlie, »dass du der erste Mann bist, der aus meinem Bett geflohen ist, aber ich kann auch nicht behaupten, dass es schon mal so wehgetan hat.«

Keine Einleitung. Gleich auf den Punkt kommen.

»Du bist feige, Stefan Zöllner!«, fährt sie fort. »Der Mutigste bist du nie gewesen, aber zumindest konnte man immer mit dir reden und sich auf dich verlassen. Auch wenn du gerne mal aufstehst und abhaust. Guck mal auf deinen Ausweis, da steht dein Geburtsdatum. Mit ein bisschen Kopfrechnen kriegst du raus, wie alt du bist. Diese Zahl setzt du dann mal in Bezug zu deinem Benehmen. Was dir dann durch den Kopf geht, würde mich sehr interessieren. Ich meine, wir haben uns gestern eine Zeit lang benommen, als wären wir noch Mitte zwanzig, aber das sind wir nicht. Wenn du nicht aufpasst, wirst du nicht nur richtig unglücklich, sondern du machst dich auch lächerlich.«

Sie winkt ihren Sohn zu sich, und jetzt muss Stefan hingucken, sonst macht er sich ja lächerlich vor dem Jungen. Vor Charlie hat er sich in seinem Leben schon so oft lächerlich gemacht, da kommt es auf einmal mehr oder weniger nicht an.

Der Junge streckt ihm die Hand hin und sagt Guten Tag.

Das ist, wie man so sagt, ein hübsches Kind, und Stefan erwischt sich dabei, wie er im Gesicht des Jungen nach Ähnlichkeiten mit sich selbst sucht, was natürlich ein himmelschreiender Blödsinn ist. Das Kind lächelt. Oder grinst es?

»Hallo, ich bin der Stefan«, sagt Stefan.

»Ach, so ein Zufall, ich heiße auch Stefan!«

Er fällt fast von der Bierbank. Sie hat ihr Kind der Liebe nach ihm benannt!

»Ernsthaft?«, entfährt es ihm.

»Nein, war nur Spaß!«, prustet der Junge und kann sich vor Lachen kaum halten. Was aber nichts ist im Vergleich zum Lachanfall seiner Mutter.

»Er hat es geglaubt!«, ruft der Junge. »Er hat es geglaubt!«

Stefan kriegt es nicht hin, sauer zu sein. »Okay, Kollege«, sagt er und grinst, »wie heißt du wirklich?«

»Ich bin der Alex!«

»Schön, dich kennenzulernen, Alex.«

»Meine Mama sagt, wir sehen uns jetzt öfter.«

»Da weiß deine Mama mehr als ich.«

»Das ist oft so.«

»Alex, komm mal mit!«, ruft jetzt Thomas Jacobi. »Da hinten haben sie einen Riesenkicker aufgebaut, da können zehn Leute gleichzeitig spielen!«

Dem einen ist es ein Ablenkungsmanöver, dem anderen ein Abenteuer. Grußlos springt das Kind von dannen. Wie Frank Tenholt vielleicht sagen würde.

»Das war fies«, sagt Stefan.

»Bist du der Meinung, du hättest das nicht verdient?«, entgegnet Charlie.

Herrgott, das ist doch alles ein absoluter Blödsinn, denkt Stefan, was soll ich mit einer Kneipe? Programm machen, Leute anrufen, verhandeln, das kann ich doch gar nicht, und zapfen und servieren kann ich auch nicht, und wieso geht sie so locker davon aus, dass ich nicht in meinem eigentlichen Beruf weitermachen will, was ist denn so schlimm an einer Vorabendserie, das muss man auch können, und es ernährt seinen Mann. Und diese Frage, ob ich nachgedacht habe ... Man denkt doch immer nach, von morgens bis abends und dann die ganze Nacht, das ist doch nichts Besonderes. Hat sie denn nie darüber nachgedacht, was passiert und wo wir stehen, wenn es nicht klappt? Dann ist da nix mehr, aus, Sense, Ende Gelände, versaut für einander und für alle anderen auch. DAS sind Gedanken, Charlie, nicht ob man eine alte Kneipe wieder auf Vordermann kriegt. Sondern: Bin ich bereit, mein Leben zu riskieren?

»Ich muss einen Zug kriegen«, sagt er, und es ist, als würde er sich selbst nur dabei zuhören. »Ich habe mit Zugbindung gebucht, damit es günstiger ist, und ich habe morgen früh ein Vorsprechen. Die haben meinen Vertrag nicht verlängert, und deshalb muss ich vorsprechen, also ...« Herrgott, was labert er denn da, denkt er, das weiß sie doch alles, aber er kann nicht aufhören. »... und deshalb dieser Zug, dabei habe ich das Haus noch gar nicht verkauft, nicht mal den Makler getroffen. Ich bin ...« Und dann fällt ihm nicht mehr ein, was er ist, weil Charlie ihn nicht mehr ansieht, sondern intensiv die Maserung der Bierbank mustert. Mit dem Finger fährt sie ein paarmal um ein Astloch, dann steht sie auf und wünscht ihm eine gute Fahrt. Sie sammelt ihr Kind ein, gemeinsam klettern sie über den Beton in der Mitte, besteigen ihre Fahrräder und fahren davon, Richtung Essen. Frank Tenholt und Karin und Thomas und Mandy sehen ihn an wie ein Unfallopfer, mitleidig, aber auch ein bisschen angeekelt. Omma Luise sieht ihn an, als wollte sie sagen: Diese Art von Dummheit liegt leider in der Familie.

Stefan weiß nicht, wie lange er so sitzt, aber plötzlich steht Diggo vor ihm und sagt: »Ey, hier ist doch nix los, wir hauen ab!«

»Komm doch einfach nächstes Wochenende wieder«, sagt Mandy zum Abschied. »Da gehen wir zur Love Parade nach Duisburg, und da geht es dann richtig ab.«

Stefan sagt, er überlegt es sich, aber er weiß, dass er all diese Leute so bald nicht wiedersehen wird.

Er verabschiedet sich von Omma Luise und hält sie sehr lange im Arm.

»Ich muss weg hier, Omma«, sagt er.

»Ich weiß.«

»Mach hin, Tom Hanks!«, ruft Diggo, und Stefan folgt ihm, dem Ruf der Wildnis.

# 17

Der Lederbecher knallt auf den Tresen. Diggo hebt ihn halb an, ohne dass die anderen druntergucken können. Was er sieht, gefällt ihm nicht. Er zieht den Becher über die Kante des Tresens und kippt ihn gleichzeitig, sodass die Würfel nicht herausfallen, schüttelt ihn kurz und hämmert ihn erneut auf den Tresen. Wieder guckt er drunter, nimmt eine Eins heraus und wiederholt das Manöver mit den verbleibenden zwei Würfeln. Ein letzter Blick, und er ruft »Bock!«. Alle heben die Becher, Toto hat Kontra gesprochen mit einem Schock Zwo, Stefan hatte Re erhöht mit Schock Vier, aber Diggo hat mit Schwule Jule alles getoppt. Achtundzwanzig der neunundzwanzig Deckel wandern zu Toto. Im nächsten Wurf verliert Toto mit einer Vierundvierzigdrei, während Diggo und Stefan eine

Fünfundsechzigzwei beziehungsweise eine Fünfundsechzigvier vorzuweisen haben. Beide Hälften sind im Rekordtempo an Toto gegangen, der auch schon drei Finger hebt. Der dicke Rolli hält die Pilstulpen unter den Hahn und zapft, ohne zwischendurch abzusetzen.

»Pech im Spiel, Glück in der Liebe, wa?«, versucht Toto einen Witz.

»Glück im Spiel, Geld für die Liebe, heißt das«, meint Diggo. »Aber du Penner verlierst die Spiele, bist pleite, und im Puff würden dich die Nutten nicht mal ranlassen, wenn du bezahlen könntest!«

Toto lacht. »Ich frage mich, wo du das immer hernimmst, echt, ey!«

»Manchen ist es gegeben.«

Stefan trinkt sein Bier aus und wundert sich mal wieder, wie leicht das reinläuft aus diesen dünnwandigen Nullzwei-Gläsern, so leicht, dass man schon früher immer den Punkt verpasste, an dem man hätte aufhören sollen. Er hat jetzt den Eindruck, er werde gar nicht mehr betrunkener, alles ist irgendwie ganz klar und auch ganz einfach. Ein Abend mit alten Kumpels, Schocken mit Reizen, paar Bierchen, das wahre Leben, das Salz der Erde, was auch immer. Okay, die alten Kumpels sind kleinkriminelle Vollidioten, aber man kann es sich nicht immer aussuchen.

Doch, eigentlich schon, denkt er, während der dicke Rolli mit einem weißen Plastikstab den an den Gläsern herunterlaufenden Schaum abstreift, die Papierkrägen um die Stiele legt und die Biere vor die drei hinstellt. Klar könnte ich mir das aussuchen, ich muss nicht hier sitzen, ich kann sofort zur Tür raus und den Rest der Zeit am Bahnhof totschlagen, und da heben Toto und Diggo die Gläser, Toto sagt: »Wie kommen wir zusammen? Strahlenförmig!«, und

Diggo sagt, er soll mal mit dem dämlichen Gelaber aufhören, das könne sich ja keiner mehr anhören, diese asbachuralten Sprüche, und wenn nicht Stefan zwischen den beiden stehen würde, bekäme Toto jetzt wieder was an den Hinterkopf. Wenigstens sind sie Diddi losgeworden, der einen Anruf bekommen hat, der ihn, sogar für seine Verhältnisse, extrem aufgeregt hat. Irgendwo in Dortmund gab es eine Krise, die nur er beilegen konnte.

»So, und jetzt«, sagt Diggo zu Stefan, »erklärst du uns noch mal, wieso du dein Elternhaus verscheuern willst.«

»Na ja«, antwortet Stefan und weiß sofort, dass seine Antwort nicht das ausdrücken wird, was ihm durch den Kopf geht, »ich lebe nun mal in München, und was soll ich mit einem Haus hier? Mal abgesehen davon, dass ich das Geld ganz gut gebrauchen könnte, schließlich haben sie mir den Vertrag nicht verlängert, und …«

»Was?« Diggo hebt die Brauen. »Die haben dich rausgeschmissen?«

»Die haben mir den Vertrag nicht verlängert.«

»Wer?«

»Das Theater, an dem ich die letzten Jahre engagiert war.«

»Wie lange warst du da?«

»Zehn Jahre.«

»Ist doch 'ne Sauerei!«

»Aber voll!«, sekundiert Toto.

»So was kommt vor«, meint Stefan.

Diggo trinkt und denkt. »Andererseits war es auch nur Theater, was?«

»Wieso *nur*?«

»Na, Theater ist doch nix! Da fragen die Leute, was du bist, und du sagst Schauspieler, und dann fragen die, ob man dich kennen muss. Ist doch scheiße! Wenn du richtig was gerissen hättest, würden die Leute nicht fragen, sondern würden dich kennen.«

»Viele große Theaterschauspieler waren keinem größeren Publikum bekannt. Weil sie keine Filme gemacht haben.«

»Aber den Vertrag haben sie schon verlängert gekriegt, oder?«

»Äh, ja, schon.«

»Und was machst du jetzt?«

»Morgen früh habe ich ein Vorsprechen, für eine Fernsehserie.«

»Was denn? Tatort oder so?«

»Irgendwas am Vorabend.«

Diggo ist nicht begeistert. »Das ist doch Dreck, Stefan! Meine Perle in Eving würde so was den ganzen Tag gucken, und ich sag dir, wenn die das guckt, kann das nur scheiße sein.«

Die Tür geht auf, zwei Männer kommen herein. Es sind zwei der drei, die gestern Morgen bei Diggo im Schrebergarten waren, als Toto und Stefan den Schrank vorbeigebracht haben. Der eine trägt noch immer das karierte Hemd mit den abgeschnittenen Ärmeln, der andere ein schwarzes T-Shirt mit verwaschener roter Rolling-Stones-Zunge. Da es unwahrscheinlich ist, dass die beiden sich diesmal vorstellen werden, tauft Stefan sie bei sich Karo und Stones. Gestern hießen sie in Stefans Kopftheater noch Zopf und die Bäuche.

Diggo fängt an, mit den beiden über irgendeinen Libanesen zu reden, der Mist gebaut hat, Toto mischt sich ein und kriegt diesmal von Stones was an den Hinterkopf, aber da schreitet Diggo ein, hebt gleichzeitig die Augenbrauen und einen Zeigefinger, sodass Stones zurückschreckt, als hätte Diggo ihm eine verpasst. Toto zu drangsalieren, das ist Chefsache, da mischt sich keiner ein, und weil das alles das Potenzial hat, maximal zu langweilen, rutscht Stefan vom Barhocker und geht zur Toilette.

Auf dem Weg vibriert das Telefon in seiner Hosentasche, und Stefan nimmt es heraus. Zwei Anrufe in Abwesenheit. Der Makler!, schießt es ihm durch den Kopf. Ich habe den Makler schon wieder vergessen. Das ist jetzt natürlich schon ziemlich blöd, denkt er. Andererseits habe ich das Thema damit für heute erst mal vom Hals. Man muss es positiv sehen. Mit drei, vier Bier intus fällt einem das leichter.

Die Toilette ist so eine richtig alte Eckkneipentoilette, mit gelblichen Fliesen an den Wänden und einem rotgrauen Fliesenkaro auf dem Boden, zwei Pissoirs an der Wand, einer Kabine und einem kleinen Waschbecken. Daneben hängt ein Händetrockner, was schon so etwas wie ein Zugeständnis an moderne Zeiten ist, früher bot sich hier ein graues Geschirrtuch an, von dessen Anblick einem schlecht wurde.

Während er pinkelt, starrt Stefan auf das vergitterte Fenster über ihm und stellt sich vor, wie es wäre, Anka hier mit dabeizuhaben. Während er so dasteht, überkommt ihn eine so plötzliche und so unerwartete Sehnsucht, dass er die Stirn an die Kacheln legt und die Augen schließt. Anka, denkt er, hat sich immer Mühe gegeben. Und sie hat Geduld, kann so zärtlich sein und das alles. Also, wenn er so nachdenkt, dann wird ihm klar, dass diese ganzen Probleme, die sie beide haben, vor allem an ihm liegen, an seiner ärgerlichen Unfähigkeit, sich mal richtig für etwas zu entscheiden. Es stimmt schon, so mit einem halben Bein war er immer zu Hause, mindestens mit einem Viertel seiner Gefühle immer bei Charlie, und das muss doch mal ein Ende haben. Das Leben ist wie das Trinken aus Nullzwei-Pilstulpen: Wenn man nicht aufpasst, verpasst man irgendwann den Punkt, an dem ... Ja, an dem was? Was für ein bescheuerter Vergleich! Das Leben ist wie Trinken aus Pilstulpen! Wieso nicht wie das Lutschen von Pinkelsteinen?

Das sind so Fragen, denkt Stefan, während er das Aroma eben jener Pinkelsteine in sich aufnimmt. Genauso wie die Frage, woraus solche Steine eigentlich bestehen. Sollte man mal googeln.

Was man nicht googeln kann, ist die Frage, wieso er immer einen solchen Hang zu kaputten Typen gehabt hat. Jeder mit ein bisschen Hirn hätte sich von Kindesbeinen an von Diggo und Toto ferngehalten, so wie Thomas Jacobi, Frank Tenholt und die anderen es getan haben. Na gut, Stefan ist nicht dabei gewesen, wenn sie im Supermarkt Schnaps klauen gingen, um ihn hinter der Turnhalle der Grundschule zu trinken. Oder wenn sie auf der Kirmes mit dem Autoskooter andere rammten und sich mit ihnen prügelten. Oder wenn sie andere Kinder und Jugendliche auf der Straße drangsalierten, ihnen ihr Geld abnahmen oder ihre Jacken oder ihre teuren Turnschuhe. Wochenlang ist Toto, der Idiot, in viel zu kleinen *Samba* von Adidas herumgelaufen, die er einem Dreizehnjährigen von einer anderen Schule abgenommen hatte. Diggo, die Zigarette grinsend im Mundwinkel, hat den Jungen festgehalten, obwohl er geschrien und geheult hat, weil er die Schuhe gerade erst zum Geburtstag geschenkt bekommen hatte. »Deshalb will ich sie ja haben!«, schrie Toto. »Mit so ausgelatschten alten Teilen will ich nix zu tun haben!« So weit, da mitzumachen, ist Stefan nie gegangen, aber er hat sich lang und breit davon erzählen lassen, und Diggo und Toto mussten den Eindruck bekommen, dass er sie für ihre Tollkühnheit bewunderte. Sie haben ihn nie gefragt, ob er mitmachen wolle, was ja nichts anderes heißen konnte, als dass sie ihm nicht vertrauten. Stefan war zwar froh, dass er sich aus diesen Sachen raushalten konnte, aber das fehlende Vertrauen nagte dann doch an ihm. Dann wieder ärgerte er sich, dass ihm das überhaupt wichtig war. Mit der Denkerei kommt man irgendwie nie so richtig ans Ziel, denkt er, alles rast im Kreis, Schluss jetzt!

Er spült und wäscht sich die Hände mit dem abgegriffenen Stück Fa, das auf dem Waschbeckenrand scheinbar seit Jahren vor sich hin gammelt. Der elektrische Händetrockner stößt mit ohrenbetäubendem Lärm eiskalte Luft aus. Stefan wischt sich die Hände an der Hose ab und geht zurück in den Gastraum.

Wo sich mittlerweile eine Frau zu Diggo, Toto, Stones und Karo gesellt hat, und so selbstverständlich wie Diggo seine Hand hinten in ihren Hosenbund geschoben hat, muss das die Perle aus Eving sein, die Blume, die Diggo am Rande der Autobahn gepflückt hat.

»Was hast du die ganze Zeit gemacht?«, ruft Diggo ihm quer durch die Kneipe zu. »Mal wieder an den Pinkelsteinen gelutscht?«

Obwohl es nicht witzig ist, lachen alle. Der Diggo ist eben ein echter Entertainer.

»Das ist die Miriam«, stellt Diggo die Frau an seiner Seite vor und schiebt sie voller Besitzerstolz ein Stück in Stefans Richtung.

Miriam lacht, bemüht sich dabei aber, ihre Zähne nicht zu zeigen, was Stefan sofort vermuten lässt, dass da einiges im Argen liegt. Sie ist höchstens Mitte zwanzig, hat hohe Wangenknochen, helle Haut und weißblond gefärbtes Haar. Ihre Augen sind von einem erstaunlich hellen Blau und fixieren Stefan von oben bis unten.

»Spielen wir noch weiter?«, fragt er, weil würfeln in dieser Runde immer noch besser ist als reden.

»Schocken ist over«, bestimmt Diggo.

»Wisst ihr eigentlich«, ruft Toto, »dass sich in Gelsenkirchen schon mal einer totgeschockt hat?«

»Das schockt mich jetzt«, sagt Diggo.

»Ehrlich! War in dieser Kneipe in Bismarck, die der Wolli mal gemacht hat.«

»Geh mir weg mit dem Idioten!«, grunzt Diggo.

»Aber um den geht es ja gar nicht!«, meint Toto. »Der hat mir die Story nur erzählt. Also pass auf!«

»Ich pass immer auf, Toto«, sagt Diggo.

»Jedenfalls sitzt da einer und schockt den ganzen Abend! Fetter Kerl, 'ne richtige Tonne, also der brauchte eigentlich zwei Hocker für seinen Hintern. Wenn der aufs Klo gegangen ist, dann blieb der Hocker in der Arschfalte stecken und er kam kaum durch die Tür.«

Toto muss kurz innehalten, weil er sich das bildlich vorstellt und schier platzen will vor Lachen.

»Also, der sitzt da und schockt mit zwei anderen. Die saufen wie die Löcher, aber der Dicke wird nicht besoffen. Merkt man jedenfalls nicht. Weil sich das bei dem alles verteilt. Er hat schon eine Menge verloren, will aber weitermachen, bis er wieder im Plus ist. Die spielen übrigens ohne Reizen, in Gelsenkirchen, also ohne Kontra, Re und Bock.«

»In Gelsenkirchen waren sie noch nie reizend«, sagt Diggo, und Toto muss wieder pausieren, weil jetzt alle lachen müssen. Diggo entwickelt eine Vorliebe für Wortspiele, denkt Stefan.

»So, und dann liegt der Dicke wieder hinten, die andern beiden sind Oberkante Unterlippe, und dann decken sie auf, der eine hat einen Schock Sechs, der andere eine Schwule Jule, und der Dicke hatte in den ersten beiden Würfen nur Mist und hat den dritten Wurf gemacht, ohne drunterzugucken. Und wie er den Becher hochhebt, läuft er knallrot an, denn da drunter liegt ein Schock Aus! Aus der Hand! Der Dicke brüllt noch: Schock Aus! Schock Aus! Schock Aus, Aus, Aus!, fällt vom Hocker und ist tot. Und was sagt der Wolli?«

»Interessiert doch kein Schwein«, sagt Diggo.

»Ist aber gut! Pass auf!«

»Toto, ich sag doch, ich pass immer auf!«

»Der Wolli sagt: *Der Dicke hat seinen Deckel nicht bezahlt!* Ist das ein Drecksack, der Wolli, oder nicht?«

Alle sind sich einig, der Wolli ist ein Drecksack.

»Totgeschockt!«, sagt Toto und lacht wieder. »Ich fass es nicht! Schock Aus, aber endgültig!«

»Die Storys liegen auf der Straße, was Toto?«, sagt Stefan. »Oder auf dem Kneipenboden. Man muss sie nur aufheben.«

»Verarsch mich nicht!«, sagt Toto ernst.

Um der Gefahr zu begegnen, dass es jetzt zu gemütlich wird, sagt Diggo: »Okay, wir verlagern in meinen Turm. Da ist auch der Sprit günstiger.«

Widerspruchslos zahlen sie ihre Deckel. Miriam sagt, sie müsse noch mal kurz zur Toilette. Also geht man schon mal raus und wartet vor dem Haus. Die anderen zünden sich Zigaretten an. Es ist noch immer warm, irgendwo dahinten geht die Sonne unter, über den Dächern goldenes

Licht, wie beim Stahlabstechen. Konnte man früher schön sehen, denkt Stefan, wenn man abends die Kosterstraße nach Hattingen runtergefahren ist und an der Henrichshütte vorbeifuhr. Heiße, flüssige Romantik. Wenn man nicht gerade im tonnenschweren Asbestmantel direkt danebenstand.

Stones flüstert Karo etwas ins Ohr, und beide lachen. Diggo hat die Hände in den Hosentaschen und scheint nachzudenken. Er zieht an seiner Zigarette, ohne sie aus dem Mund zu nehmen. Toto sieht aus, als müsse er sich beim Rauchen unheimlich anstrengen. Man sollte uns mit Bronze übergießen, denkt Stefan, das ginge glatt als Denkmal durch.

Miriam kommt und hängt sich bei Diggo ein. Stefan schultert seine Tasche und schließt auf, weil er lieber beim Treckführer mitläuft als beim Fußvolk. Toto geht allein in der Mitte, Stones und Karo fallen ein wenig zurück. Sie kommen am Bergbaumuseum vorbei, und Stefan fragt sich, wann Frank Tenholt hier wohl Chef sein wird. Auf der Wiese davor haben sie in ihrer Grundschulzeit ihre Klassenspiele ausgetragen, heute liegen da rostige Kunstobjekte im Gras.

Bis sie in der Fußgängerzone sind, sagt Diggo fast nichts, flüstert nur ein paarmal verliebt mit Miriam. Erstaunlich, denkt Stefan. Er dreht sich kurz zu Toto um, aber der blickt zu Boden. Stones und Karo erzählen sich was. Sie kommen an Menschen vorbei, die an Tischen sitzen und ihre entspannten Gesichter in die Abendsonne halten.

Plötzlich fragt Toto: »Und was ist jetzt mit dir und Blondie?«

»Du meinst Charlie.«

»Was ist damit?«

»Was soll sein?«

»Na, alle reden über euch, Alter, und du lässt sie am langen Arm verhungern. Wie kann man so bescheuert sein?«

»Habe ich mich auch manchmal gefragt. Aber das ist vorbei.«

»Das geht doch jetzt seit zweihundert Jahren, also entweder ihr lasst es jetzt mal sein oder macht es amtlich.«

»Hört sich ja an, als müssten wir gleich heiraten.«

Miriam lacht und gibt zu Protokoll, dass Diggo und sie genau das demnächst vorhaben.

»Ich bin auch nicht mehr der Jüngste«, erklärt Diggo, und Toto zeigt eine beeindruckende Darstellung des Begriffes »beredtes Schweigen«. »Nägel mit Köpfen. Beziehungsweise erst nageln, dann paar Köpfe mehr haben.«

Oh Gott, sie wollen sich fortpflanzen, denkt Stefan. Es muss doch eine Behörde geben, die gegen so etwas einschreiten kann. Miriam lacht.

»Paar kleine Diggos«, sagt Diggo.

»Kinder?«, entfährt es Stefan, eine Spur zu entsetzt, sodass er nachschiebt: »Prima Sache.«

Diggo sieht ihn an mit einem Ausdruck in den Augen, der einen vermuten lässt, dass aus ihm was Ordentliches hätte werden können, weil er eigentlich nicht dumm ist. »Ich weiß, was du denkst. Du denkst, die Deckers haben generationenlang ihre Blagen vermöbelt, und die sind dann zu Erste-Klasse-Arschlöchern herangewachsen. Aber ich sage mir: Irgendwann muss mal Schluss sein. Einer muss den Namen Decker reinwaschen.«

Diggo grinst, aber er meint es ernst.

»Blondie und du – wenn ihr heiratet, wie macht ihr das dann mit dem Namen?«, hakt er nach.

»Mit welchem Namen?«

»Na, nimmt sie deinen oder nimmst du ihren oder behaltet ihr beide den, den ihr habt, oder wie?«

»Darüber habe ich mir noch gar keine Gedanken gemacht.«

»Miri will unbedingt meinen annehmen. Ist das zu fassen? Wieso will sie ihren nicht behalten? Ich würde doch nicht den Namen ablegen, unter dem ich geboren wurde! Muss heute keine Frau mehr machen. Es gibt Weiber, denen muss man die Gleichberechtigung regelrecht einprügeln.«

Miriam lächelt, und das ist ganz klar ein Lächeln der Marke »süffisant«, denkt Stefan. Die weiß, was das für einer ist, ihr Diggo, und sie weiß ihn zu nehmen.

»Die Kinder, okay, die müssen natürlich Decker heißen«, sagt Diggo. »Sonst funktioniert das ja nicht mit dem Namenreinwaschen.«

»Na also«, entgegnet Miriam, »ist doch blöd, wenn die Mutter einen anderen Namen hat als die Kinder.«

»Heute ist das doch alles egal«, meint Diggo. »Aber das ist ja auch gar nicht das Thema. Das Thema heißt *Blondie und der Zöllner.* Ich lass dich nicht wegfahren, bevor du mir nicht begreiflich gemacht hast, wieso du das nicht auf die Kette kriegst.«

»Was heißt auf die Kette kriegen …«, sagt Stefan, »das mit Charlie ist so eine Sache, und zwar eine, die nicht funktioniert. Schon alleine die Entfernung, und dann kennen wir uns schon so lange, und wenn dann …«

»Ach, mach dich mal nicht so interessant mit deinen ewigen Bedenken, du sensibler Mime, du. Sind doch alles nur Ausreden.«

»Nee, nee«, meint Miriam und fixiert Stefan wieder mit ihren hellblauen Augen, »er ist mit der Frau doch schon so lange befreundet, und jetzt hat er Angst, dass das auch noch kaputtgeht, wenn das mit der Beziehung nicht klappt.«

Diggo zieht eine Braue hoch. »Hör dir die an! Die beiden sind schon länger ineinander verknallt, als du auf der Welt bist. Was habt ihr in Eving denn für 'ne Ahnung von solchen Sachen!«

»Genug Ahnung«, sagt Miriam, »um mir einen wie dich an Land zu ziehen.«

»Da hast du auch wieder recht«, stellt Diggo mit ernster Miene fest und wendet sich dann wieder an Stefan: »Hast du eigentlich 'ne Perle in München?«

»Ich bin mit einer Frau zusammen«, bestätigt Stefan und weiß, dass sich das etwas umständlich anhört.

»Und? Ist es die große Liebe? Bist du glücklich?«

Es ist merkwürdig, dieses Wort aus Diggos Mund zu hören. »In München«, sagt er, »da hab ich mir was aufgebaut. Da ist mein Job, da ist meine Freundin. So ist das.«

Diggo sieht ihn an. »Klingt super«, sagt er ohne Begeisterung.

Ja, das finde ich auch, denkt Stefan.

»Vor allem das mit dem Job«, setzt Diggo nach. »Schon mal daran gedacht, was passiert, wenn das mit dem Vorstellungsgespräch morgen nicht klappt?«

Stefan hat sich diese Frage noch nicht gestellt. Das ist vielleicht die Überheblichkeit des Theaterschauspielers, der sich denkt, wenn es für die Bühne nicht mehr reicht, kommt man halt zur Not bei so einer Vorabendserie unter, das bringt wenigstens die Butter aufs Brot. Aber wenn das morgen aus irgendwelchen Gründen nicht hinhaut, dann ist das Hemd, in dem er dasteht, wirklich verdammt kurz. Das muss nichts mit seinen Qualitäten als Schauspieler zu tun haben. Vielleicht suchen die einfach einen anderen

Typ. Oder ein anderer hat bessere Beziehungen, kennt jemanden in der Produktionsfirma oder einen der Autoren oder was auch immer. Das wäre die endgültige Demütigung. Und der entgeht man nur, indem man wegbleibt. Aber das geht natürlich nicht. Eine miese Perspektive ist immer noch besser als gar keine.

Diggo lässt ihn nicht vom Haken: »Ich warte noch auf eine Antwort!«

Zwar sieht Stefan nicht ein, warum er sich ausgerechnet vor Diggo rechtfertigen muss, aber er will die Antwort nicht schuldig bleiben, nicht wie einer rüberkommen, der keinen Plan hat. »Na ja, also«, sagt er, und gleich schießt ihm durch den Kopf, dass es nicht gut rüberkommt, wenn man einen Satz mit *Na ja, also* beginnt. Trotzdem macht er weiter: »Ich habe ja immer noch das Haus, und wenn ich das verkaufe, dann komme ich erst mal über die nächste Zeit, und dann gehe ich halt woanders ins Engagement, also da findet sich immer was.«

Diggo schiebt die Unterlippe vor und nickt. »Geiler Plan.«

Toto hat sich jetzt offenbar lange genug zurückgehalten, schließt auf und fängt wieder an zu erzählen: »Leute, wir waren doch vorhin am Bergbaumuseum. Da gibt es auch wieder so eine Hammer-Story!«

»Muss jetzt nicht sein«, seufzt Diggo ungewohnt milde.

»Lass ihn doch«, entgegnet Miriam huldvoll.

»Also pass auf!«

»Wir passen immer auf, Toto!«, variiert Diggo seinen Running Gag.

»Da waren mal zwei über Nacht da oben. Mann und Frau. Zum Knutschen oder Vögeln oder ist auch egal. Die sind während der normalen Zeiten da hoch und haben sich dann einschließen lassen. Absichtlich! Die hatten zu essen und zu trinken dabei, und dann haben sie da oben auf der zweiten Aussichtsplattform gehockt und weiß der Geier was gemacht. Und wie ist das rausgekommen? Der Typ muss irgendwann strullen, stellt sich an das Gitter – und? Was macht er? Strullt runter! Kein Witz! Und direkt dahinter ist doch die Bullerei.«

»Das Präsidium der Ahnungslosen«, korrigiert Diggo.

»Jedenfalls«, macht Toto unbeirrt weiter, »steht da gerade ein Bulle oder Polizist oder egal da draußen und kriegt es voll auf die Mütze! Der denkt erst, komisch, ist doch so eine schöne Sommernacht, wo kommt plötzlich der Regen her? Ja, und da dämmerte es ihm, und dann gab es richtig Ärger! Hammer, oder?«

»Ich krieg mich gar nicht mehr ein«, sagt Diggo tonlos.

Stefan kann sich jetzt nicht zusammenreißen und sagt: »Hammer-Story, Toto, aber leider falsch. Von wem hast du die?«

Toto zuckt mit den Schultern. »Weiß ich nicht mehr. Stand in der Zeitung oder so.«

»Wieder falsch«, erwidert Stefan. »Die Geschichte hast du von mir und Charlie, beziehungsweise, du hast danebengestanden, als wir die auf einer Party erzählt haben. Die beiden da oben, das waren Charlie und ich, und wir haben nicht gevögelt, sondern geredet. Ich musste zwar meine Notdurft verrichten, aber so weit kann keiner pinkeln, dass er einen treffen könnte, der vorm Polizeipräsidium steht.«

»Echt jetzt?«

»Echt jetzt.«

Toto denkt nach. »Aber meine Story ist besser, oder?«

»Nur ist sie nicht wahr.«

Toto zuckt wieder mit den Schultern. »Scheiß drauf.«

Endlich stehen sie vor dem Haus, in dem Diggo wohnt, ein graues Mehrfamilienhaus in der Nähe des Bahnhofs. Im Hausflur steigen sie ausgelatschte Holztreppen nach oben. Ein bisschen wie in Dortmund gestern, nur besser in Schuss. Diggo wohnt im dritten Stock, wo eine große Wohnung in zwei kleine aufgeteilt worden ist. Sie stiefeln im Gänsemarsch durch einen schmalen Flur mit hellgelb gestrichener Raufaser. Diggo zeigt nach links in ein Wohnzimmer, in dem zwei abgewetzte, durchgesessene Kunstledersofas stehen und dazwischen ein niedriger Couchtisch. Diggo selbst geht nach rechts in eine erstaunlich aufgeräumte Küche mit einem kleinen, rechteckigen Holztisch, zwei Plastik-Klappstühlen, einem Herd, einer Spüle und sogar einer Waschmaschine. Stefan weiß jetzt auch nicht, warum ihn das so überrascht, aber das tut es.

Sie setzen sich ins Wohnzimmer, Miriam auf das eine der beiden Sofas, Stones und Karo auf das andere. Stones und Karo flüstern immer mal wieder miteinander, als hätten sie was vor.

Diggo stellt Bier auf den Tisch, holt für Toto und Stefan die beiden Plastik-Klappstühle aus der Küche und setzt sich neben Miriam.

»Bisschen still hier!«, sagt Diggo, und Toto springt auf und macht sich an der kleinen Anlage zu schaffen, die unterm Fenster auf dem Boden steht. Stefan ist nicht überrascht, als kurz darauf AC/DC durch den Raum dröhnt.

Bis auf Miriam und Stefan wippen alle automatisch mit dem Kopf und lassen die Bierflaschen aufploppen und aneinanderkrachen. Bei Totos Flasche belässt es Diggo nicht beim Anstoßen, sondern haut ihm den Flaschenboden oben auf die Öffnung, sodass der Schaum hochschießt, austritt und Toto über die Finger läuft und auf den Boden tropft.

Diggo stößt auch mit Stefan an und sagt: »Das Wahre, oder? Keine Hirnwichse, nur ein paar Jungs, die Musik mit der Hand machen, was?«

Es ist uraltes Zeug, denkt Stefan, *Powerage* oder *High Voltage,* wenigstens nicht das zu Tode genudelte *Highway to Hell,* auf jeden Fall aber Musik von Übervorgestern. Jetzt erkennt er es: *It's a long way to the top,* also *High Voltage.* Na gut, also, das ist schon nicht schlecht, es ist so einfach und damit auf dem Punkt. Als Kind und Jugendlicher konnte er das nicht leiden, aber heute hat man doch den Eindruck, eigentlich müsste man AC/DC-CDs bei Manufactum verkaufen, denn: Es gibt sie noch, die guten Dinge. Und die guten Dinge sind oft die einfachen Dinge, also zwei Gitarren, Bass, Schlagzeug und ein brunftiger Sänger, da hat Diggo schon recht, denkt Stefan, der aber vor allem Leute kennt, die sich für bessere Menschen halten, weil sie *Arcade Fire* hören.

Alle wippen sich noch durch *Rock'n' Roll Singer,* Diggo schickt Toto frisches Bier aus der Küche holen, und zu *The Jack,* einem Blues, der im AC/DC-Universum als Ballade durchgeht, setzt sich Miriam rittlings auf Diggos Schoß. Sie fangen an zu knutschen, man sieht viel Zunge, die anderen grölen, und Stefan möchte jetzt weg. Diggos riesige Hände fahren über Miriams Rücken und schieben ihr T-Shirt hoch, bis man ihren schwarzen BH sieht. Stones und Karo grölen immer lauter, nur Toto macht Luftgitarre, mit der Flasche in der Hand.

Stefan steht auf und fragt, wo das Badezimmer sei.

»Rechts rum, dann zweite Tür«, meint Toto, da der Hausherr beschäftigt ist.

Es ist ein schmales Bad mit weißen Kacheln und einem

sehr bunten Duschvorhang über der Badewanne. Auf der Ablage über dem Waschbecken stehen zwei Zahnbürsten in einem blauen Plastikbecher, daneben Zahncreme und ein paar Tuben, die definitiv nicht Diggo gehören. Das mit Miriam, das ist ernst.

Stefan muss hier gar nichts erledigen, er setzt sich nur auf den Wannenrand und denkt nach. Durch die Wände wummern die Bässe. Stefan stellt sich vor, wie Anka ihn begrüßt. Wahrscheinlich wird sie erst mal sauer sein, aber er wird ihr alles erklären. Er malt sich das Gespräch aus und was danach kommt, versucht sich das Vorsprechen morgen vorzustellen und wie er in ein paar Wochen oder Monaten jeden Tag auf einem *Set* erscheint und Sätze sagt wie: »Mit Gefühlen spielt man nicht!«, oder was immer die in solchen Serien sagen. Fühlt sich fremd an, aber man gewöhnt sich an alles, denkt er.

Als er endlich ins Wohnzimmer zurückkommt, stehen sich Diggo auf der einen und Stones und Karo auf der anderen Seite des Couchtisches gegenüber. Wegen irgendwas haben sie sich in der Wolle. Es geht darum, was Stones oder Karo über Miriam gesagt hat, die Diggo zu beruhigen versucht, so schlimm sei es nun auch nicht gewesen, aber bei aller Liebe lässt sich ein Diggo Decker nicht vorschreiben, worüber er sich aufzuregen hat oder nicht, nicht mal von der Frau, die ihre Bürste in sein Zahnputzglas und ihre Cremes neben sein Aftershave stellen darf. Also geht er um den Couchtisch herum, Stones weicht zurück und meint, Diggo könne ihn mal, und zwar kreuzweise, und da kann Diggo natürlich nicht anders und knallt Stones die flache Rechte seitlich an den Schädel. Stones fällt um, knallt mit dem Kopf gegen die Tür und bleibt liegen. Diggo fragt Karo, ob er noch was zu sagen habe, aber der starrt nur seinen auf dem Boden liegenden Kumpel an. Bon Scott brüllt: *Watch me explode!*

Das ist jetzt nicht gut, denkt Stefan. Das ist gar nicht gut. Warum bin ich nicht einfach abgehauen?

Diggo greift sich ein Bier und setzt sich wieder hin. Miriam streicht ihm über den Kopf. Stones liegt weiter da. Diggo trinkt, Angus Young spielt sein Solo, Diggo meint, die Schwuchtel solle mal wieder aufstehen, die Schwuchtel bleibt aber liegen. Diggo legt eine Hand auf Miriams Oberschenkel. Karo starrt. Toto leckt sich schweigend die Lippen. Stefan bricht der Schweiß aus, weil Stones sich nicht rührt. Stefan will jetzt keinen Alarm machen, nicht die Memme geben, aber Stones rührt sich einfach nicht. Da hebt und senkt sich auch der Brustkorb nicht, es sieht ganz so aus, als würde Stones nicht mehr atmen. Er blutet zwar nicht, aber das will ja nichts heißen, die inneren Verletzungen sind ja immer die schlimmsten, *schweres Schädel-Hirn-Trauma,* schießt es Stefan durch den Kopf, und wenn schon Fernsehen, drängt sich ein völlig unpassender Gedanke dazwischen, wäre eine Krimiserie eigentlich vorzuziehen, oder? Eine ständige Rolle im Tatort, vielleicht als Gerichtsmediziner oder Spurensicherer, nur ein paar Sätze pro Folge, aber das bringt einen ja jetzt auch nicht weiter, und er fragt sich, wer bei Stones Mund-zu-Mund-Beatmung machen muss, sollte es nötig sein.

Als *T.N.T.* vorbei ist, gibt es ein paar Sekunden Stille, und die ist unangenehm. Dann kommt die nächste Nummer, und Diggo steht auf. Er stellt sich neben Stones, der sich immer noch nicht rührt, und stemmt die Hände in die Hüften.

»Jetzt steh auf, du verdammtes Arschloch, wir hatten alle unseren Spaß, aber jetzt ist gut!«

Stones rührt sich nicht.

»Mach mal den Scheißkrach aus!«, brüllt Diggo.

Toto gehorcht.

Stones rührt sich immer noch nicht.

Die Stille ist schlimm.

»Verdammte Kacke«, murmelt Diggo, und seine Gesichtsfarbe verändert sich. »Müssen wir jetzt für diesen Penner einen Krankenwagen rufen? Hat der wirklich so eine weiche Birne? Ist doch zum Kotzen, so was!«

Keiner bewegt sich.

Stefan denkt, dass es nicht mehr lange hin ist, bis sein Zug fährt. Er möchte den ungern verpassen, schließlich verfiele dann die Fahrkarte. Merkwürdig, woran man in solchen Momenten denkt.

»Telefon«, sagt Diggo, aber nicht besonders laut. Niemand reagiert. Also schreit er: »Telefon, verdammte Scheiße!«

Miriam fängt an zu heulen, Diggo meint, sie solle still sein. Er geht selbst auf die Diele, um das Telefon zu suchen. Dabei hat in diesem Raum doch wohl jeder ein Handy, oder?

Laien finden ja immer, dass Schauspieler aus jeder Katastrophe noch eine Erfahrung ziehen können, welche sie dann in die nächste schwere Rolle einbringen können. Stefan hält das jetzt gerade für absoluten Schwachsinn.

Diggo flucht auf der Diele, weil er das Telefon nicht findet, und Stefan schließt für einen Moment die Augen, sodass er nicht mitbekommt, wie Stones sich auf die Seite rollt und plötzlich anfängt, hysterisch zu lachen. Er kann sich gar nicht mehr halten und schlägt mit der flachen Hand immer wieder auf den Boden, bis alle anderen im Zimmer es auch begriffen haben und mitlachen.

Auch Stefan muss grinsen und sieht auf die Uhr.

Diggo, der jetzt in der offenen Tür auftaucht und ein Telefon in der Hand hält, lacht nicht.

Jetzt muss Diggo austeilen, denkt Stefan, aber so richtig. Einen wie Diggo verarscht man nicht, und wenn, dann nur einmal. Doch Diggo packt Stones nur unter den Achseln und stellt ihn auf die Füße. Er geht ganz nah an ihn ran, bis sich die Nasenspitzen der zwei fast berühren. Stones lacht nicht mehr. Diggo presst hervor: »Werd! Er! Wachsen! Du Vollpfosten!« Dann stößt er Stones aufs Sofa, wo der wieder anfängt zu lachen.

»Übertreib's nicht!«, mahnt Diggo. »Du wirst schon noch von mir hören, das versprech ich dir.«

Stones greift nach seinem Bier. Karo sackt in sich zusammen und schüttelt den Kopf. Diggo setzt sich aufs Sofa, zündet sich eine Zigarette an, nimmt einen Zug und lehnt sich zurück. Miriam küsst ihn auf die Wange und schmiegt sich an ihn. Toto staunt: »Was für eine Story, echt jetzt!«

Stefan steht auf, dankt allen für den gelungenen Abend und sagt, er müsse nun seinen Zug bekommen. Diggo wendet sich ihm zu.

»War uns ein Fest, dass du mal wieder reingeguckt hast«, sagt er und hält Stefan die Hand hin. Sie umklammern gegenseitig ihre Daumenballen. Miriam hält ihm die Hand hin, als müsse er sie küssen, worauf Stefan aber verzichtet. Stones nickt nur grinsend, Karo tippt sich mit dem Zeigefinger an die Stirn, und Toto sagt: »Ich bring dich raus!«

Stefan nimmt seine Tasche und geht zur Tür, wo Toto ihn abpasst und sagt: »Du weißt, dass er recht hat, oder?«

»Wer? Womit?«

»Diggo. Mit der Sache mit dir und Blondie.«

»Ich muss meinen Zug kriegen, Toto.«

»Ich mein ja nur. Sei nicht blöd! Wir werden alle nicht jünger. Und guck mal, was hier gerade wieder abgegangen ist! So was gibt es doch nur hier, oder? Das bietet dir in München keiner!«

»Das ist einer der Gründe, warum ich da so gerne lebe.«

Toto grinst. »Erzähl mir keinen vom Pferd!«

Er hält Stefan die Hand hin, und Stefan schlägt ein. »Denk noch mal ein bisschen nach!«, sagt Toto. »Noch ist der Zug nicht abgefahren!«

Stefan geht die Treppe hinunter und dreht sich auf dem Absatz noch einmal um. Warum, weiß er selbst nicht. Toto steht immer noch da und grinst. Stefan geht die restlichen zweieinhalb Stockwerke hinunter, verlässt das Haus und wirft unwillkürlich noch einen Blick nach oben. Wo Toto am offenen Fenster steht und winkt. Stefan zwingt sich, nicht noch einmal zurückzublicken, bis er um die nächste Ecke gebogen ist.

Der Abend ist jetzt auf der Zielgeraden. Auf einigen Dächern immer noch goldenes Restlicht. Sommerfest vorbei.

Es ist nicht weit bis zum Bahnhof, und Stefan ist sicher, dass jetzt nichts mehr passieren kann. Es kann ihm niemand mehr über den Weg laufen, der ihn davon abhält, das zu tun, was richtig ist: sich in den Zug setzen, losfahren und einen etwa sechshundert Kilometer langen Schlussstrich ziehen.

Im Bahnhof kauft er sich eine große Flasche Wasser. Da der Zug zehn Minuten Verspätung hat, setzt er sich auf eine Bank und lässt sich von einer großen LED-Wand an einem Haus hinter dem Bahnhof unterhalten. Die Nachrichten des Tages. In Hamburg ist eine Schulreform per Volksbegehren gestoppt worden. Im Golf von Mexiko sprudelt noch immer

Öl aus einem kaputten Bohrloch. Drei Millionen Menschen sollen heute auf dem Asphaltwurm unterwegs gewesen sein.

Der Zug kriecht in den Bahnhof, und Stefan steigt ein. Es ist nicht viel los, er hat einen kompletten Tisch für sich allein. Er trinkt Wasser und denkt an Diggo und die Bekloppten. An Frank Tenholt und Karin, Thomas und Mandy und Mandys Mutter, Typen wie Klaus Dudek und Karl-Heinz Rogowski, die man allein schon wegen ihrer Namen irgendwie einrahmen will. Er denkt an Murat und sein kaputtes Bein, an Tante Änne und Onkel Hermann. Im Kopf geht das alles durcheinander, aber irgendwann kommt er bei Omma Luise an und bei der Frage, was sein wird, wenn sie nicht mehr ist. Omma Luise war immer und wird immer sein, alle anderen sind gegangen, aber sie ist immer noch hier. Und irgendwo läuft ein Willy Abromeit herum, dem sie den einen Tanz verweigert hat, damals im Café Industrie, als das Tanzverbot kurzzeitig aufgehoben war, im Krieg, nach Stalingrad und bevor alles den Bach runterging.

Stefan denkt an seine Eltern und muss ein paarmal schlucken.

Der Zug fährt nicht.

Der Zug steht.

Die lassen sich immer wieder was Neues einfallen, denkt er. Auch so ein Satz von Oppa Fritz, ähnlich wie: »*Die* kommen auf Bolzen!«, in der Betonung wie »*Die* kommen auf Ideen!« Wer *die* sein sollten, wurde nie ganz klar, aber es gibt immer *die,* die einem das Leben schwer machen. Doch wenn man drüber nachdenkt, hat Charlie schon mit fünfzehn oder sechzehn gesagt, macht man sich das Leben immer selber schwer.

Der Zug fährt immer noch nicht.

Stefan geht nach vorne zur offenen Tür und blickt nach rechts und nach links, aber da ist nichts zu sehen. Dann kommt ein Pärchen Hand in Hand die Treppe hochgehastet. Beide sind vielleicht Anfang zwanzig, und der Junge hat einen Rucksack auf dem Rücken. Sie küssen sich wie wild, Stefan tritt zurück, damit der Junge einsteigen kann, nur um sich gleich wieder hinauszubeugen und seine Freundin weiterzuküssen. Sie hat Tränen in den Augen und sagt, sie will nicht, dass er wegfährt. Er sagt, er will es auch nicht, und am Freitag sei er wieder da. Sie küssen sich weiter.

Jeden Moment kann dieses Piepen kommen, denkt Stefan, welches das Schließen der Türen ankündigt.

Aber es kommt nicht.

»Ich vermisse dich schon jetzt!«, sagt das Mädchen.

»Die paar Tage schaffen wir schon«, sagt der Junge.

Das Mädchen meint, wenn er wieder da sei, wolle sie keinen Tag mehr von ihm getrennt sein. Vorabendserie live, denkt Stefan. Die sind also gar nicht übertrieben.

Plötzlich spricht der Zugchef: »Meine Damen und Herren, aufgrund einer Störung am Triebfahrzeug verzögert sich unsere Abfahrt noch um wenige Minuten, wir bitten um Ihr Verständnis.«

»Kriegt ihr nicht«, lacht der Junge. »Mein Verständnis gehört mir!«

Das Mädchen lacht auch und sagt, wegen ihr könne die blöde Lok komplett den Geist aufgeben. Dann fangen sie wieder an sich zu küssen. Stefan kann sich von diesem Anblick nicht losreißen. Da sind sich zwei ganz sicher, und darum beneidet er sie.

Jetzt sieht Stefan ein paar Meter weiter den Zugchef,

wie er den Arm hebt und in eine Trillerpfeife bläst, mit vollen Backen, wie in einem Kinderfilm.

Endlich ertönt dieses Piepen, der Junge zieht den Kopf zurück, das Mädchen legt eine Hand auf ihren Mund, und Stefan schiebt plötzlich den Jungen zur Seite, zwängt sich durch den enger werdenden Spalt und rennt quer über den Bahnsteig und die Treppe hinunter.

## 18

Mit nichts stehe ich vor dir, denkt er. Mit nichts als dem, was ich am Leibe trage, denn meine Tasche fährt nach München. Und wird da unten gefunden, vom Zugchef, und zum Fundbüro gebracht, wo sie dann eine Zeit lang herumsteht, bevor sie versteigert wird und sich irgendjemand über gebrauchte T-Shirts und Unterhosen freut und sich fragt, was für einem uninteressanten, langweiligen Typen diese Tasche mal gehört hat.

Vielleicht sollte ich mal rübergehen, denkt er.

Seit fast einer halben Stunde steht Stefan auf der Straße und sieht zum ehemaligen Haus Rabe hinüber. Die Rollläden sind heruntergelassen, die Neonwerbung für die örtliche Biersorte ist kaputt, da muss mal ein Stein durchgeflogen sein, aber oben, in der ehemaligen Wirtswohnung brennt Licht, Charlie ist also zu Hause. Und Alex wohl auch, aber wahrscheinlich schläft der schon. Andererseits sind Ferien. Aber mit fünf geht er noch gar nicht in die Schule, also Kindergarten. Haben Kindergärten zur gleichen Zeit Ferien wie die Schulen?, fragt er sich. Wäre nicht so günstig für Leute, die normale Jobs haben, die bekommen ja nicht ständig Urlaub, nur weil der Kindergarten zuhat. Angelegenheiten, mit denen man sich bisher nie beschäftigen musste.

Die eigentliche Frage ist ja, was passiert, wenn man da jetzt rübergeht und klingelt und Hallo sagt und dass jetzt alles anders ist. Nicht, was dann in den nächsten paar Stunden passiert (paar Flaschen Bier, Brote, Chips, Cracker), sondern danach. Und dieses *danach* ist ziemlich lang. Oder ziemlich kurz, je nachdem.

Na gut, denkt er, ich kann immer noch in das Haus zurück, das ich eigentlich heute hätte verkaufen sollen, da kann ich schlafen und ein paar Tage vor mich hin vegetieren, aber dann gibt es immer noch ein Danach, es sei denn, ich komme untern Bus oder werde von einem Kumpel von Diggo totgeschlagen oder, und das wäre natürlich das Schönste, ich falle besoffen von Frank Tenholts Zeche, dann gibt es nur für die anderen ein Danach, und die sagen dann, den Stefan, den musste man nicht kennen, der hatte ein Rad ab, was Frauen angeht, aber sein Tod hat doch vieles wieder wettgemacht. Besoffen von der Zeche fallen! Herrlich! Toto würde mit der Story richtig abräumen.

Wie gern wäre er unsichtbarer Beobachter auf seiner eigenen Beerdigung. Das ist doch jedem schon mal durch den Kopf gegangen. Er ist so unoriginell.

Auf dem Weg hierher, im Taxi, da ist ihm noch was durch den Kopf gegangen: Wenn das mit Anka nicht klappt, dann bringt ihn das nicht um. Wenn das mit Charlie scheitert, ist er praktisch tot.

Dieses letzte Zögern ist ja albern, denkt er, und erklärt es kurzerhand zu einem harmlosen Verschnaufen.

Er geht über die Straße und steht endlich vor der Haustür, die sich in der Toreinfahrt neben dem Haus Rabe befindet, und die ist nur angelehnt, also tritt er ein. Er drückt die Tür hinter sich zu, weil das ja nicht sein muss, dass so eine Haustür abends nur angelehnt ist, da kommt ja weiß Gott wer rein.

Irgendwie erwartet man doch immer, dass es in so einem Hausflur nach Essen riecht, aber das tut es nicht, es riecht ein wenig abgestanden, vielleicht auch ein wenig nach Putz und Mörtel, und da sieht Stefan auch, dass an den Wänden einige Löcher frisch ausgebessert sind. Das ganze Treppenhaus wartet darauf, dass man sich darum kümmert. Er steigt die Stufen nach oben und steht vor der Wohnungstür. Kein Name an der Klingel. Sein Arm und sein Zeigefinger tun es den Beinen gleich und entscheiden selbstständig, und dann gongt es drinnen auch schon.

Als sie die Tür öffnet und ihn erkennt, fliegt nicht gerade ein Lächeln über ihr Gesicht.

»Du hast echt Nerven!«, sagt sie.

»Ich habe in meinen Ausweis geguckt, da stand mein Geburtsdatum«, entgegnet Stefan, »und mit ein bisschen Kopfrechnen habe ich rausgekriegt, wie alt ich bin. Diese Zahl habe ich in Bezug zu meinem Benehmen gesetzt. Und jetzt bin ich hier.«

»Was ist mit deinem Zug?«

»Ist unterwegs.«

»Hast du kein Gepäck?«

»Ist auch unterwegs.«

Sie weiß noch immer nicht, was sie davon halten soll, aber nach ein paar Sekunden sagt sie: »Komm rein.«

Die Wohnung hat einen langen Flur, von dem die Zimmer abgehen.

»Alex schläft schon«, sagt Charlie, und Stefan ist erleichtert. Eins nach dem anderen.

Sie führt ihn in die erstaunlich große Küche. Da ist ein Durchbruch gemacht, und zwei Zimmer sind zu einem zusammengelegt worden. Eine schöne große Küche mit modernen Geräten, einem großen Tisch mit vielen Stühlen drum herum, und an der hinteren Wand steht noch ein Sofa mit einer Decke drüber. Charlie ist immer ein Küchenmensch gewesen.

»Willst du ein Bier?«

»Ich hatte schon ein paar.«

»Aber eins geht noch, oder?«

Ohne seine Antwort abzuwarten, nimmt sie zwei Flaschen aus dem Kühlschrank. Etwas versetzt drücken sie ihre Bügelverschlüsse und stoßen an.

»Der Kleine schläft?« Bisschen Konversation. Ist nie verkehrt.

»Schon lange.«

»Ist sicher nicht leicht, so als alleinerziehende Mutter.«

»Bei mir geht es noch. Ich bin selbstständig, zwar nicht komplett flexibel in meiner Zeiteinteilung, aber doch mehr als andere.«

»Hat man nicht ständig Angst, dass so einem Kind was passiert?«

Charlie spielt mit ihrem Ploppverschluss. Also mit dem ihrer Bierflasche. Stefan ist zu müde und zu betrunken für niveauvolle Gedanken.

»Klar«, sagt Charlie. »Es laufen eine Menge Idioten da

draußen rum. Aber man kann sich davon nicht das Leben diktieren lassen.«

»Das wär ja noch schöner!«

Sie wirft ihm einen bösen Blick zu. Es ist noch zu früh für Scherze. Sie hat augenscheinlich noch nicht entschieden, ob sie ihn nicht doch rauswerfen soll.

»Was hast du heute noch so getrieben?«, fragt er.

»Bisschen gearbeitet«, sagt sie.

»Woran?«

Charlie seufzt. »Es geht um den Webauftritt einer Gartenbaufirma. Aber willst du das wirklich wissen?«

»Natürlich.«

»Du willst doch nur Schönwetter machen.«

»Das auch.«

Charlie denkt nach. »Ich weiß nicht, wie ich jetzt damit umgehen soll, dass du hier plötzlich aufgetaucht bist. Ein Teil von mir sagt sich, dass es am vernünftigsten wäre, dich wieder rauszuschmeißen.«

Stefan hält die Klappe.

»Du könntest doch auch im Haus deiner Eltern schlafen«, sagt Charlie.

»Könnte ich«, antwortet Stefan und tastet nach dem Schlüssel in seiner Jackentasche, aber da ist keiner. »Oh, könnte ich nicht«, sagt er. »Der Schlüssel ist in der Tasche, die nach München fährt.«

Jetzt muss Charlie dann doch grinsen. »Schön, dass sich manche Dinge niemals ändern.« Sie nimmt einen Schluck von ihrem Bier. »Willst du mal die Kneipe sehen?«

»Die kenne ich doch.«

»Aber vielleicht siehst du sie jetzt mit anderen Augen.«

Also gehen sie mit den Flaschen in der Hand nach unten.

Gegenüber der Haustür ist eine grau gestrichene Stahltür, die schließt Charlie auf, dann stehen sie in dem Gang, der vom Gastraum zu den Toiletten führt. Charlie drückt auf einen Schalter, und eine nackte Glühbirne erhellt notdürftig einen schmalen, bis auf halber Höhe mit Holz getäfelten Schlauch. Nach links geht es zu *Herren* und *Damen,* nach rechts durch eine Tür mit einem Fenster aus gelbem pickeligem Glas in den Gastraum, was auch ein billiger Aufkleber auf dem Türrahmen genauso verkündet.

Eine der Lampen über den Tischen funktioniert noch. Es ist staubig, wie von einer dünnen Schicht grauem Schnee bedeckt. Da sind die viereckigen Holztische, die gusseisernen Lampenschirme, der Stammtisch, auf dem noch immer der große Aschenbecher mit dem Bogengriff steht, der Tresen, die Vitrine, in der sich früher die Frikadellen feilboten. Es ist muffig. Sie gehen umher, und Stefan sieht sie an den Tischen sitzen: den *Masurischen Hammer* Willy Abromeit, seine Frau Paula, geborene Mehls, Omma Luise, Oppa Fritz, Hermann Ellbringe und Wolfgang Mehls, die Generationen der Deckers, der Zöllners und der Janowskis und Pieceks und Blohmes. Janowski, Piecek und Günther Blohme sind heute noch gar nicht vorgekommen, denkt er. Mutter Blohme hat einen Sohn im Krieg verloren und sich immer gewünscht, der andere, der Günther, wäre in Russland geblieben.

Stefan denkt an den Film *Feld der Träume,* wo die toten Baseballspieler aus dem Mais treten und zu spielen beginnen. Er hat den Eindruck, wenn er sich umdreht, steht Willi Jebollek hinter ihm und will wissen, ob Stefan noch eine Fanta will. Im diffusen Licht meint er Schemen an den Tischen sitzen zu sehen und Bier trinken und knobeln und diskutieren, und am Tresen liegen sich drei in den Armen und singen lautlos.

Charlie schiebt die Türen zum Hinterzimmer auseinander, wo früher der Chor unter der Leitung von Erich Grothemann, dem alten Kommunisten, geprobt hat. Dieser Bereich wäre jetzt, nach Charlies Vorstellungen, Stefans Zuständigkeit.

Ein guter Raum für eine kleine Bühne. Keine Sichtbehinderungen, achtzig bis hundert Leute dürften hier in Reihenbestuhlung Platz finden.

»Bist du hergekommen, um mir zu sagen, dass du den Job willst?«, fragt Charlie.

»Ich bin erst mal nur hier, um mein Leben zu riskieren.«

Charlie runzelt die Stirn.

»Erkläre ich ein anderes Mal«, sagt Stefan.

Sie gehen wieder nach oben und sitzen noch eine Weile in der Küche und reden. Nichts Wildes, nur was man aus der Kneipe machen kann und ein paar Erinnerungen an die Leute, die hier früher verkehrten. Und Charlie erzählt davon, was man alles erlebt, wenn man ein Kind hat. Dass es manchmal auch sehr lustig sein kann.

»Lass hören!«, sagt er.

Charlie grinst. »Also pass auf!«

»Ich pass immer auf!«

»Alex ist also im Kindergarten. Und es kommt ein neues Kind, der Daniel. Dessen Mutter ist, nun ja, einigermaßen beleibt und hat auch einen entsprechenden Vorbau. Die Erzieherin in ihrer Gruppe ist aber mehr so flachbrüstig. Und eines Morgens sagt der Daniel zu der Erzieherin: Sag mal, hast du eigentlich auch Titties?«

»Echt jetzt?«

Charlie gluckst schon. »Voll! Und die Erzieherin so: Ja,

sicher habe ich welche. Darauf Daniel: Kannst du die morgen nicht mal mitbringen?«

Charlotte Abromeit und Stefan Zöllner lachen sich eins. Oder auch zwei oder drei. Sie können fast nicht mehr aufhören. Ehrlich, Storys ohne Ende, denkt Stefan. Liegen einfach auf der Straße!

Dann sagt Charlie: »Du kannst in meinem Arbeitszimmer schlafen. Erst mal.«

In Charlies Arbeitszimmer steht ein großer, moderner Schreibtisch mit einem großen iMac drauf. An einer Wand ein Bücherregal vom Boden bis zur Decke. In einer Ecke ein Sofa, das Charlie jetzt auszieht zu einem breiten Bett. Er hilft ihr beim Beziehen, fragt sich, ob sie gerade auch daran denkt, dass sie letzte Nacht praktisch dasselbe schon mal getan haben, also Sofa ausklappen und beziehen. Nur wird sich Charlie heute nicht zu ihm legen.

»Okay«, sagt sie, nachdem sie ihm noch ein Kissen und eine Decke gebracht hat. »Ich würde sagen, dann sehen wir uns morgen früh.«

»Darf ich vielleicht kurz an den Computer?«

»Klar, kein Problem.«

In der Tür dreht sich Charlie noch mal um. »Gute Nacht«, sagt sie und guckt ihn ein bisschen länger an, als sie müsste, und vielleicht freundlicher, als sie will, denkt er, aber da sollte man nicht zu viel hineininterpretieren, also antwortet er einfach: »Gute Nacht.«

Dann ist Stefan allein. Er steht ein bisschen da und denkt nach. Er tippt auf eine Taste des Computerkeyboards und stellt fest, dass der Rechner nur im Ruhezustand war. Er öffnet das Internetprogramm und ruft Wikipedia auf.

Der Artikel zu »Feme« ist lang und liefert keine knackige Definition. Auf jeden Fall handelt es sich um eine mittelalterliche Form der Gerichtsbarkeit »unter Freien«, bei der schwere Delikte wie Tötungen oder Brandstiftungen verhandelt wurden und die gerne unter einem Baum abgehalten wurde – daher wohl »Femlinde«. Wo heute Beerdigungen begangen werden, wurde früher zu Gericht gesessen.

Die Bedeutungsveränderungen und unterschiedlichen Formen der Feme und wie sich das alles bis heute auf die Rechtsprechung auswirkt, spart er sich, denn jetzt will er wissen, wo der Begriff »Paladin« herkommt, und hier ist Wikipedia etwas mehr auf den Punkt und definiert einen Paladin als einen mit besonderer Würde ausgestatteten Adligen. In der Antike wurde anfangs so das Personal bezeichnet, das im Palast des Kaisers lebte. Im Mittelalter wurde aus dem Paladin der Pfalzgraf, und da wird es auch wieder ein bisschen kompliziert, aber Stefan fragt sich dann doch, ob es sinnvoll ist, Toto Starek als Diggo Deckers Paladin zu bezeichnen. Man nimmt solche Wörter ganz leicht in den Mund und hat doch keine Ahnung davon.

Eigentlich will er noch wissen, woraus nun Pinkelsteine bestehen, aber das ist doch alles auch ein bisschen lächerlich, also versetzt er den Computer wieder in den Ruhezustand, trinkt sein Bier aus, zieht sich bis auf die Unterhose aus und legt sich ins Bett. Die Bezüge auf Kissen und Decke sind frisch, aber im Raum hängt noch Charlies Geruch.

Er hat nur ein paar Sekunden, bevor er einschläft, und in diesen Sekunden sieht er Omma Luise vor sich, wie sie sagt, dass man das alles mal aufschreiben müsse, weil das sonst alles weg sei, diese ganzen Leben und das alles. Die Storys, die auf der Straße liegen und die man nur aufheben muss.

Ja, denkt Stefan, das sollte man wohl tun.

# Dank & Gruß

Einige Menschen haben zu diesem Buch zum Teil nicht wenig beigetragen:

Maria & Omma.

Nicola Einsle. Marco Ortu. Sandra Heinrici. Helge Malchow. Alle anderen bei KiWi.

Walter Folke hat sich selbst jeden Tag Guten Morgen gesagt – und mir davon erzählt.

Witek Danielczok schreibt und inszeniert hochspannende Texte, die er mit dem Theater Zeitmaul an unterschiedlichen Orten in Bochum aufführt. Er hat mir erklärt, dass die Polen die Berge lieben, aber Frauen, die bayrisch sprechen, nichts abgewinnen können. Näheres zu seiner Arbeit unter: www.zeitmaul.de.

Von Eugen Proba stammen die in Kapitel 11 wiedergegebene Version der Odyssee und die Karol zugeschriebenen Gemälde, von Magda Proba jene von Agnieszka. Eugen und Magda Proba leben und arbeiten in Bochum.

Genau wie Tommy Finke, der das Vorbild abgegeben hat für den jungen Mann, der in Kapitel 16 auf der Autobahn singt. Die dort zitierten Stücke finden sich auf der großartigen CD »Poet der Affen«, welche in deutscher und englischer Sprache vorliegt. Besuchen Sie ihn im Netz unter www.tommy-finke.de.

Meine Beschreibungen der Arbeit dieser großartigen Leute kann nur unzureichend sein, deshalb, sehen Sie selbst, was diese Künstler im Pott von heute tun!

Herzlichen Dank auch an Ronja und Greta Hallmann für die Kindergartengeschichte.

Ein besonderer Gruß geht abschließend an die Mitarbeiterinnen und Mitarbeiter des Eichborn-Verlages, die das, was mit ihnen passiert ist und noch passiert, nicht verdient haben.

Frank Goosen, September 2011

## Weitere Titel von Frank Goosen bei Kiepenheuer & Witsch